共に笑い合えるその日まで
—孤独な騎士は最愛を知る—

碧 貴子

Illustrator
芦原モカ

この作品はフィクションです。
実際の人物・団体・事件などに一切関係ありません。

共に笑い合えるその日まで

―孤独な騎士は最愛を知る―

―


暗く静かな部屋に、ギシギシとベッドが軋(きし)む音だけが響く。

けれども、そこに熱を感じさせる空気は一切ない。ただ機械的に、ベッドが揺れているだけだ。

本来あるはずの、吐息の音さえ聞こえない。

しかしながらベッドが揺れる度に、体を引き裂かれるような激痛が。

ともすれば叫び出しそうになる口元に拳(こぶし)を当てて、ノスリは必死に耐えていた。

だって。

自分から頼んだのだから。

国の英雄、憧(あこが)れの聖騎士様に、一夜でいいからお情けをと頼んだのはノスリだ。

妖魔に襲われたノスリを守ってくれた命の恩人、それからずっと恋(こ)い慕っていた片恋の相手。

けれどもノスリを見下ろす青い瞳(ひとみ)は、どこまでも、どこまでも、冷たい。彼にとってこの行為が、心底どうでもいいのだということを物語っている。

多分彼は、ノスリの名前すら覚えてはいないだろう。

完全なる無関心。

体を貫かれる激痛よりも、一切の感情を宿さない水底のような瞳に、心が悲鳴を上げているのがわかる。

だからといって、彼が責められる謂れはない。彼にしてみたら、ノスリは今夜初めて会った行きずりの女で、しかもその気がないところにどうしてもと頼み込まれてのことなのだから。

だから抱いてもらえただけでも、感謝しなくてはならない。

それでも込み上げる涙だけは堪えようがなくて。

心と身体の痛み両方に苛まれ、溢れた涙がこめかみを伝って冷たく髪を濡らしていく。静かに吐精が為されて全てが終わった時には、ノスリの心と身体は冷え切っていた。

ズルリと、体から出ていく感覚と共に、裂けた粘膜を擦られる痛みが走る。

しかしノスリには、既にそれに反応する気力すらなかった。

一瞬だけ、抜け出た性器に付着したノスリの血液に気が付いて、彼がその形の良い眉をほんの少しひそめるも、すぐにまた淡々とした表情に戻る。手早く自身を拭き清め、前を寛げただけのズボンの中にしまい込むと、何の感情も宿さない瞳でノスリを見下ろしてきた。

「……わかっています」

ノスリも重い体を起こし、ベッドの上に座り直して捲られたスカートの裾を直す。

これ以上、彼の冷たい視線に晒されることが耐えられなくて、ノスリは涙に濡れた顔を隠すように顔を俯けた。

「ウォルド様と私は、他人です。……たとえ、子供ができたとしても、ウォルド様には一切関係はありません」

最初から、そういう約束だ。

それに、彼の子を授かるという一縷の望みを託して情けを分けてもらったわけだが、子供ができたとしても、それを盾に彼に迫ろうなどという考えは一切ない。

　ただひたすらに、生きるよすがが欲しかっただけだ。

「ありがとう、ございました……」

　言いながら、事前に用意しておいた謝礼金をそっと差し出す。

　そんなノスリに蔑むような一瞥をくれて、彼がその踵を返した。

「俺は、男娼ではない」

「……」

「二度と俺に構わないというのなら、それでいい」

「はい……」

　そのまま一切振り返ることなくドアの向こうに消えた金の髪を見送って、ノスリは膝を抱えて小さく体を震わせた。


　それから二カ月後、子供を授かったことが判明したノスリは、静かに街から一人立ち去った。


　ノスリ・フォルトゥナは、元々は裕福な商家の出だ。

　ただ、ノスリを出産後、彼女の母が産褥の床で亡くなったため、ノスリは忌子として育てられた。

　母親の命を奪って生を受けた子として、父親はノスリに酷く当たった。実の娘にもかかわらず、ほば屋敷の召使として扱われて、ノスリは両親の愛情を知らずに、常に孤独の中で育つことになった。

そんな彼女に契機が訪れたのは、ノスリが十五になった年のことだ。

森を抜けた向こう町の、某男爵家の流れを汲むという老人の後妻として嫁ぐことになったのだ。

後妻、と言えば聞こえはいいが、要は売られたわけだ。

ノスリの家は特に金に困っていたわけではないが、商売をやっている上で貴族との繋がりが手に入るのはありがたい。何より、愛する前妻の命を奪ったノスリを憎んでいる父親にしてみたら、早く厄介払いをしたかったのだろう。

後妻ということで結婚式を挙げることもなく、身一つで嫁ぐこととなったその日、葬列の如く森の中を進んでいたノスリ達の目の前に、突如としてそれは現れた。

ちょっとした小屋ぐらいあろうかという巨体のそれは、獅子の頭と山羊の胴、毒蛇の尾を持つキマイラだ。その背には、大きな鷲に似た羽がある。

最近、森で行方不明になる人間が多いと町で噂になっていたが、間違いなく元凶はこれだろう。

目の前で、馬や護衛の男達が為すすべもなく屠られていくのをぼんやりと眺めていたノスリだったが、その場に最後の一人となって、ようやく己の死を実感した。

しかしながら、不思議なほどノスリの心は穏やかだった。

汚い好色爺にいいようにされるこの後の人生を思えば、今ここで一思いに殺される方が余程良い。

淀んだ光を放つ赤黒い瞳が、ゆっくりとノスリを捉える。

凝った澱のような視線を向けられて、ノスリは全てを受け入れ、目を閉じた。

しかしその時。

一陣の風が背後から吹き抜けたかと思うと、次の瞬間には大地が揺れるような断末魔が轟いていた。

驚いて瞼を開ければ、胴を切り裂かれて業火に焼かれる妖魔の姿が。

何が起こったのかわからず呆然と立ち尽くすノスリの目に、次に入ってきたのは、鮮やかに光る金の髪と、それと対を成すかのような流麗な銀色の一閃だった。

とどめの一撃を放ち、流れるようなしぐさで剣を払って鞘に収める。

その一連の動作を食い入るように見詰めていると、あっさりと巨大な妖魔を屠った男が、ゆっくりとノスリを振り返った。

年の頃は二十歳前後だろうか、聖騎士の鎧を身に纏ったその男は、息をのむほどの美形だ。凛々しく引き締まったその顔立ちと、そして何より印象的な、青い、青い、瞳。

高価な宝石のような深く澄んだその瞳に、ノスリは一瞬にして魅入られてしまった。

形式的に安否を聞かれ、大丈夫だと頷いて見せる。

ここ最近行方不明者が多発していることと、何人かがキマイラらしき姿を見たという情報から、町が王都に妖魔の討伐を要請してやって来たのが彼だという。

それらの説明を呆けたように聞いていたノスリだったが、これからどうするのだと聞かれて、そこでようやく我に返った。

このまま戻ったとしても、待っているのはいやらしい好色爺との人生だ。それならばと、自分はここで死んだことにして欲しいと頼み込むと、聖騎士の男は驚くほどあっさりと頷いた。

更には、行く当てはあるのかと聞かれて首を振ると、王都の知り合いだという人間を紹介してくれた。

森の端まで同行して、そこでノスリは男と別れた。

幸いなことに王都までの旅費は、殺された護衛の男が持っていた金で事足りる。

しかしながら、妖魔から助けてくれたばかりでなく、見ず知らずの自分に知人を紹介し、今後の仕事の世話までしてくれた聖騎士の男に、ノスリは深く感謝すると共に、これまで感じたことのないような思いを感じていた。


王都で聖騎士の男の知人に会ったノスリは、そこで、住み込みで働く食堂の仕事を紹介してもらえることになった。

これまで、家で召使として暮らしてきたノスリにとって、働くことはそう難しいことではない。何より、怒鳴られたり殴られたりということはないのだ、これまでに比べたらそこでの暮らしは天国のようだった。

それに、のみ込みも早く、愚痴一つ言わず働くノスリは店で重宝され、常連の客にも可愛がられて、初めて人並みの扱いを受けることになったノスリは泣き出したくなるほどに幸せだった。

同時に、王都に来てから知ったことが、聖騎士の男――ウォルド・バーティミリは、史上最年少で聖騎士となった稀代の騎士で、一撃で妖魔をも倒すその実力は王国一と名高く、いずれ英雄と呼ばれるだろうと囁かれている高名な人物なのだという。

確かに、通常一小隊で倒すほどの妖魔であるキマイラをただの一人で倒したのだ、その実力は考えるだに凄まじい。

元は平民の出ながら、国から子爵位が授与された彼は、その美貌も相まって王都中の女性の憧れの的なのだとか。

つまり彼は、ノスリなどには端から縁のない、遥かはるか彼方、雲の上の人間だったのだ。

王都での生活が落ち着いてから一度だけ、お礼を言いたいと知人の男に言付けを頼んだのだが、礼などいらないこと、恩義など感じずに暮らして欲しいことを伝えられ、ノスリは彼に会うことを諦めた。

それもそうだろう、彼にしてみたらノスリなど、気まぐれで助けた一人にしか過ぎない。

それでもノスリは、彼への感謝を片時も忘れることはなかった。

彼のお陰で今の自分があるわけで、ノスリにとってウォルドは、神にも等しい憧れの存在になっていった。


そんなある日、王都で暮らし始めて三年が経とうかという頃、偶然ノスリは食堂の常連の一人から、最近とある酒場でウォルドをよく見掛けるという話を聞いた。

その話を聞いて居ても立ってもいられなくなったノスリは、一目でいいから憧れの恩人を見たいと、その日から件の酒場に通うようになった。

別に、会ってどうこうするつもりは一切ない。ただ本当、姿を見ることができるだけで良かったのだ。

けれども。

頻繁にそこで見掛ける光景に、ノスリに欲が出た。

目深にフードを被り旅人風に身をやつしているが、常連の話の通りそれはウォルドで間違いなく、そんな彼はいつも何杯か酒を飲んだ後、決まって店の商売女と二階に消えるのだ。

それの意味するところを知らないほどノスリも幼くはない。

初めてその光景を見た時、何かの見間違いかと我が目を疑ったノスリだったが、それも二度三度と繰り返されれば認めざるを得ない。ウォルドほどの男が、わざわざこんなところで女を買う必要など全くなさそうだが、実際そうなのだから仕方がない。

まあでも逆に、ウォルドのような有名人にとっては、後腐れなく遊べる下町の商売女の方が都合がいいのかもしれないが。

そしてそれはつまり、後腐れのない関係ならば誰でもよいということで、だったら相手がノスリでもいいわけだ。

ノスリに男女の経験はないが、知識として何をするのかは知っている。家で下働きをしている時、口さがない召使連中が明け透けに語るのを聞いていたのだ。

それにやっぱり初めての相手は、好きな相手が良い。何より、身寄りもなく容姿も十人並みのノスリに、この先そういった機会があるとも思えない。

だったら、と、ノスリが思うのも無理はないだろう。

それと。ノスリには夢があった。

結婚し、子供を得て、人並みの家庭を持ちたいという夢だ。

しかしながら、ノスリなんかを選ぶような奇特な男はいないだろうから、この先きっと結婚は無理だろう。それならば子供だけでも、ノスリは欲しかった。

血を分けた我が子ならば、確実に家族となれる。それが好きな男の子供なら、どんなに幸せなことか。

孤独の中で生きてきたノスリにとって、家族を持つということは、血を吐くほどに切望する夢だった。

一度だけの情交でできるものではないことは知っていたが、それでもやらねば子は授からない。

だったら、一縷の望みに賭けてみるのもいいだろう。

そう決意したノスリは、その日からウォルドを誘うために、毎晩のように件の酒場に行って彼の訪れを待つようになった。

そしてついにその日。

いつもと同じようにフードを目深に被って顔を隠した彼が、酒場に現れた。

彼が二杯ほど酒を飲み干したところで、女であることを隠すために羽織っていた外套を脱ぎ去る。

ドキドキと騒がしい心臓を必死に宥めて、ノスリは彼の元へと向かい、無言でその隣に腰を下ろした。

そっと隣を窺うも、フードに隠れていて彼の顔は見えない。

けれども、拒絶の意思はないことを確認したノスリは、これまで何度も見てきた娼婦達のように、机の上に置かれた彼の手に、ゆっくりと自らの手を重ねた。

しかし。

「……お前は、商売女ではないのだろう？」

見透かすようなその言葉に、思わず息を止める。

「何が、目的だ」

フード越しに、刺すような視線が向けられているのがわかる。

ノスリは、緊張で手がじっとりと汗ばむのを感じていた。

「いつも店の隅から、こちらを窺っていただろう？」

「あの……その……」

「誰に、頼まれた」

口調こそ静かなものの、彼から発せられる鋭く冷たい殺気は、首元にヒタリと刃(やいば)を当てられているかのようだ。

思わず、ゴクリと唾(つば)を飲み込む。

乾いて震える唇をなんとか開いて、ノスリは掠(かす)れた声を出した。

「……私は、ノスリ・フォルトゥナと申します……。三年ほど前に、ウォルド様に命を助けていただいた者です」

「……」

「ずっと……会って、お礼を言いたいと……」

頭の中は真っ白だ。

計画では娼婦の振りをして抱いてもらうつもりだったのに、気付けばノスリは、正直に自分の身の上を語っていた。

「……お慕い、しております……」

「……」

ポロリと、言葉がこぼれ落ちる。

しかし、これで話は終わりとばかりに握った手を引っ込められて、ノスリは慌てて彼の服の裾を掴んだ。

「違うんですっ！　別にウォルド様の恋人になりたいとか、そういうんじゃないんですっ！」

「……」

「一度だけっ！　一度だけでいいので、お相手をしていただけたらとっ……！」

ノスリは必死だった。

多分、今日を逃したら二度とこんな機会は巡ってはこないだろう。彼のことだ、きっとここにはもう来ることはない。

なりふり構わず彼の服の裾を掴んで縋る。

すると、周囲を見回してため息を吐いた彼が、ノスリの腰に腕を回して強引に席を立たせた。

「……わかったから、そう大声を出すな」

「……！」

「とりあえず、話は部屋で聞く」

そう言って、腰に回した腕でノスリを引き寄せる。どうやら、ノスリが思っていた以上に目立っていたらしい。

周囲の視線と、何より憧れのウォルドにぴったりと体を引き寄せられて、ノスリは真っ赤になって動揺してしまった。

「あ、あのっ……」

「……目立ちたくない。このまま、娼婦の振りをしろ」

「はえっ⁉」

「嫌ならやめるが？」

聞かれて、ブンブンと首を横に振る。

嫌な、わけがない。むしろ願ったり叶ったりだ。

引き寄せられるままに体の力を抜いて、彼の胸に手を添えるようにしてしな垂れかかる。

しかし、もはや心臓はこれでもかというくらいにうるさく脈打っている。布越しに感じる、弾力のある筋肉の感触とウォルドの体温に、ノスリは頭が沸騰しそうだった。


連れられるまま、二階へと続く階段を上って部屋へと向かう。

どこをどう歩いたのかもわからないまま、ノスリが気付いた時には、部屋でウォルドと二人きりになっていた。

「先に言っておく」

振り返ったウォルドに唐突に話を切り出されるも、バクバクと心臓の音が大きくて彼が何を言いたいのか理解できない。

けれども、兎に角断られるのが怖くて訳もわからず頷くと、冷たく射貫くような視線を向けられて、それまで熱に浮かされたようだったノスリの頭が急速に冷えた。

「後にも先にも、これきりだ。これ以降、俺には一切構うな」

「はい……」

「何があっても、俺とお前は他人だし、このことを口外することも許さん」

そう言って、冷たくノスリを見据えてくる。

そんな彼の目をしばらく見詰めた後で、ノスリはわかったという意を示すためにこくりと頷いた。

そんなこと、言われなくてもわかっている。ウォルドは遥か雲の上の人間だ。今夜一晩相手をしてくれるというだけでも、信じられないくらいの僥倖なのだから。

意識した途端、先ほどまでが嘘のように自分の中が静かになっていくのがわかる。

被っていたフードを外し、マントを脱いでウォルドがそれを椅子に掛ける様を所在なく見詰めていると、無表情に彼がノスリを振り返った。

「どうするんだ。やめるのか？」

聞かれて、慌てて首を振る。折角その気になってくれたのに、まさかここでやめるわけがない。

急いでウォルドの側まで駆け寄ると、彼が目線でノスリをベッドに促した。

「下着を脱げ」

「……え？」

咄嗟に言われたことが理解できず、聞き返してしまう。

しかしそんなノスリに、ウォルドが容赦なく冷たい視線を降らしてきた。

「早くしろ。嫌ならやめる」

「……はい」

ここで彼の機嫌を損ねるわけにはいかない。それに自分は、無理を言って抱いてもらう身だ。

促されるままにベッドに上がったノスリは、ウォルドの視線から隠れるようにもそもそとスカートの下に手を入れて下着を抜き取った。

「横になったら、裾を捲って脚を開け」

「……」

言われるまま、黙ってベッドの上に仰向けで横になり、スカートの裾を捲って脚を開く。

他人に自分のそんな場所を見せているという羞恥と、部屋の冷たい空気に晒されて、ノスリの脚が小さく震えた。

こんな破廉恥な格好をしているというのに、艶めいた空気は一切ない。まるで、何かの処置を行うかのような雰囲気だ。

ギュッとスカートの裾を握りしめて目を閉じていると、衣擦れの音と共にウォルドがギシリとベッドに上がった音が響いた。

それと同時に、脚の間に手がかざされた気配が。

途端、そこがじゅわりと温かく湿る感覚に、ノスリは驚いて声を上げてしまった。

「ひゃうっ⁉」

「……浄化と水魔法を組み合わせた魔法だ」

低い声に反射的に顔を上げると、びっくりするほど近くにウォルドの冷たく整った顔があった。

あの宝石のような瞳が、今はノスリを捉えている。

一瞬、吸い込まれるように青い瞳に見惚れたノスリだったが、脚のあわいに押し付けられた硬い杭の感触に、ノスリの体が強張った。

「ひうっ……！」

「力を抜け」

メリ、と、体を抉じ開けられる感覚に、口から変な声が漏れる。

力を抜けと言われても、体を引き裂かれる痛みの前に力を抜くなど無理な話だ。

それでも、ともすれば叫び出したいほどの激痛に、ノスリは必死に耐えた。

「うぐっ……ぐっ……」

魔法で潤いを与えられているとはいえ、ノスリは処女だ。初めて男を受け入れるのだというのに、解しもせずに杭を押し込まれて、体が裂けて激痛が襲う。

けれども、面倒臭い女だと思われたくなくて、ノスリは口元に当てた拳に歯を立てて必死に耐えた。

永遠とも思える時間が過ぎた後、ウォルドが動きを止める。恥骨に触れる彼の肌の感触に、ノスリはようやく全てが中に収まったことを悟った。

しかし、ホッとしたのも束の間で、再びウォルドが動き始める。

途端、とんでもない圧迫感と激痛に襲われて、ノスリの目の前が真っ赤に染まった。

「うぐぅっ……ぐ……！」

魔法の潤滑剤のお陰で中の動きは滑らかだが、抉じ開けられた際に裂けた粘膜が、彼のものが出入りするたびに痛みを訴える。

初めては痛むとは聞いてはいたが、まさかこれほどとは。

更には奥を突かれる度に、内臓が押し上げられて重い鈍痛が襲う。

それでも、憧れのウォルドに抱いてもらっているのだという思いだけで、ノスリは必死になって耐えた。

けれども。

目の前には、熱を一切宿さない、冷たく蔑むような青い目が。

それを見た瞬間、ノスリはどこまでも体が冷えて、指先が冷たくかじかんでいくのがわかった。


全てが終わり、ドアの向こうに消えた背中を見送って、そこで初めてノスリは嗚咽を漏らした。

愛してもらおうなどとは、微塵も思っていない。

けれども、乙女らしい期待がなかったと言えば嘘になる。せめて形だけでも、今夜だけは恋人のように扱ってもらえると思っていたのだ。

でも実際は、どこまでも事務的で機械的な交わりだった。

そのことを責めるつもりはない。だって自分は娼婦ですらなく、希ってお情けで抱いてもらった身なのだから。

ただ、心を伴わない行為が、こんなにも辛く、消えてしまいたいような思いにさせられるものだとは思わなかったのだ。

ベッドの上で小さく丸まって、冷えて震える体を掻き抱く。

その時、股の間からドロリと液体が漏れ出る感覚に、ノスリの背筋が粟立った。他人を受け入れ、穢された確かな証拠に、未だズクズクと痛む体が慄くのがわかる。

だが、これで子供が授かるかもしれない。

そう思うと、ノスリは胸が微かに温かくなるのを感じていた。

そして二カ月後、望み通り子供が授かったことを確認したノスリは、食堂の仕事を辞め、一人静かに街を後にしたのだった。


　それから五年。

　ノスリは、王都から遠く離れた小さな村で、ひっそりと暮らしていた。

　逃げるように辿り着いたその村で、ノスリは可愛い男の子を出産した。

　ロイドと名付けたその子は、ありがたいことに病気一つせずにすくすくと育っている。

　もちろん母一人子一人の生活は大変なことも多く、その日その日を凌ぐようなかつかつの生活ではある。父親のいない子を産んだことで、差別や偏見の目を向けられることも少なくない。

　けれども、初めて家族と呼べる存在を得たノスリは、かつてないほど幸せだった。

　それに、元来働き者で真面目なノスリを認めてくれる人もいる。こんなところにまで逃れるようにしてやって来て子供を生んだのも、何か事情があってのことだろうと、今では村の人達もノスリ親子を受け入れてくれていた。

　そんな穏やかで幸せな日々を過ごしていたノスリだったが、ある日、予期せぬ訪問者によってこれまでの日々が一変することになる。

＝

ウォルド・バーティミリは孤児だ。五歳の時に、親に捨てられたのだ。

母親は花街の下級娼婦。もちろん、父親が誰かなどわからない。

娼婦に子供がいるなど商売の邪魔でしかなく、幼いウォルドはいらない子供として邪険に扱われて育てられた。

けれども、それもウォルドが魔力を発動させるまでの話だ。

母親の情夫に日々殴る蹴るの暴行を受けていたウォルドだったのだが、その日の折檻は殊更酷かった。何か気に入らないことでもあったのだろう、男は動かなくなってもウォルドを殴り続けた。

朦朧とする頭に、母親のケタケタと笑う声が響く。

「ああ、死ぬんだ」と意識した途端、何故か次の瞬間、目の前の男が血まみれになって倒れていた。

ぼんやりと揺れる視界には、吹き荒れた嵐の後のような部屋が。

急速に薄れてゆく意識の中で、ウォルドは母親が「化け物」と叫ぶ声だけが聞こえていた。

次に目覚めた時には、ウォルドは清潔な白いシーツが敷かれたベッドの上にいた。

初めて見るその部屋も、簡素ではあるが白く清潔だ。

後からわかったことには、あの日、命の危機を感じたウォルドは、魔力を暴走させたらしい。

本来魔力の発露はもっと遅いはずなのだが、命の危機に際して、ウォルドの無意識が魔力を覚醒（かくせい）させたのだという。生まれ持った魔力量が桁（けた）違いに多かったことも、早期の魔力覚醒を促したらしい。聞いた話では、騒ぎを聞きつけて駆け付けた警邏（けいら）の騎士隊員に、母親は狂ったようにウォルドを化け物と罵（ののし）っていたそうだ。

こんな化け物は自分の子供ではない、連れていってくれと。

そんなこんなで母親に捨てられたウォルドは、人並み外れた魔力をその身に宿した子供として、国の研究機関に引き取られたのだった。

それからの日々は、恐ろしく単調ではあったが、十分な食事と睡眠を与えられ、何より誰にも暴力を振るわれることのない生活に、ウォルドは幼いながらに満足していた。

日に数度魔力を計られる他（ほか）は、一日の殆（ほとん）どは魔力の制御と扱い方の訓練に当てられる。

同時に、読み書きなどの勉強と魔力制御のための肉体鍛錬を行うようになったウォルドは、乾いた土が水を吸い込むようにそれらを自らの物としていった。

そしてメキメキとその才能を開花させたウォルドは、膨大な魔力とその強靭（きょうじん）な体をもって、史上最年少で騎士の中でも更に精鋭の聖騎士となったのだった。

聖騎士となり、各地の要請を受けて業務をこなす内に、いつしかウォルドは国内随一の聖騎士、次代の英雄と目されるまでになっていた。

叙爵されて貴族位を得、褒賞として広大な領地と屋敷を与えられて、国で並ぶ者のない騎士として羨（うらや）むばかりの地位を得たが、しかし、ウォルド自身は淡々としたものだった。

そもそも聖騎士になったのも、その膨大な魔力を発散させるために妖魔と戦っているうちに周りが勝手に騒いで担ぎ上げただけであって、ウォルド自身が望んで聖騎士になったわけではない。ウォルドとしては、妖魔と戦えるのなら、ただの騎士でも何なら流れの冒険者でも良かったのだ。

たまたま子供の頃に国に保護されたために騎士となり、そのまま周りに言われるまま聖騎士となっただけだ。

叙爵だって、ただ国がウォルドに首輪をつけたいがためのものであるし、地位も名誉もウォルドが望んだものではない。むしろ、稀代の騎士だの次代の英雄だの騒がれて、ウォルドとしては鬱陶しいことこの上ない。

挙句、母親譲りの美貌のせいで女どもに纏わりつかれて、ウォルドはすっかり辟易していた。

それに。

人並外れた魔力を持つウォルドは、まず子を成すことができない。魔力が強すぎて、普通の女では子が宿らないのだ。

よっぽど魔力の相性が良いか、相手の女も相応の魔力持ちであれば別であるが、そんな相手と出会える可能性は千に一つ、いや、万に一つの可能性でしかない。そんな自分が妻を娶る意味などないわけで。

何よりウォルドは、女に対して根本的な嫌悪感があった。

それでも男の性で体の欲求を晴らさざるを得ない時は、町の下級娼婦で手っ取り早く処理をしてやり過ごしていたわけなのだが、その発散処理に手間を掛ける気も、ましてや面倒事に巻き込まれることなどウォルドはまっぴらごめんだった。

そんなこんなで、生涯（しょうがい）結婚することもなく、ただ淡々と妖魔を倒し続ける人生を送るのだとウォルドは思っていたし、別段それに不満もなかった。

そんなある日。

いつものように妖魔討伐の要請を受けて、その任務をこなして帰ろうかという時。

普段だったらそのまま転移魔法で帰るところを、何の気まぐれか、ウォルドはふと、ブラブラと途中まで歩いて帰ってみようという気になった。

ちょうど天気も気候も良く、気分が良かったからというのもあるが、何となく――そう本当に何となく、何かに惹（ひ）かれるような感覚があったのだ。

それに、最速で妖魔は退治しているから、都（みやこ）に帰るまでの猶予はたっぷりある。どうせこのまま帰っても、すぐにまた他の地の討伐に出掛けるのだ、だったらたまにはのんびりしてもいいだろう。

そう思うくらいに、気分が良かったというのもある。

そんなウォルドは珍しく、気の向くままに辺りを旅して帰ることにしたのだった。

旅を始めて二日目のその日。

次の大きな町までは大分距離があることもあって、その日は今いる場所から程近い小さな村でウォルドは宿を取ることにした。

別に野宿でもいいのだが、さすがにこの数日野宿続きだったこともあって、そろそろ野営料理以外のものを食べたい。それにどういうわけか、その村が気になってしょうがなかったのだ。

潜在意識の奥で、何かがチリチリとするような感覚に導かれるまま、村の入口へと向かう。村の境界である小さな小川のところまで来て、そこでウォルドは足を止めた。

　そこには、小川の畔で遊ぶ小さな影が。

　陽光を反射して光り輝く、金の髪の小さな男の子が、土手に咲いている春の花々を一心不乱に摘んでいた。

　まだ四、五歳くらいだろうか、小さな手に摘んだ花々をしっかと握りしめ、しゃがんで花を探している。

　その様子を見るともなしに眺めていると、その時。

　子供が顔を上げてウォルドを見返してきた。

　顔を上げた子供の、無垢な青い瞳を見た瞬間、ウォルドは雷に打たれたような衝撃を受けた。

「……おじさん、誰？」

「……」

「道に、迷ったの？」

　小川を挟んで立ち竦むウォルドを見上げて、あどけなく首を傾げている。

　その顔は、誰よりも見知った顔だ。

　ただ、記憶にある顔よりもふっくらと血色が良く、肌艶が良い。質素ながらも良く洗濯された清潔な服に、傷一つない滑らかな白い肌が、この子供が大事に育てられていることを物語っている。

　何より、物おじしない真っ直ぐなその目は、人を疑うことを知らない。

　そこには、かつて自分の瞳にあった虚無の翳りはない。

　余りにも純粋で無垢な視線に晒されて、ウォルドは頭を殴られたかのような衝撃にグラグラとしていた。

「おじさん、大丈夫……？」

余程酷い顔をしていたのだろう、目の前の子供が心配そうに眉をひそめる。

そこでようやく、ウォルドは我に返った。

「大丈夫だ……」

「でも、顔の色がへんだよ？」

「あ、ああ。もう、大丈夫だ」

「そう？　もしかして、お腹がすいてるの？　だったらぼく、今、あめを持ってるよ」

そう言って、ゴソゴソと片手でズボンのポケットをまさぐる。

ポケットから飴らしきものを取り出して、その子供がニカッとウォルドに笑顔を寄越してきた。

「あ！　でもダメだ！　この川をね、越えちゃダメなんだよ？」

途端に男の子の顔が曇る。

この小川は村の境界で、外からの侵入を阻む結界が張り巡らされているわけで、その先に行ってはいけないと言われているのだろう。それに緩やかな流れとはいえ、まだこの年頃の子供が一人で川に入るのは危険だ。

きちんと言いつけを守ろうとするその姿は、ウォルドの目にも微笑ましく映った。

「それなら――――これで問題ないだろう？」

張られた結界を破らないようにすり抜け、一飛びに対岸まで転移する。

瞬きの間で隣に現れたウォルドに、男の子の目がまん丸に見開かれた。

「わあっ！　おじさん、どうやったの!?」

「おじさんは、魔法が使えるんだ」

おじさん、と自分で口にして、ウォルドの胸が騒めく。

今、手を伸ばせば触れられるこの距離で、この子供から発せられる魔力はウォルドには間違いようがなかった。

「……君の、名前は？」

「おじさん、知らないの？　ひとに名前をきくときは、まずは自分からいうんだよ？」

胸を張って言われて、ウォルドは思わず笑ってしまった。

その姿からは、こうやって人に言えることが嬉しくてしょうがないのだというのが伝わってくる。

こんな風に笑ったのは、いつ振りだろうか。

「ははは！　そうだな！」

「そうだよ！」

「おじさんは……俺は、ウォルドだ。ウォルド・バーティミリ、という」

膝をついてしゃがみ、視線を合わせて名乗る。

鏡に映したかのように同じ青い瞳を覗き込むと、その子供が何とも楽しそうな顔で笑った。

「僕はロイドだよ！　おじさんの目、僕とおんなじだね！」

「……そうだな」

笑いかけられて、胸の奥が締め付けられるような感覚になる。

かつての自分にそっくりな顔で、輝くような笑みを浮かべるロイドの頭に、ウォルドはそっと手を乗せた。

初めて触れるロイドの髪は、柔らかく、温かかった。

「……そうか。じゃあ、ロイドはお母さんと二人で暮らしているんだな？」

「そうだよ！　おかあさんはとっても優しいけど、怒るとすごくこわいんだよ!?」

ウォルドの前を歩きながら、ロイドがニコニコと笑って振り返る。

ウォルドが村まで案内して欲しいと言ったところ、それなら一旦家に帰らなくてはと言うロイドとともに、彼の家に向かっているところなのだ。

「……本当はね。知らない人とお話ししちゃダメなんだけど……」

「……」

「でもおじさんは、悪い人じゃない気がするんだ！」

「……そうか」

ロイドのその言葉に、複雑な思いになる。

そう、彼も本能的にわかっているのだ。幼いロイドの魔力はまだ覚醒前だが、その身の内には年に見合わないほどの魔力が秘められているのがわかる。

そしてその魔力は、ウォルドのものと同じものだ。

「それにおじさんは、ぼくとおんなじ匂いがするんだ。……なんでだろう？」

覚醒前とはいえ、ウォルドの魔力が自分と同じものであることに気付いているのだろう。ただ、まだそれが魔力だということを知らないだけだ。

　そして、魔力が同じということがどういうことなのか、ということも。

　その時だ。

　前方から聞こえてくるロイドを呼ぶ女性の声に、思わずウォルドは足を止めた。

「ロイー！　ロイドー！」

「あ！　おかあさんだ！」

　パッと顔を明るくして振り返り、ロイドが走り出す。

　その姿を見送って、ウォルドはゆっくりと再び歩き出した。

　脳裏には、過去に一度だけ抱いたことのある女の顔が。


　その日、妖魔の討伐を終えて都に戻ったウォルドは、いつものように下町のとある飲み屋を訪れていた。

　戦いの後の虚しさを晴らすために訪れたそこは、二階が宿屋となっているタイプの飲み屋兼連れ込み宿だ。一階の居酒屋で商売女を見繕い、気に入った女を二階に連れ込むのだ。

　ウォルドほどの騎士ともなれば、普通は高級娼館（しょうかん）を利用するものなのだが、女との会話や遣（や）り取りが面倒なウォルドは、ただヤルためだけの下級娼婦を好んで利用していた。

高級娼婦は気位が高く、教養もあることもあって扱いが何かと面倒臭い。その点下町の商売女は、質こそは落ちるものの、余分な気遣いもなく手っ取り早く済ませられて気楽でいいのだ。

それに、その店は口の堅い女を揃えていることもあって、ウォルドは発散が必要な時はそこを利用するようにしていた。

しかし、その日ウォルドのもとに来たのは、娼婦とは程遠い女だった。

ちょっと前から、ウォルドを観察するかのように窺う女がいるのはわかっていた。最初は、暗殺者か情報屋に頼まれた人間かと警戒していたウォルドだったが、その女は何度現れても一向に何か仕掛けてくる様子はない。念のため調べたところによると、以前ウォルドが助けた人間らしい。

そういえば三年ほど前に、キマイラに襲われていたところを助けた少女がいたことを思い出したウォルドは、同時に、少女の人生を諦めきった瞳を思い出していた。

キマイラを前にして取り乱すでもなく、ただ静かに対峙していた姿が印象的で、全てを諦めた虚無を宿した瞳に既視感を覚えたことをウォルドは覚えていた。そのため、あの時はウォルドにしては珍しく、少女に王都で仕事の斡旋をしている知人の名前を教えて、その後の世話を焼いたのだ。

それきりそのことはすっかり忘れていたが、どうやら少女は、ウォルドに助けられたことを深く感謝しているらしい。それと同時に、彼女がウォルドを慕っているのだということを情報屋からそれとなく教えられて、ウォルドは深いため息を吐いた。

聖騎士という職業とその容姿から、ウォルドに憧れを抱く女は多い。しかもその少女は命を助けられたこともあって、余計にウォルドに憧れを持ったのだろう。

けれども実際のウォルドは、彼女達が思うような人物では決してない。

聖騎士という職業から連想されるような高潔さも、優しさも、ウォルドは持ち合わせてないし、むしろ打算的で酷く冷酷な人間だ。人助けだって、別に助けようと思ってやっていることではなく、妖魔と戦いたいから戦った結果人助けになっているだけだ。

胸が熱くなるような感覚も、優しく甘い思いも、ウォルドには一切わからない。

ただ淡々と、生きているだけだ。

そんなウォルドが唯一胸躍る瞬間が、強い妖魔と対峙した時だ。その時ばかりは、生死の遣り取りを通して自分が生きているということを強く感じることができる。

その瞬間のためだけに、ウォルドはあると言っていい。

しかしながら、戦いが終わった後に残るのは、荒涼とした虚無の感情だけで。そのどうしようもない虚しさを晴らしたいがゆえに、ウォルドは女を抱いていた。

多分自分は、人として欠陥品なのだろう。

きっと一生、人の温もりというものを理解する日が来ることはあるまい。

そして、そんな自分を理解してもらおうとも、理解してもらいたいともウォルドは思っていなかった。

だから、ノスリと名乗ったかつての少女がウォルドを慕っていると言った時、ウォルドは心底馬鹿々しい気持ちになっていた。

どうせこの女も、自分の中で勝手に作ったウォルドのイメージに恋をしているだけだ。

そしてきっと、それをウォルドに押し付けるつもりだろう。

しかしながら、非常に冷淡な態度をしてみせたというのに、ノスリという女は引き下がらなかった。

一度だけでいいと、そうすればもう二度と関わらないと、必死になって縋ってくる。

その時ウォルドは、戦いの後の殺伐とした気分もあって、酷く残酷な気持ちになった。

どうしてもと言うのなら、抱いてやればいい。

手酷く扱って、二度とウォルドに関わりたくないと思うように仕向ければいいのだ。

何より、こんな騒ぎになってしまった今、他の商売女を探すのも面倒だ。それに、ノスリに手を重ねられた一瞬、ふわりと魔力が親和するような感覚もウォルドは気になっていた。


娼婦の振りをして誘ってきたくせに、ノスリという女は全く男慣れしていないようだった。

少し体を引き寄せただけで、真っ赤になって動揺する。

一瞬面倒臭いと思ったウォルドだったが、これからも付き纏われる方が余程面倒だ。それに、こうやって酒場に来て男を誘うのだから、経験くらいはあるだろうとウォルドは思い直した。

これきりで二度と関わるなと、口うるさいくらいに念押しをして、事に臨む。

冷淡な自分の態度に怯んで、途中でやめると言い出すことを期待していたウォルドだったが、意外にもノスリは逃げ出さなかった。

ビクビクとウォルドの顔色を窺いながらも、言われた通りに行動する。到底のみ込めないだろうというウォルドの命令に、ノスリは黙って従った。

こういったことには慣れていないだろうにもかかわらず、言われた通りに下着を脱いで自ら脚を広げる。

しかしその脚が小さく震えていることに気付いて、さしものウォルドも気の毒になったが、もはやここまでさせておいてやらないと言える状況ではない。

それに、欲求が溜まっているのも事実で。

妖魔との戦闘後の殺伐とした感情が暴力的な気分にさせる。震えながらウォルドに犯されることを待つノスリの姿は、ウォルドの嗜虐心を酷くそそった。

それと。先ほど口走っていたノスリの言葉。

ウォルドの子供が欲しいのだというノスリの言葉が、ウォルドの神経を甚くささくれ立たせていた。

魔力の多いウォルドの精が子を成すことはまずない。多分そんなことはノスリは知らないだろうが、それでも改めてそれを口にされたことで、ウォルドの加虐心に火がついた。

そんなウォルドは、敢えて、避妊をせずにノスリを抱いた。

普段は性病予防のために、必ず避妊をしていたのだが、明らかに男慣れしていないノスリならばその心配もなかろう。

それに、どうせ子供ができることはないのだ。

それでも、事が終わった後で、自身の性器に絡みつくノスリの血液を見た時は、さすがに胸が痛んだ。やたらと狭くキツイ体と物慣れない態度から、途中でノスリが処女だと気付いていたが、既にその時には自身の暴力的衝動を抑えることができなかったのだ。

欲を吐き出して冷静になったこともあり、何とも気まずい思いになる。

それでも、相変わらず震えながらも涙を見せないノスリにホッとして、ウォルドは逃げるようにその場を後にした。

後にも先にも、商売女以外の女を、しかも避妊もせずに抱いたのは、その時だけだ。

あれから五年近く経ち、ウォルドもノスリのことなどすっかり忘れていたが、自分の魔力を宿した子供を目の前にして、ウォルドは当時のことを思い出していた。


「おかあさん！　これ、お花！」

「まあ、綺麗！」

「おかあさんに、あげる！」

「ありがとう、ロイド」

柔らかく、女性にしては低い声が耳に心地よい。

絵に描いたような幸せな母子の姿がそこにあった。

「それとね！　お客さん！」

ロイドのその言葉に、女性が顔を上げる。

鳶色の瞳がウォルドの姿を捉えて、そこで、黒に近い焦げ茶の髪の女性が笑顔のまま固まった。

そこには、記憶よりもいくらか大人びた雰囲気になったノスリ・フォルトゥナがいた。

＝

「それとね！　お客さん！」

こんな片田舎に旅人など珍しいが、全くないわけではない。隣り町まで離れていることもあって、たまに旅人が一夜の宿を求めて村にやって来ることがあるのだ。

嬉しそうなロイドの声に、笑顔のまま顔を上げる。

しかし、そこにいる人物を目にした途端、ノスリは硬直してしまった。

目の前には、鮮やかな金の髪を陽光に煌めかせた立派な体躯の男が。

逆光になっているため、その瞳は深い藍を湛えているが、本来は澄んだ明るい青であることをノスリは知っている。

我が子と同じ色彩を纏ったその男を前に、ノスリは指先が冷たくなっていく感覚を味わっていた。

「おかあさん？」

「……ロイド。こっちに来なさい」

母親がいつもと違うことに気が付いたのだろう、ロイドが訝し気にノスリを見上げる。

そんなロイドをスカートの後ろに隠すようにして引き寄せたノスリは、引き攣る顔に無理に笑顔を作った。

「……旅の方ですか？　村で宿を取るのなら、元来た道を左手に曲がった先になりますよ」

敢えて、初対面を装って話しかける。

きっと彼は、ノスリのことなど覚えてはいまい。だったら、シラを切り通すまでだ。

しかし、ノスリの健気な努力は徒労に終わった。

「ノスリ・フォルトゥナだな？」

「……」

「その子は、どういうことだ」

まさか名前まで憶えていただなんてと、軽い驚きを覚える。しかも、ロイドのことに勘づいている。

まあでも、髪も目の色も全く一緒なのだ、気付かないわけがないのだが。

けれども、ここで引くわけにはいかない。ノスリは内心の動揺を押し隠して、知らない振りを続けた。

「何の、ことでしょう？」

「その子は俺の――」

「村の宿は！　元来た道を戻って左です！」

全てを言わせまいと、強い口調で遮る。

そこでその場に沈黙が落ちた。

今や藍色の瞳は、射貫くようにノスリを捉えている。その威圧感は途轍もない。

しかしここで引いたら、ロイドを失うかもしれないのだ。

ノスリは必死だった。

「この子は、私の子です」

「……」

「お引き取りを」

しばしの睨み合いの後、これ以上は話すことはないと強引に話を切り上げる。

二人の遣り取りを不安げに見守っていたロイドを見下ろして、ノスリは安心させるように微笑んでみせた。

「さ、ロイ。お家に入りましょう？」

「でも……」

「ロイに貰ったお花を、花瓶に生けなきゃ」

ロイドの体に手を回して引き寄せ、ウォルドに背を向ける。

そのままロイドを促すようにして歩き出そうとして、しかし。背後から呼び止める声にノスリは動きを止めた。

「その子の魔力は、俺のものと同じだ」

「……」

「その子は、俺の子だ」

低い声に、ノスリの手が震える。

その震えを隠すように、ノスリはギュッとロイドの小さな手を握った。

「いいえ。私の子です」

「……」

「それに。私達のことは、ウォルド様には関わりのないことのはずです」

そう、二度と関わるなと言ったのはウォルドのはずだ。にもかかわらず、何故今更こんなところにまで来て、ロイドを自分の子だと言うのか。

命懸けでロイドを生み、今日まで育ててきたのはノスリだ。それなのに。

ここまで言ってもその場を立ち去ろうとしないウォルドに、ノスリは段々と腹が立ってきた。

「何があっても他人だと仰ったのは、ウォルド様のはずです」

「だが！　その子は俺の子だ！」

「いい加減にしてください!!」

大声を出して振り返り、後ろのウォルドを睨みつける。

すると、まさかノスリが強く出るとは思わなかったのだろう、ウォルドが驚いたようにたじろいだのがわかった。

「確かにロイドはウォルド様に授けていただいた子かもしれませんが、産んで育てたのは私です!!」

「……」

「たった一度のそれで、父親面をするのはやめてくれませんか!?」

生物学的に言えばロイドはウォルドの子だ。

だが、あんなに冷たく機械的な逢瀬とも呼べないような交わりで、ただ種を寄越しただけの男が父親だと名乗るなど。しかもこの調子では、ロイドを連れていくとも言い出しかねない。

それだけは絶対に、ノスリは許せなかった。

「あなたは他人です!!　帰ってください!!　帰って!!」

「……」

大声を出し、ギリギリと睨みつける。そんなノスリに、ウォルドの瞳の藍が濃くなる。

重苦しい雰囲気に、二人の間の空気だけ薄くなったかのようだ。

互いに睨み合ったまま、緊張感に満ちた沈黙がその場に落ちる。

しかし、スッと瞳を細めたウォルドが一歩前に足を踏み出したため、ノスリはビクリと体を震わせた。

その時だ。

それまでノスリのスカートに隠れるようにしてその場を見守っていたロイドが、繋いだ手を振り切って、守るようにノスリの前に飛び出した。

「おかあさんをいじめるな!!　あっちに行けっ!!」

「ロ、ロイっ……――――っ!?」

次の瞬間、ロイドの体から吹き荒れる嵐のような突風が巻き起こった。

風が刃となり、辺りを巻き込んでズタズタに切り裂いていく。咄嗟に腕で顔を守るも、その腕に、そして体に、無数の傷ができていくのがわかる。

それでも吹き飛ばされるわけにはいかないと、何とか踏みとどまったノスリだったが、魔力の風が止んだ次の瞬間には、堪らずその場に崩れ落ちていた。

「ロ、ロイ……」

「はぁ……はぁ、……お、おかあさん……？」

自分でも何が起こったのかわからないのだろう、息を切らせてその場にぺたりと座り込んでしまったロイドが、不安げに辺りを窺っている。

そして、振り返ってノスリの姿を認めたロイドの瞳が、驚愕に見開かれた。

「おかあさんっ!!」

「ロ、ロイ……大丈夫、だから……」

「おかあさんっ！　おかあさんっ！　おかあさんっ!!」

血溜まりの中、必死に手を伸ばすノスリに、ロイドの顔が蒼白になる。

母親の血にまみれた姿にパニックを起こしているのだろう、ぺたりとその場に座り込んだまま、狂ったようにノスリを呼んでいる。

そんな我が子に、ノスリは必死に力を振り絞って這い寄った。

「……大丈夫……大丈夫だから……」

「おかあさんっ！　おかあさんっ！　わあああああっ!!」

「……ロイ……お母さんは、大丈夫……」

泣いて縋り付くロイドを抱え込むように抱きしめ、何度も宥めるように背中を撫でる。

そうする内に、徐々に落ち着きを取り戻してきたのか、ロイドの泣き声がすすり泣くものに変わってきた。

その時、スッと顔に影が差したことに気が付いたノスリは、のろのろと顔を上げた。

そこには、紙のように白い顔のウォルドがいた。

「……今、治癒を――」

そう言って、ノスリに手をかざしてくる。その顔は今にも倒れそうなほど青白い。

しかしそんなことを気にする余裕のないノスリは、べったりと額に汗を掻きながら、声を振り絞った。

「……村の……西の端に、薬草師が……」

そのまま、急速に視界が暗くなっていくのがわかる。

ロイドのすすり泣きが頭に響く中、ノスリの意識はそこで途切れた。

■□■

顔面を蒼白にして睨みつけてくるノスリを前にして、ウォルドは戸惑っていた。

確かに、何があっても関わってくれるなと言ったのはウォルドだ。でもまさかその時は、子供ができるとは思ってもいなかったのだ。

そもそも、ウォルドの魔力に耐えうる女がいるわけがないはずで、更には殆ど魔力のないノスリにウォルドの子ができる可能性はゼロに近い。

関わるなと言ったのはだからこその言葉であって、実際子供ができたと知っていたら、ウォルドだって責任を取っていただろう。

というか。

何でこの女は、子供ができたというのにウォルドを頼らなかったのだ。

あの時は、ウォルドを慕っていると言っていたわけで、それこそ子供ができたのなら、普通は喜び勇んで押しかけてくるものではないのか。それに、如何に人でなしとはいえ、さすがにウォルドだって我が子を成してくれた女性を蔑ろにするほど落ちぶれてはいない。

ノスリに強い拒絶を示されたこともあって、お門違いとはわかっていつつも、沸々と怒りが込み上げる。

何よりウォルドは、いくら知らなかったこととはいえ、五年もの間放置していた自分自身が情けなくて、とにかく腹立たしかった。

だからこそ、ここで引くわけにはいかず、距離を詰めるように一歩前に踏み出す。

その時だ。

それまで母親のスカートの後ろに隠されていたロイドが、ノスリの手を振り切って前に飛び出してきた。

ノスリを守るようにウォルドの前に立ちはだかり、キッと睨みつけてくる。幼いながらに気迫のこもった青い瞳に魔力の光が宿ったかと思うと、次の瞬間、ロイドの体から魔力が溢れ出すのがわかった。

「おかあさんをいじめるな!!　あっちに行けっ!!」

「ロ、ロイっ……――――っ!?」

ロイドを中心に、突風と共に逆巻く風の刃が辺りを切り刻んでいく。

咄嗟に防御のシールドを張ったウォルドだったが、既視感のある光景に動きが鈍り、ノスリを守るには一歩出遅れてしまった。

気付いた時には、魔力の風が止んだ後で。

そして、次に見た光景に、ウォルドは頭を殴られたような衝撃で真っ白になってしまった。

そこには、血溜まりに倒れたノスリと、呆然とした様子のロイドが。自分でも何が起こったのかわからないのだろう、ぺたりとその場に座りこんで辺りを窺っている。

恐る恐る母親の名を呼んでゆっくりと振り返ると、驚愕に目を見開いたのち、ロイドが狂ったように泣きだした。

「おかあさんっ！　おかあさんっ！　わあああああっ!!」

ロイドの叫び声が辺りに響き渡る。

その声は余りにも悲痛で、胸が掻きむしられるかのようだ。

しかしながら、助けなくてはと気持ちは急くのに、グラグラと視界が歪み、その場から一歩も動くことができない。

ロイドの姿に、当時の自分の姿が重なり、「化け物」と叫ぶ母親の幻聴がウォルドの頭の中でガンガンと響く。

暗く狭くなった視界が明滅し、胃の腑からせり上がるものに、ウォルドは口に手を当ててえづきを堪えた。

「……大丈夫……大丈夫だから……」

しかし、低く柔らかなその声が耳に届いた瞬間、ウォルドは暗くなった視界に光が射すのがわかった。

「……ロイ……お母さんは、大丈夫……」

「うっ、ひうっ……おかあ、さん……」

優しく宥めるその声が、ウォルドを現実に引き戻していく。痺れて感覚がなくなっていた手足に血が通い、そこでウォルドは大きく息を吐き出した。

見れば、血まみれになりながらもしっかりと我が子を抱きしめるノスリが。

その瞬間、何故かウォルドは自分までもが許され、抱きしめられたような気分になった。

けれどもそれも一瞬で、すぐにノスリの現状を思い出す。

つかの間、抱き合う母子の姿を食い入るように見詰めて、ウォルドはすぐさまノスリの元へと駆け寄った。

「今、治癒を……」

言いながら、ノスリの体に手を翳す。

見たところ内臓や筋肉に達するような傷はないが、如何せん出血が多い。とにかく、まずは出血を止めなければならないだろう。

応急処置の治癒魔法を施しつつ、急いでこの後の対応を考える。繊細な魔力調整が必要な治癒魔法は専門の治癒術師でなければ効果が得られにくいのだ。

血にまみれ、蒼白な顔で額にべったりと汗を掻いたノスリに気が気でない思いになるも、神経を集中させて治癒魔法を施す。

すると、ウォルドの存在に気付いたノスリが、ゆっくりとその顔を上げた。

「……村の……西の端に、薬草師が……」

声を振り絞ってそう告げて、ノスリの頭がガクリと落ちる。

それを手で受け止めて、ウォルドは膝をついて慎重にノスリを抱き上げた。

「……うっ……ひっく……おまえっ！　おかあさんに触るなっ!!」

途端ロイドが、ノスリを取り戻そうと必死になって殴ってくる。

先ほどのノスリとの遣り取りで、ウォルドが母親に害を為そうとしていると思ったのだろう。

そんなロイドに、ウォルドは片手で抱き上げたノスリを支えながら、もう片方の手でそっと暴れるロイドを抱き寄せた。

「やだっ！　はなせっ！　はなせよっ……!!」

「ロイド、すまなかった」

「おまえなんかっ！　おまえなんかっ……！」

「お前が勘違いするのもしょうがない。後でキチンと話をするから、今はお母さんを助けるために、協力してくれないか……？」

「ひっく……ひっく。……おまえの、せいで……」

「そうだな。本当に、すまなかった」

宥めるように優しく言い聞かせるうちに、ロイドの抵抗が小さくなっていく。

「とりあえず、お母さんをベッドに寝かせなくては。ロイド、家まで案内してくれるか？」

ウォルドの言葉に、ロイドがギュッとウォルドの服を掴んでこくりと頷く。

その瞬間ウォルドは、何故か胸が切なく締め付けられる感覚を味わった。

幸い彼等の家はすぐそこで、寝室と思しき部屋までノスリを運んでベッドに寝かす。

しかし、応急処置の治癒魔法で血は止まってはいるものの、傷口はまだ開いたままだ。ウォルドの技術では、これ以上の治癒は望めない。

　本当であれば、このまま転移魔法で王都の治癒術師のもとへと連れていきたいが、ノスリのこの状態で転移魔法を使えば、更に傷口が開く恐れがある。

　そこでウォルドは、顔をくしゃくしゃにして母親の手を握るロイドを振り返って、その膝をついた。

「ロイド。おかあさんの傷を治療しなくちゃならない」

「……」

「今から村の西端に住む、薬草師――薬を作ったり怪我(けが)や病気を治す人のところに行きたいが、ロイドは知ってるか？」

「……うっく……魔女の、……ひっく……おばあちゃんなら……」

　大概どの村にも、必ず一人は簡単な怪我や病気を治すための呪(まじな)い師がいる。彼等は薬草に精通しており、人によっては治癒術も行うのだ。

　多分、ロイドの言うところの魔女がノスリの言っていた薬草師なのだろう。

「わかった。じゃあ、その魔女のおばあさんの家まで、案内してくれないか？」

「……」

「俺はこの村のことはわからない。お前が頼りなんだ、頼む」

　俯(うつむ)いた顔を覗(のぞ)き込んで言えば、しゃくり上げながらもロイドがこくりと頷く。

　きっと、まだウォルドを信用しているわけではないが、母親を助けるためにはウォルドを頼るしかないということがわかっているのだろう。

　それでも、ひとまずロイドの協力が得られたことにホッとする。

そのままロイドの体を抱き上げると、ギュッと小さな手で服を握られて、ウォルドは再び胸が切なく締め付けられるような、それでいて温かくなるような不思議な感覚が込み上げるのがわかった。更には、震える小さな体を抱きしめれば、ウォルドの肩に顔を押し付けるようにしてしがみついてくる。

そんなロイドを守るように抱きしめて、ウォルドは急いで薬草師の元へと向かったのだった。


ロイドの案内で村の薬草師の元に向かったウォルドは、薬草がたくさん吊り下げられた如何にも呪い師らしいその家のドアを、ドンドンと拳で叩いた。

「すまない!!　至急診てもらいたい患者がいるんだ!!」

「うるさいね！　大声で怒鳴らなくても聞こえてるよ!!」

怒鳴り声とともに、勢いよくドアが開けられる。

むわっと青臭い薬草の香りとともに出てきたのは、黒いローブを羽織った背の低い老婆だ。ブツブツと文句を言いながら胡散臭そうにウォルドを見上げてくる。

しかしウォルドの顔を見るなり、老婆が皺だらけの目を驚いたように見開いてぽかんと口を開けた。

「あんた……！」

「突然すまない！　この子の母親が怪我をしたんだ！」

「おばあちゃんっ……！」

ウォルドが説明をしている隙に、ロイドがウォルドの腕からするりと下りて薬草師の老婆のもとに駆け寄る。

　ギュッと足下に抱きついたロイドとウォルドとを何度か見比べた後で、老婆がスッとその瞳を細めて探るようにウォルドを見詰めてきた。

「あんた……、ロイドの父親だね？」

「……」

「ノスリに、何をしたんだい？」

　眇められた老婆の目が、ウォルドを強く警戒しているのがわかる。

　それもそうだろう、女一人で子供を産んで育てていた母子の前に子供の父親がいきなり現れたというだけでも事なのに、しかもその日に怪我をしているのだ、ウォルドを疑って当然である。

　それに、怪我の直接の原因はウォルドではないとはいえ、それを誘発するような状況を作ったのは事実だ。

　何と言っていいかわからず、ウォルドが気まずげに押し黙ると、確信を深めたのだろう、薬草師の老婆がその目を鋭く光らせて睨みつけてきた。

「どんな理由があったか知らないが、女を孕ませといて今日の今日まで放っておいただけじゃ飽き足らず、怪我までさせたのかい!?　ノスリがどんなに苦労してこれまでこの子を育ててきたか……！この、ロクデナシがっ!!」

　罵声を浴びせられるも、全くもってその通りなのだから反論の余地もない。黙って罵られるに任せる。

　すると、罵るだけ罵って、そこで老婆がふんっと顎をそびやかした。

「……で？　なんの怪我なんだい？」

「全身の裂傷だ。一応、応急処置で出血は止めたが、俺の治癒術では傷は塞(ふさ)がらない。だから――」

「はあ!?　何でそれを早く言わない!!　こうしちゃおれん、すぐ準備するから待ってな!!」

ウォルドの話を聞かずに捲(まく)し立てていたのは老婆だが、それを言っても始まらない。ロイドを連れて急いでドアの向こうに消えた薬草師の老婆を見送って、一人外で待つ。

程なくして斜め掛けの大きな布カバンを持って現れた老婆とロイドに、すぐさまウォルドは近づいた。

「……急ぐので、失礼」

「はあ!?　何――ぎゃあっ！」

薬草師の老婆を、ロイドごと素早く抱え上げる。

そのまま転移魔法を発動させると、慣れない魔法に老婆が悲鳴を上げた。

「なっ……!?　お前さん、転移魔法なんて高度な魔法を使えるのかい!?」

転移魔法は、国の魔導師でも限られた極一部の人間にしか扱えない高度な魔法だ。本来、こんなにぽんぽん使えるような代物ではない。

それをいとも簡単に発動させたウォルドに、老婆が驚愕の瞳を向けてきた。

「そういえば治癒魔法も使ったと言ってたね!?　あんた、ただ者じゃ――」

「そんなことはいいから、早く治療をしてくれないか!?」

命に別状はないとはいえ、ノスリの怪我は決して軽くはない。

気が気でないウォルドがイライラして言うと、さすがに薬草師の老婆も大人(おとな)しくなった。

「じゃあ、わしが治療に当たるから、あんたはその間ロイドを見てておくれ」

「わかった」

一通りノスリの容体を診察した後で、老婆がウォルドを振り返る。

それに頷いて答えたウォルドは、心配そうにノスリの手を握ったままのロイドを促して、二人で寝室を後にした。


ロイドと改めて二人きりになって、その場に気まずい沈黙が流れる。

こんな事態になったのは、明らかにウォルドが原因であって、しかもノスリと言い争っていた現場を見ていたロイドとしては、ウォルドが許せないと思うのも当然である。

しかし、そうとわかってはいても、視線すら合わせようとしないロイドにウォルドは胸が切なく痛むのを感じていた。

それと同時に、ロイドに嫌われたことが辛いと感じている自分自身にウォルドは驚いていた。

これまでウォルドは、他人に感情を揺さぶられたことはない。人との関わりが面倒とすら感じていたくらいである。関わり合いを持たせるようなことはもちろん、積極的に誰かと関わろうとしたこともない。

にもかかわらず、ロイドに出会ってからは、むしろ彼等と関わりを持てないことにイラついている自分がいる。

そう、先ほどノスリに、他人だと、関わるなと言われてショックを受けたからこそあんなにも腹が立ったのだ。

もちろん、それが自業自得の結果であることは十分わかっている。過去、何があっても関わるなと彼女に言ったのは自分だ。

それに、あんな冷淡な態度を取られたのならば、彼女がウォルドを頼らなくても当然である。だというのに、自分のこの豹変ぶりは一体どういうことなのか。

確かにあの時、ノスリとロイド、母子の姿に、ウォルドは憧憬に近い思いを抱き、そこに自分の関わる余地がないことに寂しさを感じたことは間違いない。

そう、彼等と自分が現状他人であることに、疎外感と寂しさを感じたのだ。

ウォルドは、そんな自分に驚くと同時に、意外でならなかった。

「……ロイド。すまなかった……」

気まずい空気の中、ロイドの前にしゃがんで話しかける。

それでもロイドは、俯いたまま頑なに視線を合わせようとしない。そっと手を伸ばせば、小さなその体をビクリと強張らせる。

その様子に、そのまま所在なく手を彷徨わせて、ウォルドは諦めたように手を下ろした。

「……別に、お前やお前のお母さんに、何かをするつもりはなかったんだ」

「……」

「ただあの時は、自分に腹が立って…………いや、言い訳だな。……怖がらせてしまって、本当にすまなかった」

あの時、一体自分はどうしたかったのか。

ロイドが自分の子だと主張して、ノスリに何の反応を期待していたのか。

ウォルドは自分でもわからなかった。

そのまま再び、痛いほどの沈黙がその場に流れる。ウォルドを拒絶するかのように体を強張らせるロイドに、ウォルドはキリキリと胸が切なく痛みを訴えるのを感じていた。

それからしばらくして、寝室のドアが開けられた気配に、ウォルドとロイドは同時にその顔を上げて振り返った。

「傷は治したよ」

「おかあさんっ……！」

途端、ロイドが母親への下へと駆け出す。

その背中を見送ってからロイドを追ってノスリの下へと向かったウォルドは、ノスリの顔に血色が戻ったことを確認して、小さく安堵のため息を吐いた。

見れば、傷は全て跡形もなく綺麗に消えている。こんな小さな村にもかかわらず、この老婆の治癒術は相当だ。

思いも掛けず腕の良い治癒術師に恵まれたことに、ウォルドは内心驚いていた。

「……恩に着る」

「ふん。恩も何も、当然のことをしただけさあね」

「それでも、助かった。……感謝する」

そう言って、頭を下げる。

そんなウォルドをもの言いたげに見詰めた後で、薬草師の老婆がゆっくりと息を吐き出した。

「……ロイ坊から、話は聞いたよ」

「……」

「あの子の魔力が、暴走したんだね？」

聞かれて、無言で頷く。

「……全く。あんた、一体何してるんだい」

「……」

呆（あき）れたように言われても、言い返すことはできない。自分がノスリ達を追い詰めたのは事実だからだ。

「で。どうするつもりだい？」

顎をしゃくって促されて、ウォルドは視線をノスリとロイドに向けた。

ロイドは、ベッドに横たわるノスリにしがみつくようにして突っ伏している。

そんな二人を眺めながら、ウォルドはその問いに答えるためにゆっくりと口を開いた。

「……早急に書類を揃（そろ）えて、二人を引き取ります」

ロイドの存在を知ったからには、もう二人を放っておくことはできない。

もちろん、幼いロイドから母親を引き離すつもりはない。

それに、素直で母親想いのロイドを見れば、ノスリがどんなに彼を大事に育ててきたのかがわかる。

そんな彼女から、ロイドを取り上げるようなことはできないだろう。

ノスリが目を覚まし次第、ウォルドは婚姻の手続きをする旨を伝えるつもりだった。

「ま、それが一番妥当さあね」

「……」

「ただ。ノスリがそれを了承するかはわからんがね」

老婆が、深いため息をついて首を横に振る。

まずノスリは了承しないだろうと思っているのだろう。

静かに視線を寄り添う母子に戻したウォルドは、複雑な思いで彼等を見詰めた。


薬草師の老婆――ベラおばばが帰り、ロイドと一緒に夕飯を食べたウォルドは、流しで食器の片付けをしていた。

ノスリの傷は塞がったが、暴走したロイドの魔力に晒されたことによる魔力酔いで、ノスリは未だ気を失ったままだ。更には今夜は熱が出るだろうということで、ウォルドは看病のためにノスリ親子の家に留まることにしたのだ。

それに、ノスリの意識がない状態で、まだ幼いロイドを一人にするわけにはいかない。

本当はベラおばばが泊まって面倒を見ると言っていたのだが、自分が責任を持ってロイドの世話とノスリの看病をするからと、ウォルドから申し出たのだ。

治癒魔法は繊細な魔力調整を必要とする魔法で、集中力と大量の魔力を消費する。そうは見せなくとも、ベラおばばがノスリの治療で魔力を消費して疲れ切ってしまっていることを、ウォルドは察していた。

年も多い彼女に、さすがにこれ以上無理はさせられない。だからウォルドは、渋るおばばを言い含めて無理矢理帰したのだった。

それに何より、少しでも彼等親子にできることをしたいという気持ちがウォルドにはあった。

食器を片付け終えて、その足でノスリの寝室へと向かう。

部屋では、ロイドがノスリの手を握ったまま、身動ぎもせずにベッドサイドに立ち尽くしていた。

「……」

そんなロイドの隣に立って、無言で盥の中で布を絞ってノスリの額の布を取り換える。おばばが言った通り、少し前から熱が出始めたのだ。

そのままベッドサイドにある椅子に腰掛けたウォルドは、静かにノスリを見守った。

部屋には、ノスリの少し荒い呼吸の音だけが響く。

じっとりと汗を掻いたノスリの顔を布で拭って、再び額の布を載せ直すと、そこで初めて、ロイドがポツリと言葉を漏らした。

「……ぼくのせいだ……」

「……」

「……おかあさんが……しっ、死んだら……ぼくのせいだ……！」

そう言って、ポロポロと涙をこぼす。ここまでずっと、泣くのを堪えていたのだろう。

俯いてしゃくり上げるロイドに、ウォルドは胸が締め付けられるような思いになった。

「大丈夫だ。お母さんは、死なない」

ロイドの隣に膝をついて、そっと涙を拭ってやる。

ギュッと握られた小さな拳が震えているのを見て、ウォルドは堪らずロイドを抱き寄せた。

「大丈夫。お母さんは死なないし、それに、お前のせいじゃない」

「……で、でも……」

「お前はお母さんを守ろうとしただけだ。……悪いのは、俺だ」

宥めるように、優しくロイドの背中を撫でる。

ノスリを守ろうと魔力を暴走させたことで、結果自分がノスリを傷つけてしまったことを気にしているのだ。母親思いの優しいロイドが、そうやって自分を責めていることがウォルドは辛かった。

「お前は何も悪くない」

「……うっ……」

「それに、お母さんは絶対死なない」

「……ほっ、本当に……？」

「本当だ。死なないし、死なせない」

「……うっく……や、約束だよ……？」

「ああ。約束だ」

静かに力強く言い切れば、ロイドがウォルドにしがみついてくる。

そんなロイドをそっと抱き上げたウォルドは、ロイドが泣き疲れて眠るまでずっとその背中を撫でていた。


その夜、夜半過ぎから更に熱が上がったノスリを、ウォルドは寝ずに看病していた。

熱に浮かされてうわ言のようにロイドの名を呼ぶノスリは、見ていて何とも痛々しい。夢の中ですら我が子の心配をするノスリの姿に、ウォルドは複雑な思いに駆られていた。

同時にウォルドは、ロイドが魔力を暴走させた時のことを思い出していた。

あの時、血溜まりに倒れるノスリの姿に、自分は何を重ねていたのか。これまで、子供の頃のことなど思い出すことなく生きてきたにもかかわらず、あの瞬間、ウォルドは激しい衝撃を受けていた。

まさか自分があんな風になるなど思ってもみなかったことで、思い出す度に酷く動揺してしまう。

自分でも気付かない潜在意識の奥で、実は当時のことが未だ傷として残っているというのだろうか。

母親のことなど顔も碌に思い出せないというのに、だ。

ここに来てから思ってもみないことばかりで、自分でも自分のことがわからず、戸惑ってしまう。

物思いに沈みながら、ノスリの額の布を取り換える。するとその時。

ウォルドの目の前でノスリのまつ毛が震え、ゆっくりとその瞼が開けられた。

そのまま、ぼんやりとした視線がウォルドを捉える。

そんなノスリに声を掛けようとして、しかしノスリの発した掠れた声に、ウォルドはその口を噤んだ。

「……ロイド……？」

「……いや、俺は――」

「ロイ……良かった……」

まだ熱も高く、ウォルドをロイドと間違えているのだろう。もしかしたら、幻覚を見ているのかもしれない。

次の瞬間、ふわりと微笑みかけられて、思わずウォルドは固まった。

「ロイド……無事で、良かった……」

ノスリの腕がゆっくりと持ち上げられて、手がウォルドの頬に添えられる。その手は、熱のために燃えるように、熱い。

そっと頬を撫でられ、慈愛の微笑みを向けられて、ウォルドはますます固まってしまった。

「……ロイド……私の、可愛いロイ……」

「……」

「泣かないで……」

ノスリの手が、優しくウォルドの髪を撫でる。

その柔らかい手の感触と伝わる温もりに、胸の奥の奥に常にある、凍てついた氷が解けていくような感覚を味わう。

気付けば、ふと、視界が霞んだ感覚が。

「ロイド……愛してる……」

柔らかに微笑みを湛えた温かな鳶色の眼差しが、ウォルドを捉えている。

そこには、我が子を愛する母の瞳があった。

固まったまま動けないウォルドの前で、再びゆっくりとその瞼が閉じられ、手の熱が離れていく。

しばらくして安らかな寝息が聞こえてきても、ウォルドは動けないままだった。

そのまま、呆然と眠るノスリを見詰め続ける。

次の瞬間、ぱたりと雫が垂れた感覚に、ようやく呪縛が解けたウォルドは、ゆっくりと自身の顔に手を当てた。

「な――」

冷たい頬の感触に、一瞬何が起こったのかわからず動揺する。

濡れた自身の掌を見下ろして、ウォルドは盛大に戸惑ってしまった。

「……俺は……泣いて、いるのか……？」

その間も涙の雫がぱたぱたと、眠るノスリの上掛けに染みを作っていく。

涙を流したことなど、物心がついてから一度もないウォルドは、一体何が起こっているのかわからず呆然となった。

ロイドとウォルド、音の響きが似ていることもあって、〝愛してる〟と言われた瞬間、ウォルドはまるで、自分に向けてその言葉が言われたかのような錯覚に陥っていた。

それと同時に、胸が締め付けられる切なさと、自分の存在を許されたかのような柔らかく温かい感情が込み上げてくる。かつて母親に拒絶され、〝化け物〟と呼んでその存在を否定された過去が、ノスリの言葉で塗り替えられていくかのようだ。

触れられた手の熱がいつまでもそこに留まっているかのように感じて、ウォルドは静かに目を閉じた。

Ⅳ

夢現で、ロイドが泣いているような気がして、ノスリは必死にロイドの名を呼び続けていた。

ふと、瞼を開ければ目の前に、ロイドの青い、青い、瞳が。

今にも泣き出しそうなその瞳に、泣かなくていいのだと微笑みかける。手を伸ばして触れた頬は、
心なしか硬く、ザラリとしていたような気がするけれど、ロイドの髪はいつもの通り温かく柔らかい。

ふわふわとした金の髪を撫でれば、その青い瞳が涙で揺れる。

泣かないで。お母さんは大丈夫だから。

私の可愛い、可愛い、ロイド。

愛してる。

そのまま、意識が泥のように沈んでいく。

非常に穏やかな気持ちで眠りについたノスリは、今度は何の夢も見ずにぐっすりと眠った。


翌朝。

朝日に瞼を開けたノスリの目に飛び込んできたのは、鮮やかな金の髪と青い眼だ。

見慣れた我が子の色彩にホッとする。しかし同時に、何か違和感が。

「……ロイド？」

「違う」

「え……？」

呼びかけに答えた低い声に、ノスリの意識が急速に覚醒していく。

「――っ!!」

次の瞬間、ノスリは目を見開いたままベッドの上で硬直してしまった。

目の前には、我が子と同じ色彩の、大人の男が。それが誰なのかを理解して、ノスリは顔から血の気が引いていくのがわかった。

しばしの間、互いに見詰め合う。

だが、先に視線を逸らしたのは、ウォルドの方だった。

「……怪我は、薬草師の婆さんに診てもらった。ただ、魔力酔いで熱が出てたから、看病を……」

言われて、昨日のことが脳裏に蘇る。

ウォルドとの遣り取りとその後の出来事を思い出して、そこでノスリは慌てて体を起こそうとした。

「ロイドはっ――――っ!?」

「待て。急に体を起こすのは危険だ」

途端、クラクラと眩暈に襲われたノスリの体を、ウォルドが支える。

支えられた体をゆっくり横たえられて、眩暈が収まったノスリはふうっと息を吐き出した。

「ロイドなら、そこにいる。お前から離れたがらないから、とりあえずそこに寝かせた」

見れば、ソファーの上で毛布に包まって眠るロイドが。

この家にはベッドが一つしかないから、それでそこに寝かせたのだろう。ロイドのあどけない寝顔に、ひとまず安心する。

　視線をウォルドに戻して、しかしそこで、部屋に気まずい沈黙が降りた。

　よく考えれば、ウォルドとは昨日は碌に会話をしていない。出会い頭にロイドを「俺の子だ」と言われて思わず頭に来てしまったが、だからどうとは彼は何も言ってはいないのだ。

　もしかしたら、あの時はただ事実確認をしたかっただけなのかもしれない。高名な聖騎士であるウォルドが何故こんな辺鄙な村にいるのかがわからないが、人と関わりになることを極端に嫌う彼であれば、ロイドの存在を知って、改めて自分と関わってくれるなと念押ししたかったという可能性は十分にある。

　であれば、もとより関わるつもりなど更々ないわけで、その旨を伝えれば彼も引き下がるだろう。

　そんなことを考えていると、沈黙を破ってウォルドが静かに話しかけてきた。

「……昨日は、すまなかった」

「……」

「責めるつもりでは、なかったんだ。ただ、驚いてしまって……。だが、結果的に追い詰めることになってしまって、本当にすまなかった」

「……はい」

　存外に穏やかに謝られて、素直に頷く。

　やはりあの時は、彼もロイドの存在を知って動揺していたのかもしれない。となるとやはり、事実確認をしたかっただけなのか。

　しかし、ノスリのそんな期待は、続けられたウォルドの言葉にアッサリ裏切られた。

「ただ、お前達の存在を知ってしまった今、そのままにしておくことはできない。だから、早々にお前達を引き取ろうと思う」

ノスリは、再び眩暈がしてくるのがわかった。

まあ、彼の言っていることは普通に考えて至極真っ当な話である。

だが、真っ当ではあるが、迷惑だ。

深くため息を吐いて気持ちを落ち着ける。息を吐き出して顔を上げたノスリは、静かにウォルドを見返した。

「いえ。その必要はありません」

「……」

「ウォルド様に私達を引き取っていただく必要は、一切ありません」

キッパリと言い切る。

そんなノスリに、ウォルドの青い瞳が揺れたような気がしたが、ノスリは構わず話を続けた。

「多分、道義上の問題としてそう仰ってくださっているのだと思いますが、本当にその必要はないんです。私とロイドは今のままで十分幸せですし、何より、ロイドを授けてくださったことを感謝することはあっても、ウォルド様を恨むだなんてことは一切ありませんから。だから、私達親子のことはお気になさらないでください」

そう、別に彼が気に病む必要はないのだ。

関わるなと言われて、それをわかっていてそれでも彼の子供を望んだのは、ノスリだ。

それに、確かに母一人子一人の暮らしは楽ではないが、別にやっていけないわけではない。むしろ村の皆にも受け入れられた今、ここでの生活はとても暮らしやすい。

　何よりここまでノスリとロイド、二人でやってこれたのだ、今更形だけの父親など必要ないだろう。

　けれども、ノスリの言葉に何故かウォルドが傷ついたような顔を見せたため、ノスリは戸惑ってしまった。

「……いや、道義上の問題とかそういうことでは……」

「……」

　そこで、視線を逸らせたまま、ウォルドが気まずく言葉を途切れさせる。その様子は、何ともきまり悪げだ。

　しかしながら、道義上の問題ではないというのなら、何なのだ。

　小さく息を吐き出したノスリは、再びウォルドを見上げた。

「まあ、ウォルド様が心配なさるお気持ちもわかります。隠し子がいたなどと流布されては、ウォルド様の名前に傷がつくわけですから。でも本当に、私達はウォルド様と関わるつもりはないのでご安心ください。なんなら誓約書をしたためても構いません。だから噂になる前に、私達のことは忘れて早くお帰りになってください」

　ロイドの父親の話は、誰にも話してはいないし話すつもりもない。だから村の人間にウォルドの顔を見られていない今なら、ウォルドがロイドの父親であると気付かれることはない。

　まあ、薬草師のベラおばばは気付いただろうが、彼女は口が堅いのだ、言いふらすようなことはしないだろう。

「このままここにいれば、必ず噂になります。看病してくださったのはありがたいですが、本当に、村の誰かに見られる前にお帰りになってください」

　ここは小さな村だ。旅人が来たというだけでもすぐ噂になるのに、身寄りのないノスリ親子の元に男が訪ねてきたなどとなれば、それこそ大騒ぎになる。

　それでなくともロイドはウォルドにそっくりなのだ、ウォルドがロイドの父親であると、すぐに知られてしまうだろう。

　しかし、ここまで言ってもウォルドの表情は硬いままだ。青い瞳が、暗い藍色になっている。ロイドが深く傷ついた時に見せるその瞳の色に、思わずノスリはドキリとした。

　その時、家のドアを叩く音で、二人の間の重く気まずい空気が破られた。

「あっ……！　待って！　待ってください！」

　すぐさま踵を返したウォルドに、ノスリは慌ててしまった。

　誰かに見られる前に帰って欲しいと、今言ったばかりではないか。

　それに多分、今来たのは毎朝採れた牛乳を配達してくれているコリドーだ。口の軽い彼にウォルドを見られたら、それこそ一瞬で村中に広まってしまう。

　しかしウォルドを止めたくとも、ベッドから下りて立とうとしただけで立ち眩みがしてしまう。回る視界に耐えきれず、堪らずベッドに片手を預けてうずくまる。

　すると、玄関のドアが開けられる音と、コリドーの驚いたような声が聞こえてきた。

「ノスリちゃん、おはよ――――っわあっ!?」

「何用だ」

「あっ、あんた……！　ちょっ……あんた、もしや……!?」

「……それを、届けに来たのか？」

「あ、ああ、……そうだが……」

外から聞こえてくる遣り取りに、ノスリの眩暈がますます酷くなる。

これはもう間違いない。午前中の内には村中の人間が知ることになるだろう。

「……なあ、あんた。もしかしてロイ坊の……？」

「そうだ」

「やっぱり！」

「ウォルドだ。これから世話になる」

「俺はコリドーだ！　毎朝皆の家を回って牛乳を配ってるのさあ！」

表のやり取りはまだ続いている。

旅人の服装をしたウォルドが国の有名な聖騎士だとは気付いていないようだが、ウォルドは一体何を考えているのか。これでは、ウォルドの存在を広めてくださいと言っているようなものだ。

これからのことを思って、ノスリは痛む頭に手を置いて深いため息を吐いたのだった。


「ウォルド様！　一体どういうおつもりですか⁉　これじゃ、村中に広めてくれと言っているようなものじゃないですか‼　噂になって困るのはウォル――――きゃあっ⁉」

「まだ、起き上がるのは辛いだろう。今日は一日、休んでるんだな」

ベッドサイドにうずくまったまま捲し立てるノスリを、ウォルドが抱き上げてベッドに移動する。いきなり抱き上げられて、ノスリは悲鳴を上げてしまった。

更には、ノスリの悲鳴でソファーで寝ていたロイドが目を覚ます。眠そうに眼を擦って、しかし、ノスリの姿を認めた途端、勢いよくソファーから飛び降りて駆け寄ってきた。

「おかあさん！　おかあさん！　おかあさん!!」

「ロイド……」

「おかあさん、ごめんなさい！　ごめんなさい!!」

泣きながらしがみつくロイドを抱きしめて、優しくその髪を撫でる。

きっと昨日は、ずっとノスリが心配でならなかったのだろう。ロイドが味わっただろう恐怖と衝撃を思うと、胸が痛くなる。

小さく柔らかいその体を抱きしめて、ノスリは宥めるように声を掛けた。

「大丈夫。それに、ロイドは何も悪くないわ」

「おかあさん……」

ロイドが落ち着くまで抱きしめて、背中を撫でる。

すすり泣きが小さくなったことを確認してノスリが顔上げると、すると、そんな二人を見守るかのようなウォルドがいた。

その瞳は、何か眩しいものを見るかのように細められている。優しいその表情は、しかしどこか寂し気だ。

初めて見るウォルドのそんな顔に、ノスリは意外な思いになった。

「……とりあえず、朝食を作ってくる。お前達はそこで待ってるといい」

そう言って、ウォルドがドアの向こうへと消える。

まだたった一晩しか経っていないにもかかわらず、その動きはやけによどみない。人の家だというのに勝手知ったる場所のように馴染んでいる。

先ほどのコリドーとの会話といい、ノスリはひしひしと嫌な予感を感じていた。


ノスリのために寝室で三人一緒に朝食をとった後も、ウォルドは当然のように食器を片付け、動けないノスリに代わって家のことをやっている。その様子からは帰る気配は微塵もない。

しかも、途中家に訪ねてきた村の人間を当たり前のように出迎え、あまつさえ彼等の質問に正直に答えている。

さすがにノスリの怪我の経緯は伏せたようだが、自分が聖騎士であることまで聞かれるまま答えるウォルドに、ノスリは頭が痛くなる思いだった。

これではもう、隠しようがないではないか。自分から噂を流すような真似をして、彼は一体どういうつもりなのだ。

昼近くになって薬草師のベラおばばが訪ねてきた時には、寝ていただけだというのに、ノスリはぐったりと疲れ果てていた。

「……ノスリ。あんた、村で凄い噂になっとるよ」

「ええ、そうでしょうね……」

思わず遠い目になってしまう。

訪ねてくる人間、誰彼構わず自分のことを吹聴していたら、そりゃあ噂にもなるだろう。

「聖騎士のウォルド……。奴はあの、ウォルド・バーティミリかい？　道理でやけに高度な魔法を使うと思ったよ」

おばばはどうやら、聖騎士としての彼のことを知っているらしい。

「それと。何であんたが、わざわざこんな辺鄙なところで、一人で子供を育ててたのかもね」

「……」

「まあ、何か理由があるとは思ってたが、相手があれじゃ、あんたも身を引かざるを得ないわな」

おばばが言うには、身分違いの関係にノスリが自らその身を引いて、ひっそりここでウォルドの子供を育てていたのだという話で村の人間達は納得したらしい。

そして、消えたノスリをずっと探していたウォルドが、たまたま通りかかったこの村でロイドの存在を知った……と。

「いやあ、物語みたいな話だねえ。ま、でも。良かったじゃないか」

言われて、ノスリは押し黙った。

ウォルドが述べた事実から、村人達は勝手に好意的解釈をしたようだが、実際はそんな綺麗な話ではない。彼等はウォルドとノスリが恋人関係だったと思っているようだが、本当のところ二人は、全くの他人の関係だ。ロイドを授かった経緯は、とてもではないが人に言えるような話ではない。

ウォルドがたまたまここを通りかかってロイドを知ったのはそうだとしても、それは本当にただの偶然であって、皆が思っているようにウォルドがノスリを探していたわけでも、ましてや彼がノスリに特別な感情を抱いていたわけでもない。

だからこそ、話はそう単純ではないのだ。

「……違うのかい？」

ノスリの顔から何かを察したのだろう、おばばが訝(いぶか)し気な顔になる。

しかし、聞かれても答えられるような内容ではないためそのまま押し黙っていると、察しの良いおばばが深いため息を吐いた。

「そうかい」

「……」

「じゃあ、これからどうするつもりだい？」

「……これまで、通りに……」

「なるほど、ね。……ま、でも、そうなんじゃないかとは思ってたよ」

再びおばばが深いため息を吐く。

そんなおばばに、ノスリはホッとする思いになった。

「でも、どうするんだい？　あの男は、あんたと一緒になるつもりみたいじゃないか」

そうなのだ。あれからまたウォルドと話をしたのだが、やはり彼はノスリと正式に結婚をしてロイドとノスリを引き取る気でいるらしい。

しかしながら、何度もそんな必要はないのだとノスリが言っても、全く話が通じないのだ。

また、今日はひっきりなしに来客があるために、その度話が中断されて落ち着いて話をすることもできない。挙句に、村では既にノスリがウォルドと結婚するという話が流れていて、お祝いを言いに来る人間までいる始末だ。

しかも、ノスリが対応に出られないことをいいことに、ウォルドもそれを一切否定しないから余計に質(たち)が悪い。

自分の望まない方向にどんどん話が進められているこの状況に、ノスリは困ると同時に、非常に腹が立っていた。


「ま。第三者がいた方が、話はまとまるからね」

今寝室には、ウォルドとおばば、そしてノスリの三人がいる。ノスリがベラおばばに頼んで、話し合いの席に同席してもらうことにしたのだ。

ちなみにロイドはちょうどお昼寝の時間で、隣の部屋で眠っている。ウォルドが父親だとはまだ知らないとはいえ、それでも今から話す話は子供に聞かせるようなものではない。

おばばにはこの際、ロイドを授かるに至った経緯を正直に話していた。

「……ウォルド様にお話があるのですが」

「なんだ」

「この際、単刀直入(たんとうちょくにゅう)に言わせていただきます。お願いですから、早く、帰ってくださいませんか？」

ここまでは一応気を使って言葉を選んでいたのだが、それではサッパリ話が進まない。

いい加減ノスリも、話の通じないウォルドにうんざりしていた。

「正直、迷惑です」

「……」

「そもそも、いつ私がウォルド様と結婚することを了承しました？　勝手に話を進めて、しかもそれを人に言い触らすとか、迷惑以外の何物でもないんですが」

自分でも思ってもみないほど冷たい声が出る。

そんなノスリにたじろいだ風のウォルドだったが、さすがに勝手に話を広められて、ノスリも頭にきていた。

「それに、何があっても関わるなと仰ったのはウォルド様です。私も、ウォルド様と関わりたいと思っておりません。ですから、頼むから私達を放っておいてくれませんか？」

そう言って、冷えた視線を向ける。

すると、ノスリが心底怒っていることがわかったのだろう、ウォルドが戸惑ったような顔になった。

「しかし、そういうわけには……」

「だから！　迷惑だと言っているんです!!」

「……」

「これまで私とロイド、二人でやってきました！　今更形式上の父親なんて、必要ないんです!!」

この期に及んでまだ四の五の言うウォルドに、ノスリの我慢は限界だった。

話が通じないにも程がある。それに、義務感で引き取るとか、一体何様のつもりなのだ。

勝手にノスリ達の生活に割り込んできて、血が繋がっているというただそれだけで父親面をするウォルドがノスリは許せなかった。

「義理で結婚なんて、していただかなくて結構です。私は、ウォルド様と結婚するつもりなんて一切ありませんから。というか。ウォルド様と結婚なんて、絶対に嫌です。もちろん、ロイドも渡しません。……そういうわけですから、さっさとお引き取りください」

冷たく、吐き捨てるように告げる。

義理で結婚などまっぴらだ。藍色になったウォルドの瞳が苦し気に揺れている気がしたが、ノスリはそれを無視して顔を逸らせた。

しばしその場に、重苦しい沈黙が流れる。

しかし、その沈黙を破ったのはウォルドだった。

「……義理では……」

「……」

「別に、義理で引き取ると言っているわけでは……」

そう言って、言い淀む。

だが、義理ではないというのなら、何なのだ。

すると、深く息を吐き出し顔を上げたウォルドが、真っ直ぐにその深く青い瞳を向けてきたため、ノスリは思わずたじろいでしまった。

「過去、お前にした仕打ちは悪かったと思う。五年もの間放っておきながら、父親だと名乗り出ることが烏滸がましいこともわかっている。しかも、自分から関わるなと言っておいて今更だと、お前が怒るのも当然だ」

「……」

「だが、今は関わりたいと、関わらせて欲しいと思っている。……駄目だろうか……？」

ウォルドの言葉と態度からは、彼が本気でそう思っているだろうことが伝わってくる。

しかし、駄目かと聞かれても、すぐに答えられる話ではないことは確かだ。今日まで、一人でロイドを育てていくつもりでいたのだ、急にそんなことを言われてもわからない。

それに、記憶にあるウォルドと今目の前のウォルドとの余りの違いように、ノスリは戸惑っていた。

ノスリの知っているウォルドは、どこまでも冷え切った冷たい目をした男だ。こんな真摯な熱を持った眼差しは、知らない。

何と言って答えて良いかわからず、再びその場に沈黙が落ちる。

すると、二人の遣り取りを聞いていたおばばが、ふうっと長い息を吐き出した。

「……とりあえず、二人の言い分はわかった」

「……」

「……」

「まあでもウォルド、お前さん。あんた、何か大事なことを忘れてやしないかい？」

そう言って、おばばが呆れたような顔になる。

「あんた、ノスリ達を引き取るだのなんだの言う前に、やることがあるだろうが」

「……？」

しかしながら思い当たることがないのだろう、訝し気な顔になったウォルドに、おばばが深いため息を吐いた。

「誰かと関わり合いになりたいというのなら、関わってもいいいと思わせるだけのものがなきゃあ、そりゃあ無理さな」

「……」

「いきなり現れて、やれ父親だ何だと言われても、これまで一切関係のなかった他人のあんたを、ノスリが信用できないのは当たり前さ」

おばばの言葉に、ウォルドがハッとしたような顔になる。

それを見守って、おばばが話を続けた。

「ノスリ達に関わりたいと思うのなら、まずあんたは、ノスリ達があんたと関わってもいいと思えるように誠意を見せる必要があるんじゃないのかい？」

噛み砕くようなおばばの説明に、ウォルドが恥じ入ったようにその手を口元に当てた。

どうやら、言われるまでは全くそのことに思い至らなかった様子だ。その姿は、ノスリの知る尊大な聖騎士としての彼からは程遠い。あまつさえ照れて恥じ入るその様は、少年のような印象を与える。

そんなウォルドを、ノスリは意外な思いで見詰めた。

「そ、そうだな……確かに。……思い至らず、本当に、すまない……」

「……」

「……では……、お前達に関わりになるための、チャンスを、くれないか……？」

素直に謝られて、ノスリは頑なだった心が少し解れたのがわかった。

それに、今目の前にある瞳は、ロイドのものと同じだ。ノスリに怒られた時に見せるロイドと同じ顔を見せられたら、どうしたって許さざるを得ない。

許しを請うウォルドのその瞳に、ノスリは小さく息を吐き出した。

「……わかりました」

「……」

「では、一旦考えさせてください」

「……わかった。……ありがとう……」

呟くようにお礼を言われて、更に意外な気分になる。

果たして彼は、こんな人間だったか。記憶の中の彼の姿を探る。

しかし、すぐにノスリは思い直した。

こんな人間だったも何も、比べられるほど自分はウォルドのことを知っているわけではない。

それに過去、彼がノスリに取った態度だって、あんな風に迫られたのなら軽蔑されて当然だ。むしろ相手にしてくれただけマシな方だろう。

何より、ノスリはウォルドを恨んではいない。ウォルドにも言ったように、ロイドを授けてくれたことを感謝しているのは本当だ。

だったらまずは、彼のことを知るべきだろう。

ウォルドがロイドの父親であることに変わりはないのだから。


その日の夜、いつものようにロイドと一緒に横になりながら、ノスリはウォルドとロイド、三人で食べた夕飯のことを思い出していた。

ベラおばばの治療を受けて殆ど回復したノスリだったが、念のため一日様子を見た方が良いと、夕餉の支度をウォルドがしたのだ。朝、昼と、ノスリの代わりに食事の用意をしてくれていたため、彼の料理の腕前はわかっていたが、夕飯に出された料理は豪快ではあるものの、非常に美味しいものだった。

　おばばの治癒魔法と薬草で傷は治ったとはいえ、体に掛かった負担まで消えるわけではない。そんなノスリに滋養をと、いつの間に狩りに行ったのか知らないが、ウォルドが見事な牡鹿を狩ってきたのだ。

　呆気に取られるノスリ親子の前でテキパキと解体し、あっという間に肉を部位毎に切り分ける。食べ切れない分をおばばや近所に配って、夕飯に一番良い部位をステーキにして出したのだ。

　初めての経験にロイドは大はしゃぎで、解体こそは恐ろしげにノスリのスカートの後ろに隠れていたが、その後は終始ウォルドに纏わりつくようにして他愛のない質問を続けていた。

　そんなロイドを邪険にすることもなく、むしろ丁寧に質問に答えるウォルドに、ノスリはまたもや意外な心持ちになっていた。

　確かに、ウォルドが言っていたように、形式的に義理でロイドを引き取りたいというわけではないらしい。むしろ、ロイドを見詰めるウォルドの瞳には、温かな優しささえある。それが父親としての愛情なのかはわからないが、少なくともロイドを我が子として慈しむ感情のようにノスリの目には映った。

　あれほど他者を寄せ付けないことで有名なウォルドが、うっすら微笑みすら浮かべるその様に、ノスリは内心驚きを隠せなかった。

同時に、ノスリは複雑でもあった。

やはり、血の繋がりとはかくも強いものなのか。

しかし、それだけでどうにかなるものでもないことをノスリは痛いほど知っている。普段は封印している記憶の中から自身の父親を思い出せば、知らず体が震えるのがわかる。

やはり、様子を見なくてはわからない。

今は初めて我が子と出会った驚きでウォルドもロイドに優しく接しているが、何が切っ掛けでまたあの冷たい態度に戻るかわからない。子供とは、常に機嫌が良くて可愛いというわけではないからだ。

そうなった時、ノスリは良いが、ロイドにあの凍てつく瞳を向けられることだけは、ノスリは絶対に許せなかった。

第一、ノスリ自身がウォルドとこの先上手くやっていけるとも思えない。何より彼とノスリでは、身分の差がありすぎる。

それにこういう場合、本来ならロイドだけを引き取るものなのだ。ただ、ノスリの強硬な態度とまだ幼いロイドから母親を引き離すことはどうかということで、ウォルドは二人とも引き取ると言っているに過ぎない。

しかしロイドのことを考えたら、こんな片田舎でノスリと暮らすよりも、地位も身分もあるウォルドの下で暮らした方が良いに決まっている。何と言ったって、彼は次代の英雄であり、子爵位を持つ貴族なのだ。どちらに育てられた方が良いかだなんて、そんなの火を見るよりも明らかだ。

それと、ロイドの魔力の問題もある。

通常魔力の覚醒は十歳前後であり、こんな幼い内に魔力を覚醒させることは滅多にないのだという。

それというのも、ロイドは一般に比べて非常に魔力量が多く、その潜在能力は計り知れないものがあるのだそうだ。

　さすがウォルドの子供というところだが、話はそう単純ではない。

　こんなにも幼い内に大量の魔力を覚醒させてしまった今、魔力の制御方法を覚えなければロイドの命に関わるのだそうだ。

　それにまた、ロイドの感情の昂(たか)ぶりによっていつ今回のように魔力を暴走させないとも限らない。そうなった場合、傷つくのはロイドだ。だからこそ、早急にロイドは魔力の制御を覚える必要がある。

　そこでウォルドが、ロイドに魔力制御を教えたいと申し出てきたのだ。

　国の筆頭大魔導師をも凌(しの)ぐ魔力を持つというウォルドであれば、これ以上ない適任である。しかも彼はロイドの父親なのだから、教師役を務めるには何の問題もない。むしろ彼以上の適任はいないだろう。それもあって、ノスリはウォルドと関わりになることを拒めなかったのだ。

　きっとこのままウォルドと関わっていけば、ロイドも父親としてウォルドを慕うようになるだろう。

　しかしその時、ノスリは。

　ロイドの将来を考えれば、ノスリは身を引くべきだ。ウォルドの子として社交界に出る際に、平民の母親の存在はロイドの枷(かせ)となる。

　けれどもノスリは、どうしてもロイドを手放す気にはなれなかった。

　ロイドに母親が必要な以上に、ノスリにとって今やロイドは、生きる全(すべ)てだ。

　隣で眠る、小さく柔らかな体を無意識に抱き寄せる。

子供特有の体温の高い体を抱きしめて、その鼓動にジッとノスリは耳を傾けた。

■□■

「義理で結婚なんて、していただかなくて結構です。私は、ウォルド様と結婚するつもりなんて一切ありませんから。というか。ウォルド様と結婚なんて、絶対に嫌です。もちろん、ロイドも渡しません。……そういうわけですから、さっさとお引き取りください」

ノスリに、迷惑だと、関わってくれるなと言われて、ウォルドは頭が真っ白になった。

一体、何故。

子供ができたとなれば、普通は結婚するものではないのか。

確かに、過去に関わるなと言ったのはウォルドだ。ノスリの気持ちを無下に扱い、面倒臭いからと徹底的に傷つけたのは自分だ。

しかしながら、どこかで慢心があったのも事実で。そうはいっても、まだ慕ってくれているものだと、何の根拠もなく思っていたのだ。

だが、今目の前には、ウォルドを冷たく蔑むノスリが。

あの温かな鳶色の瞳が、今は氷のような視線をウォルドに向けている。その目は、ウォルドは他人だと、全く関わりのない人間だと伝えている。

そんなノスリに、ウォルドは激しいショックを受けていた。

ロイドと間違われたあの時、ウォルドはノスリに自らの母親の姿を重ねていた。母親がウォルドに決して向けてくれなかった愛情を、ノスリが代わりに与えてくれたように感じていたのだ。

あの瞬間、ウォルドは幼い頃（ころ）のウォルドに戻っていた。かつて化け物と罵（ののし）られ、いらない子として捨てられた自分が、ノスリによって許され、癒（いや）されていくかのようだった。

そんなウォルドは安らかに眠るノスリを見詰めながら、初めて湧（わ）き起こる感情に戸惑いつつも、ハッキリと自らの思いを認めた。

ロイドとノスリ、この二人と一緒にいたい、家族として彼等を守り慈しみたいと。

ベラおばばにどうするのかと問われて答えた時は、ただ漠然とそうするべきだと思ったから二人を引き取ると答えたが、今は違う。彼等と共に在（あ）りたいと、強く切望する自分がいる。そして何より、ノスリにもう一度あの温かく柔らかな視線を向けて欲しい。

今のウォルドは、ロイドとノスリ、彼等に家族として迎え入れて欲しいと、強く願っていた。

だから目を覚ました時、どこまでも他人として自分と接するノスリに、ウォルドは酷くがっかりすると同時に、深く傷ついていた。

もちろん、過去にノスリを手酷く拒絶した自分が、彼女に受け入れてもらえないからと傷つくのはお門違いなことはわかっている。けれども、ロイドがウォルドの子供で、彼等とウォルドの間には切っても切れない結びつきがあるのは間違いようのない事実だ。

だからこそウォルドは、正式な家族として彼等を引き取って、この先守り慈しんでいくことが一番の償いであり、自分のすべきことだと信じて疑わなかった。それに、婚姻を結んで家族となってしまえば、その内にノスリも絆されてくれるだろう。

しかしそれが非常に甘い考えであったことを、ウォルドは思い知らされることとなった。

そして、おばばに言われて初めて自身の慢心と思い違いに気付いたウォルドは、深く自分を恥じ入っていた。

五年もの間なんの関わりもなかったウォルドは、ノスリとロイド、彼等にとって他人以外の何者でもない。ノスリに至っては、ウォルドは手酷く傷つけた挙句に妊娠させ、更にはその後も放置していた最低な男であり、恨まれていたとしても何らおかしくはないのだ。

それなのに、たまたま通りがかりにロイドの存在を知って今更引き取ると言われたとしたら、そんなこと到底受け入れられるわけがない。大きなお世話だと、関わってくれるなと言われて当然である。

にもかかわらず自分は、当然のように彼等に受け入れてもらえると思っていたのだ。

感謝されるとまでは思ってはいなかったが、少なくとも自分は間違っていないと思っていたのだ。

ノスリ達に関わりたいと思うのなら関わってもいいと思えるように誠意を見せる必要があるとおばばに説かれて、全くもってその通りだと深く頷く。

幸い、これから関わっていくためのチャンスをノスリが認めてくれたことに、心底ホッとすると同時に深く感謝したウォルドは、これから全力で過去の失態を挽回しなくてはならないと強く決意したのだった。

「は？　休暇？　——はあっ⁉　半年もだとおっ⁉」

ノスリとの話し合いの翌日、一旦都に戻ったウォルドは、妖魔討伐の報告を兼ねて聖騎士の隊長室を訪れていた。

「はい。これまで使わずに溜まっていた分があるので」

「や……、休暇を取れとは言ったが、さすがに半年は……」

「高難度の依頼は全部終わらせてあります。残っているこの程度の妖魔であれば、若手に行かせればいいかと」

「や……しかし、しかしだな……」

「駄目だと言うのなら、騎士を辞めます」

ウォルドにとって、聖騎士であることにこだわりはない。むしろノスリ達の村に住むには、騎士など辞めてしまった方が身軽で好都合だ。騎士を辞めたとしても、あの辺りの妖魔を狩って素材を売れば、十二分に暮らしていける。

それに、ロイドやノスリが万が一にも危険に晒されることのないよう、村の近辺一帯の妖魔や魔獣を一掃しようと思っていたところなのだ、それこそ丁度いいだろう。

「はぁあっ⁉　おいウォルド、お前っ、一体何があった⁉」

「駄目なのかいいのか、どっちです」

「だあっ‼　だから、何でいきなりそんなことを言い出したのか、理由を聞かないことには判断できん‼　何だ⁉　何があった⁉」

この様子では、話をするまで帰してはくれないだろう。

それに、ウォルドの直属の上司である聖騎士の隊長、国の現英雄であるグラン・ディルロイは、幼い頃からウォルドの面倒を見てくれてきた師匠でもある。ある意味親代わりでもある彼には、やはり話をしておかねばならないだろう。

ロイドと出会った経緯と、ノスリとロイド、彼等に認めてもらえるようこれから頑張らねばならないことを掻い摘んで話す。

ウォルドの話を聞き、ロイドの存在を知って驚いていたグランだったが、しかし、ノスリとの過去と遣り取りを聞いて、グランが頭を抱えて脱力したように机に顔をうつ伏せた。

「……お前……」

「わかってます」

「……しかも、その状態でいきなりそんな……ダメすぎだろ……」

「……」

「はあ。……ま、わかった。ただ、半年は長すぎる。とりあえず三カ月やるから、ひたすら頑張れ。んで、一回報告に来い」

「はい」

休暇の了承を得られて、話は済んだと返事をしてすぐに踵を返す。

それに、どうせ伝書魔法でいつでも連絡は取れるのだ、何かあればすぐに連絡が来るだろう。

しかしそんなウォルドを、グランが慌てたように呼び止めた。

「ちょい待て!! お前、とりあえずどうやってノスリさんを説得するつもりだ? まさかこのまま書類作ってそれを突きつけて迫るとか、そんなことはしないよな?」

どうにもウォルドは信用がないらしい。

これまで女と親しく付き合ったこともなく、それどころかまともに人付き合いすらしてこなかったウォルドに、果たしてちゃんとノスリにロイドの父親として認めてもらえるような行動が取れるとは、とてもではないが思えないのだろう。

とはいえ、実際やらかしているのは事実で、ウォルドとしても具体的にどうするという考えもない。

ひとまずは、これまでウォルドが貯めた財産を全て渡すとともに、彼等の安全確保のために妖魔を狩って村の結界を張り直すことくらいか。特にノスリ親子の家の周りには、厳重に幾重もの結界を張らなくては。

すると、それを聞いたグランが、深い深いため息を吐いた。

「……そんなこったろうとは思った……。おい、とりあえず座れ。俺が今から言うことを、ちゃんとメモしろ」

外見は魔王張りに厳ついグランだが、こう見えても彼は愛妻家なのだ。ウォルドと同じでその膨大な魔力故にグランに子供はいないが、妻と非常に仲が良いことで有名なのだ。

そしてだからこそ、ウォルドが心配なのだろう。

大人しくグランの言葉に従ったウォルドは、それから小一時間ほどグランから細々と話を聞かされることになったのだった。

∨

ノックの音に玄関の扉を開けたノスリは、最近見慣れたその光景にふうっと息を吐き出した。

「あの……ウォルド様、それは……」

「獲ってきた」

扉の先にはウォルドと、彼の背丈ほどもあるだろう大猪が。

ぎょろりと白目をむいた目と下顎から覗く大きな牙が、何ともえぐい。

「……」

「調理は俺がする」

「……はあ」

ウォルドがこの村に来てから既に二カ月。いつの間に村長に許可を貰ったのか、ノスリ親子の家の隣に驚くべき早さで家を建てたウォルドは、毎日のようにノスリ達の家に来ては、何かしら食べ物を寄越すのだ。

ただ、普通の食べ物ならいい。ウォルドが寄越すのは、村の近くで獲ったという獣の肉だったり魔獣の肉だったり、とにかく変わった肉が多い。しかも毎回、今日のように丸の獲物ごとだ。

多分、最初の頃にノスリが、ウォルドが作ってくれた猪肉の煮込み料理が美味しいと言ったことが切っ掛けのようなのだが、さすがにこうも毎回何かしら野生の肉を寄越されてもと、さしものノスリも呆(あき)れていた。

まあ、野生肉は滋養が豊富で体にもいいし、何よりロイドが喜ぶからいいのだけれど。

「あと、これを」

「……」

差し出された布袋を無言で受け取る。

中身を確認して、ノスリは再び深いため息を吐(つ)いた。

「これは……」

「ハルピュイアの風切り羽と核だ」

「……」

そう、食べ物と一緒に、いつも何やら得体のしれない妖魔や魔獣の素材を渡されるのだ。

その方面に詳しくないノスリには、それがどれほどの値が付くものなのかわからないが、少なくともハルピュイアの素材はかなり希少なもののはずである。一度ウォルドから大量の現金を寄越されて断ったら、それ以来こうやって物を贈るようになったのだ。

それでも最初はいらないと断ったのだが、断った際の何とも寂しそうな顔と、折角ノスリ達のために体を張って獲ってきてくれたものを断るのも悪いという思いから受け取ったところ、それからずっとこうやって何かしら物を贈るようになったのだ。

「南東の山脈の崖(がけ)にいたから、狩ってきた。もちろん、洗浄魔法で綺麗(きれい)にしてあるし、瘴気(しょうき)は払ってあるから大丈夫だ」

「……」

南東の山脈と簡単に言うが、ここからどれだけ離れていると思っているのだ。

ウォルドはこの村に住むようになってから、辺りの妖魔と魔獣を駆逐する勢いで倒しまくっている。聖騎士として仕事をしているのだろうが、それでもその勢いは尋常ではない。さすが次代の英雄と言われるだけはある。

とはいえ、危険な妖魔や魔獣がいなくなって、村人達はありがたいと喜んでいるからいいのだが。ただこうも毎回何かしら寄越されても、小さなこの村に素材屋などあるわけもなく、離れた隣町には滅多に行くこともないわけで、今家には怪しげな素材の入った袋が山積みになっている。さすがにこれ以上寄越されても、管理方法もわからないし何より置き場所に困る。

今日こそは断ろうとノスリが口を開きかけたところで、しかし、ウォルドがやって来たことに気付いたロイドが後ろから嬉しそうに駆けてきたため、ノスリは断るタイミングを逸してしまった。

「わあ！　すごいキバ！　かっこいい!!」

「ああ。ただ、猪の牙は危ないから触るなよ」

「本当だ、ナイフみたいだね！　ねえ！　これ、どうやってつかまえたの!?」

「こいつは――――」

やはり小さくても男の子なわけで、猪の大きな牙が気になってしょうがないらしい。興奮気味にあれこれ尋ねるロイドに、ウォルドが丁寧に一つひとつ答えていく。

はしゃぐロイドに、柔らかい笑みを浮かべて説明するその光景は、何とも微笑ましい。

最近ではすっかり見慣れたウォルドの微笑みに、しかしノスリは複雑な気分になるのだった。

最初に心配していたように、ウォルドがロイドを邪険にするようなこともなく、今や彼のロイドに向ける眼差しは、確実に親のそれだ。

それに、ロイドも今ではすっかりウォルドに懐いている。最初の頃こそどこか警戒していたようなロイドも、毎日ウォルドに魔力の制御方法を教えてもらっていることもあってか、この頃はウォルドに対して全く遠慮がない。

そんな二人は、外見がそっくり一緒のこともあって、どこからどう見ても仲の良い父子だ。

しかしながら、ロイドは未だウォルドを〝おじさん〟と呼ぶ。

一度だけ、村の人間からウォルドが自身の父親だと聞かされたらしく、ロイドがノスリにウォルドのことを尋ねたことがあった。

その際、ノスリは正直にウォルドが血の繋がった父親であることを伝えたのだが、何故かそれ以降もロイドはウォルドをおじさんと呼び続けている。幼いなりに、ノスリとウォルドの間にある緊張した空気を敏感に感じ取っているのかもしれない。

しかしそれもきっと、これからウォルドといるうちに、ロイドもウォルドを完全に父親として認識するようになるだろう。

そしてそうなった際に、ノスリは。

幼い内に母親と離れる辛さはあるが、むしろ先々を考えれば、物心が付く前に離れた方がロイドにとっては良いのかもしれない。それに今のウォルドならば、きっとノスリの分までロイドを可愛がってくれることだろう。

けれども、ロイドと離れなければならないと考えるだけで、ノスリは身を切られるような辛さを覚えるのだった。

物思いに耽っていたノスリだったが、ふと、気配を感じて振り返ると、いつからそこにいたのか、驚くほど近い距離にウォルドが立っていた。

「……なにか？」

それとなく距離を取って聞けば、無言で何やら布袋を差し出してくる。

今日は既にハルピュイアの素材を貰っており、これ以上訳のわからないものを貰っても困るノスリが躊躇いがちに断りの言葉を言おうとすると、ノスリが口を開くよりも早く、ウォルドが袋の口を開いて中身を見せてきた。

「あ……！　森苺！」

「……森で、生っているところを見つけた」

「これ、パイにすると美味しいの！」

酸味の強い森苺は、甘く煮てジャムにしたりシロップ漬けにしたりと色々な活用方法がある。特にノスリは、森苺で作ったパイが好物だった。

しかし、森苺は森の奥深くに群生するため、滅多に手に入らない代物だ。いつもはこの時期に、村の木こり夫婦からお裾分けとして貰っていたのだが、やはりそんなにたくさんは貰えない。

ウォルドが寄越した袋一杯の森苺に、思わずノスリは笑顔になった。

「ありがとうございます。じゃあ、早速パイを作りますね」

ウキウキと袋を受け取って、ウォルドの顔を見上げる。

しかし受け取った後も、何故かウォルドはなかなかその場を立ち去ろうとしない。

何だと思ってノスリが首を傾げると、ウォルドの青い瞳が柔らかく細められて、その口の端がゆっくりと持ち上げられた。

「……気に入ったのなら、また採ってくる……」

そうとだけ言って、くるりと踵を返す。

その背中を見送って、ノスリはしばらくその場から動けなかった。

ロイドと笑い合っている姿は何度か見掛けたが、ウォルドがその笑みをノスリに向けたことはない。

そもそもウォルドは、滅多に笑うことがない聖騎士として有名なのだ。

そんなウォルドに微笑みかけられて、驚かないわけがない。

同時に、ジワジワと頬に熱が集まっていくのがわかる。

普段はロイドと同じ顔のためすっかり忘れているが、ウォルドは非常に男前なのだ。その端正な顔で優しく微笑みかけられれば、誰だって動揺くらいするだろう。

それに、かつて彼はノスリの想い人だったのだから。

まあ今では、かつての自分は恋に恋をしていたことをノスリもよくわかっている。ノスリが恋い焦がれたウォルドは、ノスリの頭の中で勝手に神格化したウォルドだ。実際のウォルドとは似ても似つかない。

それに。

ウォルドがノスリを気に掛けてくれるのは、ノスリがロイドの生みの親だからだ。決してノスリに特別な思いがあるというわけではない。

こうして何くれとなく世話を焼いてくれるのも、ロイドの父親としてノスリに認めてもらいたいからだ。それがわからないほど、ノスリも馬鹿ではない。

それでも、ふとした時に見せるウォルドの優しさに、ドキリとするのも確かで。

動悸でうるさい胸を押さえて、深く息を吐き出す。

意識して、過去に向けられたウォルドの冷たい目を思い出したノスリは、手に持った森苺の袋をギュッと握った。

■□■

三カ月の休暇を貰ったウォルドは、すぐさまその足でノスリの村の村長のもとを訪れた。

過去にノスリとあったことは伏せつつも、五年もの間ノスリ達を放っておいた自分は信用がなく、これから認めてもらうために頑張らなくてはならない旨を説明する。それと同時に、村の境界の結界張りと妖魔退治を申し出ると、驚くほどあっさりと村に住む許可を貰うことができた。

村長に紹介してもらった木こりやら村の男衆に手伝ってもらい、大急ぎでノスリ親子の家の隣に家を建てる。やたらと好意的な村の人間に戸惑いつつも、応援していると皆に一様に言われて、ひとまずウォルドはホッとしていた。

そこからは、とにかくノスリに認めてもらえるよう、ウォルドなりに毎日頑張っていた。

だがしかし、ノスリは想像以上に手強かった。

まずは誠意の証としてウォルドの全財産を渡そうと、証書やら何やらと用意できるだけの金を用意するも、ノスリは受け取ろうとしない。それどころか、暗に金で解決するのかといった目で見られてしまう。

そんなノスリに、とりあえずウォルドは無理に金を渡すことは断念した。

相手が嫌がるものを無理矢理渡すのは、いくら好意からであっても相手にとって迷惑以外の何物でもない。それに、無理を押し通すなというグランからの教えだ。

それならばと、あからさまに金品を渡されるのは抵抗があるのだろうと、代わりに貴重な妖魔や魔獣の素材を狩って渡すことにした。

ユニコーンの角やキマイラの尻尾、スレイプニルの蹄にアラグネの毒針、どれもこれもそれ一つで豪邸が建つほど高価な素材を、惜しげもなく渡す。ノスリがその価値を知らないことをいいことに、これ幸いと希少な素材を選りすぐってウォルドは渡していた。

しかし、それだけでは五年もの歳月を埋めることはできない。

グランから、料理をすると喜ばれると聞いていたウォルドは、とりあえずは自分ができることをと、毎晩彼等の夕飯を用意することにしたのだった。

それに、夕飯を用意すれば、自動的にノスリ達と一緒に食事がとれるわけで。ウォルドにとってもメリットが大きい。

そう、ノスリ達に出会ってから、ウォルドは誰かと一緒に食事をとることが、料理を美味しく、そして何より満ち足りた気持ちにさせてくれるものだということを知ったのだ。加えて、自分の作った料理を美味しいと言って食べてもらえるのがこんなにも嬉しいものだとは、ノスリ達に会うまでウォルドは思いもしなかった。

それというのも、たまたま村で駆除を頼まれた猪をその日の夕食に出したところ、珍しくノスリが美味しいと呟いたのだ。

一口食べて、ふわっと解れるような笑みを漏らす。

そんなノスリに、ウォルドは思わず目が釘付けになった。

同時に、胸が温かくなるような喜びが込み上げてくる。こんな風に笑ってもらえるのなら、いくらでも作って食べさせてやりたいという思いになる。

それに、ノスリはどう見ても痩せすぎだ。女手一つで子供を育てるのは、並大抵のことではない。きっとここまで、様々な苦労をしてきたのだろう。

それを思うと、改めてノスリに申し訳ない思いになる。

生活の足しにと金銭を渡したくとも受け取ってくれないのなら、せめて滋養のあるものを食べさせてやりたい。

そういうわけで、その日からウォルドは毎日ノスリ達のために栄養価の高い獣や魔獣を獲るようになったのだった。


そんな風に日々を過ごし、この村に住み始めてからからあっと言う間に二カ月が経った。

その日も、午前中は村の食堂に働きに出ているノスリの代わりにロイドの面倒を見ながら、魔力の制御方法をウォルドは教えていた。

ロイドは非常にのみ込みが早く、この二カ月でもう殆ど自身の魔力を制御できるようになっていた。なのでこの頃は、次の段階である魔力の扱い方を教えているのだが、やはり驚くほどの早さで習得していく。好奇心旺盛で頭も良く、何より素直だからだろう。

そんなロイドに教えるのは楽しく、そして何よりロイドとの触れ合いはウォルドにとって癒しでもあり喜びでもあった。

最初は、ロイドが可愛いのは血の繋がった我が子だからだと思っていたウォルドだったが、今はそれだけではないことを知っている。

素直で心の優しいロイドだから、可愛いのだ。

だからこそウォルドは、そんな風にロイドを育ててくれたノスリに、心から感謝の念を抱いていた。

しかし、未だノスリのウォルドに対する態度は、どこまでも硬い。

一カ月やそこらでそんな簡単に信用を得られるとは思っていないが、警戒を含んだ鳶色の視線に出会う度に胸が痛くなる。

それに、ウォルドがやっていることも、迷惑とまではいかないが、正直ノスリが疎ましく思っていることをウォルドは知っている。夕飯こそは一緒に食べてくれるものの、それ以上はウォルドを決して踏み込ませない。

本当は、雨漏りがするという屋根の補修や家の改修もやりたいのだが、いくら申し出てもやんわりと、だがしかしきっぱり断られてしまうのだ。

全ては過去の自分の所業のせいであり、五年もの間彼等を放置していた自分のせいだとわかってはいても、頑なに今以上の関わりを拒むノスリに、ウォルドはどうしたらよいのか思い悩んでいた。

自分でも気付かず、そんな物思いが顔に出ていたのだろう、それまで魔力のシャボン玉を出して遊んでいたロイドが、いつの間にかウォルドの側に来てズボンの裾を引っ張った。

「どうした?」

ズボンの裾を引っ張られて、視線を下に落とす。

すると、至極真面目な顔でロイドがウォルドを見上げていた。

「あのね。おかあさんは、お肉よりも甘いものが好きだよ」

「……」

「森のイチゴでつくったパイが、好きなんだよ」

そうとだけ言って、駆けていってしまう。

何事もなかったかのように、再び魔力のシャボン玉で遊び始めたロイドをぼんやりと目で追って、ウォルドは早速森に苺を取りに行こうと決意していた。


夕方。

いつものように高価な妖魔の素材と、その辺りで獲った大猪を担いでノスリ達の家のドアを叩いたウォルドは、内心ドキドキしていた。

ロイドに教えてもらった通り、森の奥で森苺を大量に採取したは良いが、果たしてノスリは喜んでくれるだろうか。

好物だという森苺ですら、ウォルドからのものだからと嫌がられるのではないかと思うと、胸が引き絞られるような思いになる。

ノスリの背後に立ち、声を掛けようか、どうしようかしばし思い悩む。

すると、気配に気付いたノスリが振り返ってウォルドを認めた途端、スッとその体を離した。

「……なにか？」

訝しむようなその目に、ウォルドの体に緊張が走る。何と言っていいのかわからず無言で森苺の入った布袋を差し出すと、ノスリの目に躊躇いの色が浮かんだのをウォルドは見逃さなかった。

断られる前にと、袋の口を開いてノスリに中身を見せる。

次の瞬間、パッと顔を輝かせたノスリに、ウォルドは頭を殴られたかのような衝撃を受けた。

「あ……！　森苺！」

「…………森で、生っているところを見つけた……」

「これ、パイにすると美味しいの！」

そう言って、嬉しそうに笑って袋を受け取る。

そんなノスリに、ウォルドはジワジワと足下から喜びが込み上げてくるのを感じていた。

ウォルドとしてノスリに笑顔を向けられたのは、これが初めてだ。しかも、こんなにも気安い言葉を掛けてもらえるなんて。

同時に、体温が上がっていくのがわかる。

こんな笑顔を向けてもらえるのなら、森中の森苺を採ってきたっていい。喜びと多幸感に足下がフワフワする。

釣られるように笑顔になったウォルドは、ニヤつく顔を見られたくなくて急いで踵を返した。

その先には、ウォルドが獲ってきた大猪の前でしゃがむロイドが。

「……ありがとう」

背後から抱き上げてギュッと抱きしめ、喜びを噛みしめるように呟く。

だがロイドは、今は猪に夢中だ。体をくねらせて、ウォルドの腕の中から抜け下りてしまう。

触るなという言いつけを守って、小枝でその牙をつついて遊ぶロイドを見守って、ウォルドは静かに幸せに浸っていた。


その日からウォルドは、森苺を探してはノスリに贈るようになった。

最初のような笑顔は見れないけれども、それでも明らかにノスリが喜んでくれているのがわかる。

それが嬉しくて、馬鹿の一つ覚えのように森苺を贈り続けたのだが、しかしある日、呆れたようなノスリにもう十分だと言われて、ウォルドはガッカリしてしまった。

すると、そんなウォルドの落胆が伝わったのだろうか、これまでノスリから何か頼まれごとをすることなどなかったのだが、その日初めて、ノスリがウォルドに頼みごとをしてきた。

「……できればでいいのですが……。お風呂場の屋根が、雨漏りをするので直さなくてはならないんです。お願いしても――」

「わかった。明日やっておく」

すぐさま頷けば、ノスリが小さく笑顔を見せてお礼を言う。

ノスリの笑顔が嬉しくて、それと同時にこれを機にと、他の気になっていた部分の改修も申し出る。

すると、あっさりお願いしますと言われて、ウォルドは内心叫び出したいほど嬉しくなった。

少しずつではあるが、ノスリが自分を信頼してきてくれているのがわかる。ロイドの父親として認めてもらうにはまだまだだろうが、それでも小さくとも一歩は一歩だ。

それにこの頃は、ロイドが屈託のない笑みを向けてくれるようになった。

もちろんまだロイドにとってウォルドは〝おじさん〟ではあるが、ノスリの好物や好きなことを教えてくれたりとアドバイスしてくれたりもする。

彼等のもとで経験すること全てが初めての経験ばかりで、そんなウォルドは、これまでの人生で一番幸せな日々を過ごしていた。

そして、ウォルドがこの村に来てから三カ月が経とうかというある日。

いつものようにノスリに渡すための素材狩りに出ていたウォルドだったが、狩りの途中で、ノスリ達の家に施しておいた結界に、村の人間以外の魔力が引っ掛かったという警告が来た。しかも、かなりの魔力量の持ち主だ。

あり得ない事態に、急いで狩りを中止してノスリ達のもとに向かう。

そして、そこで見た光景に、ウォルドは激しい衝撃を受けた。

Ⅵ

近頃、ウォルドが笑うことが増えた。

ロイドと屈託なく笑い合うだけでなく、ノスリにまでその笑みを向けてくる。

それに最近は、言葉で言われなくともウォルドが何を考えているのか、ノスリは大体わかるようになっていた。

特に、ノスリに物を断られたりすると、とてもとても寂しそうな顔になる。逆に屋根の改修を頼んだ時などは、ウォルドのその喜びように、ノスリは思わず笑ってしまったほどだ。

といっても、他の人間から見たら無表情にしか見えないのだろうけれども。

しかし、ロイドと同じウォルドの青い瞳は言葉以上に雄弁だ。相変わらず口数は少なく、口を開いたとしても要点だけの会話ではあるが、その奥には確かに優しさがある。

そんなウォルドに、ノスリも徐々に心を開きつつあった。

そんなある日。

ウォルドが村に来てから三カ月が経とうかという頃。

ノスリがロイドのおやつの準備をしていると、控えめに玄関の扉が叩かれる音がした。

この時間、ウォルドはまだ村の外に狩りに行っているはずだ。何より、ノックの音が違う。

誰か村の者かと思ってドアを開けたノスリだったが、しかし、ドアの先に立つその姿にビックリしてしまった。

「……こんにちは。私は、ファーガス・ドルトレーンと申します。ウォルド様がこちらにご厄介になっていると聞いて参りました」

ニコリと笑って名乗ったその青年は、聖騎士の鎧とマントを纏っている。

慌てて礼を取ろうとするノスリに、しかしファーガスが、人懐こい笑みを浮かべてそれを遮った。

「あ！　気を使わないでください！　自分、下っ端ですから」

「あ、はあ。……それで、こちらには……？」

「やー、うちの隊長が……あ、グラン・ディルロイって知ってます？　今、うちの国の英雄って言われてる人なんですけど、その英雄兼隊長に言われて、ウォルド様の様子を見に来たんですよ。本当は隊長が来たがったんですけど、あの人今、色々忙しいんで」

どうやら、一切報告をしてこないウォルドに、上司が呆れてファーガスを寄越したらしい。

それにしても、聖騎士だというのにファーガスはやたらと気安い。戸惑うノスリにも構わず、立て板に水の如く聞かれもしない話をする。

まあそのお陰で、色々知ることができたのだが。

「……ん！　なんか、むちゃくちゃいい匂いしますね！」

「あ、はい。今、パイを焼いてたんです」

「パイ！　いいなー！　俺、甘い物大好きなんですよ。それに、今日は昼を抜いたから腹が減って腹が減って……」

「もしよかったら、召し上がっていかれます？」

「いいんですか!?　嬉しいなあ！　じゃあ、お言葉に甘えて！」

ウォルドを待つ間、最初から上がり込む気であったのは間違いないのだが、何だか憎めない。

一人でしゃべり続けるファーガスに、クスクス笑いながらテーブルへと案内する。

お茶の支度をして焼きたてのパイを切り分けたノスリは、庭で遊んでいたロイドを呼んだ。

「その子！　うっわー、ウォルド様そっくりですね！　しかも魔力の質まで一緒だ！」

やって来たロイドを見るなり、ファーガスが目を丸くして側に寄っていく。

しかし、初めて見る闖入者に、ロイドは警戒したようにノスリのスカートの後ろに隠れてしまう。

そんなロイドの前に膝をついて視線を合わせたファーガスが、ニカッと笑ってロイドに手を差し出した。

「こんにちは。俺はファーガス、君のお父さんと一緒に仕事をしてるんだ。よろしくな？」

最初は警戒していたロイドも、ファーガスの害のない笑顔に釣られてノスリの後ろから顔を出す。

差し出された手をロイドが恐る恐る掴むと、ファーガスが何とも嬉しそうな笑顔を浮かべたため、思わずノスリも笑顔になってしまった。

その時だ。

部屋の空間が揺らめいたかと思うと、突然その場に黒い大きな影が現れた。

一瞬の出来事に、何が何だかわからずその場に硬直してしまう。

しかし、次に聞こえてきたファーガスの底抜けに明るい声でノスリは我に返った。

「あ！　ウォルド様、お邪魔してます！」

「……ファーガス」

「いっやー、相変わらずですね！　そんなポンポン転移魔法使うの、ウォルド様と隊長くらいっすよ！」

　どうやら、ウォルドが転移魔法でいきなり現れることに慣れているらしく、特に動じた様子もなく話しかけている。しかも、一応ウォルドは上司に当たるはずだが、ノスリ達に対するよりもよほど砕けた物言いだ。

「今ちょうど、ノスリさんお手製のパイをいただくところだったんですよ！　ウォルド様もどうっすか？」

　しかし、対するウォルドからは、何故か非常に重い空気が漂っている。

　ファーガスの口からノスリの名前が出たところで、その空気が更にピリピリとしたものに変わった。

「……何でお前が、ノスリのパイを食べるなんて話になっているんだ」

「え？　ダメっすか？　俺、昼飯食ってないから腹減ってんですよ。まあいいじゃないですか。とりあえず、食べながら話しましょうよ」

　非常に不穏な空気にもかかわらず、ファーガスはあっけらかんとしたものだ。笑いながら立ち上がって、まるで自分の家かのようにテーブルに着く。

　場違いなほど明るいファーガスの雰囲気に、ノスリは思わず苦笑してしまった。

　しかし、ウォルドの機嫌は下がる一方だ。ノスリにもわかるくらい、漏れ出た魔力が黒く渦を巻いている。

　ウォルドが険しい顔でずかずかとファーガスに近づき、その肩に手を置く。

次の瞬間、その場からウォルドとファーガス、二人共搔き消えるようにいなくなって、またもやノスリはビックリしてしまった。

「…………一体、なんだったのかしらね……？」

しばらく、ロイドと一緒にその場に佇む。

二人が戻ってくる気配がないことを確認して、小さく独り言ちたノスリは、首を傾げて台所に戻ったのだった。

その日、いつものように夕飯を作りに来たウォルドは、何故かずっと不機嫌だった。

むっすりと押し黙り、いつも以上に口数が少ない。

そんなウォルドに、ロイドまでが静かだ。カチャカチャと食器の音だけが響く食事を終えると、疲れているのかロイドが眠そうに眼を擦る。

後片付けをウォルドに任せ、ロイドを寝かしつけたノスリが居間に戻ると、その日は珍しくウォルドが帰らずにノスリを待っていた。

「あ……。お茶でも、飲みますか……？」

「いや、いい」

「そうですか……。じゃあ、私はいただきます」

この三カ月で、ウォルドとこうして二人きりになるのは初めてだ。ウォルドと会う時は、ロイドが側にいるか、その場にいないとしても必ず近くにいる時ばかりだったのだ。

そもそもいつもは、夕飯が終わって後片付けが終わり次第ウォルドは帰っていたわけで、こんな風に夜の時間を二人で過ごしたことなどない。

それに、今日はウォルドの雰囲気が重いこともあって、何やら落ち着かない気分になる。座るウォルドの隣を通り抜けて、お湯を沸かすためにヤカンに水を入れる。

ヤカンを火にかけようと振り返って、そこでノスリはぎくりと固まった。

さっきまで座っていたはずのウォルドが、ノスリのすぐ側に立っている。その距離は、肩が触れそうなほど、近い。

急いでノスリが体を引こうとして、しかしそこで、ウォルドがノスリの手首を掴んで引き止めた。

「……あ、の……」

「……」

「何か……？」

恐る恐る見上げれば、昼間と同じ険しい顔をしたウォルドがいる。眉を寄せてノスリを見下ろすその瞳は、ウォルドが怒っていることを伝えている。

思わず体を強張らせると、掴んだ手首を一旦放して、ウォルドがノスリの手からヤカンを抜き取った。

「あの……？」

そのまま、無言でヤカンを台の上に置く。

訳がわからず戸惑うノスリを振り返って、ようやくウォルドがその重い口を開いた。

「……お前は、そんなに俺が嫌いか」

「は……？」

「あんな、今日会ったばかりの口から先に生まれてきたような奴の方が、俺より信用できるんだな？」

「はい？」

そう言って、責めるように見詰めてくる。ウォルドの眉間のしわは、ますます深い。

しかしそうは言われても、思い当たることがないノスリは戸惑うばかりだ。

信用も何も、何が言いたいのかわからない。そもそも、何がどうなってそんな話になったのだ。

すると、再び距離を詰めてきたウォルドに、咄嗟に体を引こうとして、しかしまた手首を掴まれた
ノスリは固まってしまった。

「……そんなに俺が、許せないか？」

「……だから……」

「どうしたらお前は、俺を認めてくれる？　いつになったら受け入れてくれるんだ!?」

吐き捨てるように言われて、ノスリの体がビクリと強張る。

そんなノスリに、ウォルドの瞳の色が深い藍色に変わった。そのまま抱き寄せられ、頭を引き寄せ
られて口付けられそうになる。

気付けばノスリは、勢いよくウォルドの頬を手で叩いていた。

「やめてくださいっ!!」

「……」

「なんでそんなことをっ!!」

バシッ――と頬を打つ音とともに、ノスリの体が解放される。

顔から血の気が引いていく感覚を味わいながら、ノスリは必死に震えを堪(こら)えていた。

脳裏には、あの夜の記憶が。

どこまでも寒々しく、凍りつくようなウォルドの視線が頭の中に蘇(よみがえ)る。

叩かれて横を向いたウォルドの顔がゆっくり正面に向けられるのを見守って、そこでノスリは息をのんだ。

そこには、深く、深く、傷ついた青い瞳があった。

今にも泣き出しそうなその色に、ノスリの胸まで痛くなる。

低く「すまなかった」と謝られて、次の瞬間、ウォルドの姿がその場から消えた。

小さな揺らめきが消えた後も、ノスリは呆然(ぼうぜん)とその場に立ち尽くしていた。


翌朝。

朝日に目を細めたノスリは、疲れたため息を吐(つ)いて起き上がった。昨夜のことが尾を引いて、なかなか寝付けなかったのだ。

それに、あんなことがあって、これからどんな顔をしてウォルドと会ったらいいのかわからない。

そもそも、ウォルドは何故あんなことを。

叩いたことを悪いとは思っていないが、しかし、ウォルドの傷ついた顔が頭から離れない。同時に、胸がざわざわと複雑に騒めくのがわかる。

そして何よりそのざわめきが、ただ不快なものばかりではないことにノスリは戸惑っていた。

着替えをして、ちらりとカーテンの隙間から隣の庭を窺う。

いつもだったら、もうこの時間には庭で剣の素振りをするウォルドがいるはずだが、今日は静かだ。

ふっと息を吐いて、カーテンを戻す。

朝食の支度をしながら、ノスリは落ち着かない時間を過ごしていた。

起きだしてきたロイドに顔を洗うように指示をして、ロイドと二人で朝食をとる。

いつもだったら、午前中働きに出るノスリのために、朝食が終わる頃を見計らってウォルドがロイドを預かりに来るのだが、今日はいつまでたってもノックの音は聞こえない。

ギリギリまで待って家を出たノスリは、一瞬隣の家のドアを叩こうか迷ったが、カーテンの下ろされた窓を見て諦めたように首を振った。

ウォルドは聖騎士であり、もともとこんな村にいるべき人間ではない。昨日だってファーガスがこんなところまで来たのは、きっとウォルドを呼び戻すためだろう。

ウォルドからは休暇を取ったと聞いているが、彼は有名な騎士であり、本来は非常に忙しい人間なのだ。こんな場所でノスリ達に構っている場合ではない。

それに、もしかしたらファーガスに何か言われたのかもしれない。だからこそ、昨夜はおかしかった可能性もある。

つらつらとそんなことを考えながら、ロイドの手を引いて薬草師のベラおばばの家に向かう。ウォルドが来るまでは、おばばにロイドを見てもらっていたのだ。

通い慣れた道を通って、薬草がたくさん吊るされたおばばの家のドアを叩く。

むわっと青臭い香りと共に顔を出したおばばが、そこにノスリとロイドの姿を認めて、驚いたような顔になった。

「おや、珍しいね。あれはどうしたんだい？」

挨拶も早々に、ウォルドのことを聞いてくる。そんなおばばに、ノスリは苦笑を漏らしてしまった。ウォルドは、なんだかんだですっかりこの村に馴染んでいるからだ。

「今日は、忙しいみたいです。昨日、都から聖騎士の方がいらしてましたし」

「ああ。……まあ、そうさな。本当ならこんなところで、子守をしてていいような人間じゃないからね」

　言われて、ずきりとノスリの胸が痛む。

　近頃はすっかり忘れていたが、本来ウォルドはノスリなどが関わるべくもない遥かはるか彼方、雲の上の人間なのだ。ロイドのことだって、彼の立場であれば問答無用でノスリのもとから連れていくこともできるはずなのに、それをしないのはノスリの気持ちを考えてくれているからに他ならない。

　そもそも、お情けで抱いて欲しいと無理矢理迫ったような女に子供ができたからといって、ウォルドが責任を感じる必要など何もないのだ。

　そこを律儀に責任を取ろうというだけでもありがたく思わねばならないのに、ノスリに自分をロイドの父親として認めてもらおうとウォルドは努力までしてくれている。そんなウォルドは、非常に誠実だ。

　ただ、口下手で不器用なのは否めないが、今ではノスリも、ウォルドが十分に信用に足る人物だと知っていた。

「ま、でも、あやつが好きでしとることだしの。もしお前達と引き離されると知ったら、暴れて都の一つや二つ壊しかねんからの」

「……まあ、ロイドのことは可愛がってますからね」

おばばの軽口に、思わず苦笑してしまう。

しかしそんなノスリに、おばばが至極真面目（まじめ）な顔になった。

「いや、冗談じゃなく、ね」

「……」

「あんたもそろそろ、気付いてやってもいいんじゃないかい？」

そう言って、ジッとノスリの瞳を覗（のぞ）き込んでくる。

全（すべ）てを見透かすかのようなおばばの視線に、ノスリはタジタジとなってしまった。

同時に、昨夜のウォルドの言葉を思い出す。認めて欲しい、受け入れて欲しいと言った彼の言葉は、悲痛な叫びのようだった。

そして、あの目。

深く傷ついたことがわかるウォルドの瞳を思い出し、ノスリの胸がズキズキと痛みを訴える。

黙り込んでしまったノスリをしばらく見詰めて、そこでおばばがロイドの手を引いてノスリに背を向けた。

「ま。あの朴念仁（ぼくねんじん）とよく話をするんだね」

「……」

扉の向こうに消えたおばばとロイドを見送って、小さく息を吐き出す。

なんにせよ、一度ウォルドとは話をしなくてはならない。

クルリと踵を返したノスリは、ギュッとその手を握って歩き出した。


その夜。

いつもだったらとっくに家にいるはずのウォルドが、いつまで経ってもやって来ない。

意を決して隣の家のドアを叩くも、返ってくるのは静寂ばかりだ。

それでも念のため、ウォルドの分の夕食も用意したが、待てども待てども帰ってくる気配のないウォルドに、ノスリは諦めてロイドと二人で食事をとることにした。

「……今日、おじさん来なかったね……」

いつもよりも口数が少ないロイドが、ポツリとこぼす。

寂しそうなその声に、ノスリの胸が再びズキズキと痛んだ。

ノスリとロイドにとって、既にウォルドがいる食卓が当たり前になっているのだ。格別何かがというわけではないが、ウォルドがそこにいる、ということに安心感を感じていたことに改めて気付かされる。

一緒にいたのはたったの三カ月ではあるが、ロイドとノスリの生活に、ウォルドの存在はしっかりと入り込んでいた。

食事を終え、ロイドと一緒に湯を使って一緒にベッドに入る。

しかしそのベッドだって、ロイドと寝るには少し小さいからと、ウォルドが一回り大きいものに作り直してくれたものだ。お陰で今は寝返りも楽に打てるし、うるさく軋むこともない。

風呂もウォルドが改修をしてくれてから、格段に使い勝手が良くなったのだ。それに雨漏りだってもうしない。

すうすうと安らかなロイドの寝息を聞きながら、この三カ月のことに思いを馳せる。

暗闇の中、ジッと天井を見詰めて、ノスリは改めてウォルドのことを考えていた。

その時。

こんな夜更けにもかかわらず、玄関の扉を叩く音がする。

急いでガウンを羽織ったノスリは、明かりをつけてドア越しにおずおずと声を掛けた。

「あ！　ノスリちゃん!?　ごめんね、こんな遅くに！」

「おかみさん！」

その声に慌てて扉を開ければ、ノスリが働いている食堂のおかみさんが。困ったように眉を下げて玄関先に佇んでいる。

ひとまず家に入ってもらうと、そこでおかみさんが頬に手を当ててため息を吐いた。

「ごめんねー。うちのがウォルドさんに絡んで、飲み比べしたのよ」

「はあ……」

村に一つだけある食堂は、夜は飲み屋になる。

いないと思ったら、どうやらウォルドはそこに行っていたらしい。

「そしたら、それを見てた周りの男共が悪ノリして……。結局皆で掛かってウォルドさんと飲み比べを始めちゃったのよー」

「……」

「で、他の男共は皆撃沈。ウォルドさんも大分酔ってると思うんだけど、帰れって言っても帰らないのよ。なーんか、思い詰めた顔して飲んじゃって。だからノスリちゃん、悪いんだけど連れて帰ってくれない？」

「す、すみませんっ……！」

ため息を吐きながら言われて、真っ赤になって頭を下げる。

本来であればウォルドとノスリは夫婦でも何でもないのだから、ウォルドのことでノスリが謝る必要などないのだが、気付けばノスリは自然と頭を下げていた。

それにウォルドの奇行は、明らかに昨日のノスリとのことが原因だろう。

冷や汗を掻く思いで、頭を下げる。

するとそんなノスリに、おかみさんがころころと楽しそうな声で笑った。

「ま。一緒に居れば、色々あるわよー」

「本当に、すみません……」

「いいのいいの。それに私も、いいもの見させてもらったしね」

パチリとウインクを寄越されて、ノスリは何と言って良いかわからず戸惑ってしまったのだった。

■□■

家の結界が魔力に反応したことを確認して、急いで転移魔法を発動させる。

景色が変わって見慣れた室内の光景に、しかしそこで、ウォルドは激しい衝撃を受けた。

目の前には、柔らかく微笑みを浮かべてファーガスとロイドを見守るノスリが。くすくすと手を口元に当てて微笑むその姿は、非常にリラックスしたものだ。

しかし、ウォルドに気付いた途端、その顔がサッと強張る。

そんなノスリに、ウォルドは胸が抉られるような気分を味わった。

「あ！　ウォルド様、お邪魔してます！」

唐突に、底抜けに明るい声で現実に引き戻される。

見れば、ニコニコと楽し気な笑みを浮かべた栗色の髪の騎士が。

「……ファーガス」

「いっやー、相変わらずですね！　そんなポンポン転移魔法使うの、ウォルド様と隊長くらいっすよ！」

あっけらかんとした声が、今日ほど耳障りに聞こえたことはない。気安いその物言いも、これまで特段気にしたことなどないのだが、今は癇に障ってならない。

本来であれば、階級的に上であるウォルドにそんな口をきくこと自体がおかしいのだが、それまでそういったことにウォルドが頓着しなかったということもあって、新人でも比較的砕けた言葉を使う者が多いのだ。

まあ要は、これまで他人のことなどどうでもいいと思っていたからなのだが。

しかし、そんなウォルドの心情にはお構いなしで続けられたファーガスの次の言葉に、ウォルドは激しい怒りが込み上げてくるのがわかった。

「今ちょうど、ノスリさんお手製のパイをいただくところだったんですよ！　ウォルド様もどうっすか？」

ファーガスの口から気軽に発せられたノスリの名前に、ギリギリと奥歯を噛みしめる。

こんなただ愛想がいいだけの、女にだらしのない軽薄で軽率な男が、ノスリの名前を口にすることがウォルドは許せなかった。

しかも、何故そんな男がノスリの作ったパイを食べることになっているのだ。そもそも初対面にもかかわらず、家に上がり込んでること自体おかしい。

なのに、ノスリは。

ウォルドには見せたことがないリラックスした表情で、ファーガスに笑みを向けていたのだ。

自分には、滅多に笑いかけてくれることもないというのに、だ。

激しい怒りの感情で、頭がおかしくなりそうになる。同時に、やはり自分では駄目なのかという、胸が苦しくなるような思いが。

更には、当たり前のようにいつもはウォルドが座っている席に腰掛けたファーガスに、ウォルドの我慢が限界に達した。

つかつかとファーガスのもとに行き、その肩に手を置く。

すぐさま転移魔法を展開させたウォルドは、次の瞬間にはファーガスと共に聖騎士の演習場にいた。

「……は？　なんでここ？　ここ、演習場――」

「ファーガス。剣を持て」

「はいいぃいいい!?　ちょ、ウォルド様!!　目が、目がヤバいっす!!　つか、痛いっ!!　痛、いだだだだだだっ!!」

ギリギリと肩を掴んだ手に力を込める。

骨が軋む感触を掌全体で感じて、折れる一歩手前でウォルドは手を離した。

「さあ。剣を持て」

「はあっ、はあっ、は……ウォ、ウォルド様、勘弁してください……」

「肩が痛いというのなら、治癒魔法を掛けてやる。さ、剣を持て。相手をしてやる」

そう言って、雑に治癒魔法を掛けてから、そこら辺にいた騎士の手から練習用の剣を奪い取る。皆がウォルドの怒気に当てられて萎縮している中、もう一振り剣を持ってこさせたウォルドは、それを地べたにうずくまるファーガスに放って渡した。

「立て。もう、肩は痛くないはずだ」

「ちょ、ウォルド様……、そんなに怒らなくても……」

さしものファーガスも、顔が真っ青だ。決闘ではないにしても嬲り殺さんばかりのウォルドの殺気に、命の危機を感じているのだろう。

それに、ウォルド自身も加減ができるかわからなかった。

その時。

それまで遠巻きに二人を見守っていた人垣が割れて、灰色の髪の隻眼の男が現れた。

聖騎士の隊長、グランだ。

「珍しいな、ウォルド。何をそんなに怒っている」

「……」

「何があったかは知らんが、もうそれくらいで許してやれ。戦意もなく震える者を甚振(いたぶ)るのは、騎士のすることじゃない。それじゃやただの私刑(リンチ)だ」

言いながら、ウォルドの肩に手を乗せる。

ポンポンと宥(なだ)めるように肩を叩かれて、そこでウォルドはふうっと息を吐き出した。

「……ファーガス。二度とノスリに近づくな。もちろん、ロイドにもだ。近づいたら、次は問答無用で、殺す」

「はっ、はいっ……！」

低い声で告げれば、ファーガスが竦(すく)み上がって返事をする。

腰が抜けたままのファーガスにくるりと背を向けて、そこでウォルドはグランと向き合った。

「私はまだ、休暇中のはず。何の用です」

「まあまあ。とりあえずここじゃなんだから、移動するぞ」

言いながら、グランが再びウォルドの肩に手を乗せる。

次の瞬間、グランの執務室の光景に切り替わると、そこでグランが手を放して部屋の真ん中にある応接用のソファーにどっかりと腰掛けた。

「ま、座れ」

「……」

「ほれ。茶も用意してある」

促されるままに、グランの正面に回って腰掛ける。

無言でティーカップを持ち上げて口を付けたウォルドは、それを一息に飲み干した。

「……で？　何の用です」

「用も何も。お前が一切連絡を寄越さんから。だからどんな具合か気になって、ファーガスに行ってもらったんだ。あいつならほら、人当たりもいいし。女受けもいいからノスリさんも話しやすいかと思ってな」

「……」

むしろ、女受けがいいからこそ嫌だったのだが。

先ほど見たノスリと笑い合うファーガスを思い出し、再びムカムカと腹が煮えてくる。

やっぱり始末をつけておくか、などと物騒なことを考えていると、そんなウォルドに何故かグランが楽しそうな笑い声を上げた。

「はははは！　なんだ、いい顔するじゃないか！」

「……」

「お前でもいっちょ前に、嫉妬するんだな！」

その言葉に、ウォルドの思考が停止した。

嫉妬。嫉妬、とは。

あれか、女がよく男が浮気したのどうのと騒ぐやつか。

つまりこの場合、ノスリが他の男と――。

そこまで考えて、ぐらぐらと煮えたぎるような怒りに襲われる。我知らず手に力が入り、持っていたティーカップが粉々に砕け散った。

「おいおい、勘弁してくれよ。ファーガスが何かしでかしたのか？　まさかノスリさんに手を出し――」

「だったら殺す」

「違うよな。ファーガスはお前に心酔してるからな。じゃあなんだ？　何があった」

呆れたように聞かれて、先ほど見たことを答える。

すると、話を聞いたグランが、目を丸くした後で大きな声で笑い出した。

「ははははははは！」

「……」

「そうかそうか！　ノスリさんがファーガスに笑いかけていたのが気に入らなかったんだな！」

「……」

「なんだ、お前！　ベタ惚れだな！」

ベタ惚れ、の一言に、ウォルドの思考が再び停止した。

ベタ惚れとはつまり。

次の瞬間、ウォルドは放心したように自身の口元に手を当てて固まってしまった。

「何だ？　変な顔をして」

「……」

「まさかお前、気付いてなかったとか言わないよな？」

しかし、そのまさかである。

ということは、ノスリの側が心地良いのも、笑ってもらえると気が遠くなるほど嬉しいのも、全ては彼女に惚れているからこそ、だったのか。

恋をした隊員が、彼女とずっと一緒にいたいと言っていたが、まさしく自分もノスリとずっと一緒にいたい。

つまり、自分はノスリに恋をしているわけだ。

気付いた途端、ジワジワと体温が上がっていくのがわかる。同時に、温かくむず痒いような感覚が胸の中に広がる。

そんなウォルドに、グランは何故か非常に楽しそうだ。ひとしきり笑って、それから再びウォルドに向き直った。

「で、どうだ？」

「……」

最初の頃に比べれば、随分とノスリもウォルドを頼るようになってくれてはいる。

しかし、ウォルドを認めてくれているとは、まだまだ言い難い状態だ。少しずつ信用してきてくれているとはいえ、ノスリとウォルドの間には目に見えない壁がある。

ウォルドが近づいた時に時折見せる、ノスリの微かに怯えを含んだ表情を思い出して、ウォルドはむっすりと押し黙った。

すると、ウォルドの顔から大体の状況を察したのだろう、グランが小さく息を吐いて苦笑いを浮かべた。

「よ。三カ月じゃ、無理か」

「……」

「こういうことは、気持ちの問題だからな。できることをして、ゆっくり待つしかないな。……くれぐれも焦って迫るんじゃないぞ？」

グランもその昔、妻と結婚するまで色々あったという。彼もきっと苦労をしたのだろう。

「ただ、お前もわかっていると思うが――」

「ええ。わかってます」

「ならいい。……俺が上に隠しておけるのは、あとひと月ほどだ。それまでに、何とかノスリさんを説得してくれ」

「……はい」

あとひと月。

それだけの期間で、果たしてノスリに信用してもらえるのか。

先ほど見た光景を再び思い出したウォルドは、暗く沈み込むような思いになった。

Ⅶ

三カ月前までは行きつけだった王都の飲み屋で、ウォルドは一人、酒を呷っていた。

しかしどんなに強い酒を飲んでも、酔うことができない。何杯飲んでも、怯えて強張るノスリの顔が脳裏にこびりついたままだ。

そして、決定的に拒絶されたあの瞬間が。

あの瞬間を思い出す度に、胸がナイフで抉られるような痛みに襲われる。

実際血が流れていないことが、ウォルドは不思議なくらいだった。


その日の夕飯をいつものようにノスリの家で食べながら、しかしウォルドの気持ちは重く沈んでいた。

ウォルドの前で見せるノスリの顔は、いつも硬く、どこか警戒するようなものばかりだ。にもかかわらず、今日、ファーガスに見せていたノスリの顔は、非常に優しく柔らかいものだった。

この三カ月、ほぼ毎日を一緒に過ごしているウォルドには与えられない微笑みが、初対面であるファーガスにはいともたやすく向けられていたことに、ウォルドは激しい衝撃を受けていた。

加えて、ノスリへの想いを自覚したこともあり、ノスリの愛を求める気持ちが嫉妬の感情を煽り立てる。

初めて知ったそれらの感情に、ウォルドは自分でもどうして良いのかわからなかった。

それに、グランからは焦るなと言われていたが、それでもどうしたって焦ってしまう。焦るなという方が無理だろう。

ロイドを寝かしつけに行ったノスリの代わりに食事の後片付けを終え、そのまま居間でノスリを待つ。いつもだったら片付けを終え次第帰るのだが、その日はファーガスのこともあって、ウォルドはノスリと一度しっかり話をしようと思ったのだ。

しかし、寝室から出てきてウォルドを認めたノスリの戸惑う顔に、再びウォルドの胸が潰れたようになった。

やはり自分には、ノスリはいつもそんな顔ばかりだ。

そしてウォルドの隣を通る一瞬、ノスリの体が強張ったことに気付く。

それが切なくて、苦しくて、そんなウォルドは、気付けばノスリを捕まえて心の丈を吐き出していた。

ノスリの体が、ビクリと強張る。

怯える鳶色の瞳を見たウォルドは、胸が激しく軋むのがわかった。同時に、堪え切れない切なさと痛みに襲われる。

次の瞬間ウォルドは、衝動的に掴んだ手を引いてノスリを抱き寄せていた。

そのままノスリの頭を引き寄せる。

しかし、互いの唇が触れるよりも早く、乾いた音と共に頬に衝撃が。

ノスリに叩かれたのだと、理解するまでに数秒が掛かった。

そして理解した途端、ウォルドは深く絶望した。

過去にノスリを傷つけた自分は、結局何をしても許されることはないのだ。

それに。

やはりこんな自分を、ノスリが愛してくれるわけがない。

ウォルドは、ノスリにどこまでも拒絶をされたように感じていた。

真っ青な顔で怯えて震えるノスリを見ていられなくて、その場から逃げ出すように転移魔法を発動させる。

とりあえず自室に転移したウォルドだったが、真っ暗で冷たい一人の空間に耐えられなくて、その後は行く当てもなく夜の街を彷徨い続けたのだった。

しかしやはり、最終的に戻ったのは村にある自宅で。明け方近くまでしこたま飲んでフラフラの体を、ベッドに投げ出す。

次にウォルドが目を覚ました時には、既に昼も過ぎた辺りだった。

のろのろと重い体を起こし、カーテンの隙間から隣のノスリ達の家を窺う。

しかしまだノスリは仕事から帰っていないのだろう、シンと静まり返った家の様子に、ウォルドの気分が重く沈み込んでいく。

結局自分は、あの家に迎え入れられることはないのだ。

堅く閉ざされた扉が、そのままノスリの心のようで辛くなる。

その日は胸の痛みを誤魔化すかのように、ウォルドはひたすら各地を回って妖魔を狩り続けたのだった。

そして夕方。

それでも一旦はノスリの家の前まで来たウォルドだったが、扉を叩こうと思う度に、昨日の怯えて拒絶するノスリの顔が蘇る。あんなことがあって、一体どんな顔をしてノスリに会ったらいいのかわからない。

それに、自分はどこまでも彼等にとって望まれない人間だ。ロイドは懐いてくれているかもしれないが、それだって、他人として、だ。

ノスリがウォルドを疎めば、ロイドだってその内ウォルドを疎むようになるだろう。

悶々と悩んだ末に、ドアを叩こうと振り上げていた腕を下ろす。

そのまま背を向けたウォルドは、トボトボと村の道を辿っていった。

昨夜のように王都の酒場をうろついてもいいが、しきりに絡んでくる女達が鬱陶しくてしょうがない。その度威嚇して追い払うのも面倒だ。

それに、都会の喧騒は一人の孤独をいや増しにさせる。

自然とウォルドの足は、村に一つだけある食堂に向いていた。


「……おい。俺ぁ、前からあんたには一言言いたかったんだ」

「……」

顔を上げれば、仁王立ちした食堂の店主が。ウォルドが手に持った酒をテーブルに置くと、店主が向かいの席にドカッと腰掛けた。

先ほどからずっと、店主が何かを言いたそうにしていたのはウォルドも気が付いていた。

ここはノスリの勤め先だ。ずっとノスリ親子を見守ってきたここの店主にしてみたら、五年もの間彼等を放っておいたウォルドには色々と思うところがあるのだろう。

「ノスリちゃんはなあ。すっげえ苦労したんだ」

「……」

「あんた、女が一人で子供を育てるってどういうことか、知ってるか？　生活が大変なのはもちろんだが、皆の好奇の視線に晒されて、陰口叩かれて、ひでえ時には嫌がらせまで受けんだぞ？　ここは昔気質の小さい村だ、余計に差別は酷かった」

頭でわかっている以上に、実際はもっと想像もつかないほどの苦労をノスリはしてきただろう。ウォルドとて、父親がいない子供を出産した未婚女性が、どのような扱いを受けるのかくらいは知っている。しかもノスリは、頼る家族もなくただ一人でそれに耐えなければならなかったのだ。

その苦労は如何ばかりだったか。

それに、いくら妊娠したということを知らされていなかったとはいえ、ノスリに何があっても関わるなと言ったのはウォルドだ。そんなことを言われて、ノスリがウォルドを頼れるはずもない。

申し訳なさに、ウォルドは視線をテーブルに落とした。

「でもなあ。あの子ぁ、いろんな非難にジッと耐えて、一人でロイ坊を育て、自分の力で真面目に生活をしてきたんだ。そんなノスリちゃん見てて、きっと色々と事情があったんだろうって、皆も徐々に見方を変えてったんだ」

「……」

「今じゃノスリちゃんが良い子だってことは、村の皆が知ってる。ロイ坊も良い子だしな」

言いながら、店主がジョッキに入ったエールを呷る。

「あんたにも色々事情があったのはわかる。おばばからは、あんたはここに来るまで何も知らされてなかったたって聞いてるしな」

「……」

「でもよお。それでもよぉ、俺は納得いかないんだ！」

「……」

「あんたが頑張ってるのは知ってる！　あんたのお陰で森に妖魔も魔獣も出なくなったし、村のみんなもあんたが猪やら鹿やら駆除してくれるから、畑が荒らされなくなったって喜んでるのも知ってる！」

「……」

「けどよお！　五年！　五年だぜ!?　五年も放っておいたあんたを、たったこの三カ月で認めろって言われてもな、他の皆は良くても、俺ぁどうしても認められねぇんだ!!」

そう言って、ダンっと音を立ててジョッキを置いて、ウォルドを睨みつけてくる。

そんな店主の視線を真っ直ぐに受け止めて、ウォルドは静かに頷いた。

「そうだな」

「そうだ!!」

店主の言い分はもっともである。同時にウォルドは、不思議と胸の痛みが和ぐような気がしていた。

たった三カ月で、五年もの歳月が埋まるわけがないのだ。

やはり自分は、焦っていたのだ。

そんなウォルドをしばらく睨みつけて、そこで店主が、二人の遣り取りを見守っていた店主の妻に顎をしゃくって合図した。

「で、だ」

「……」

「今から俺と、飲み比べしろ」

「……」

「飲み比べて、俺に勝ったら、あんたを認めてやる」

言い終わると同時に、ウォルドの前になみなみとエールの入ったジョッキが置かれる。

同様にエールの入ったジョッキを受け取って、店主の男がウォルドに向き合った。

しかし店主の目は、ウォルドを睨んではいるものの、どこか優しい。結局は、ウォルドがここで受け入れられるための機会を与えてくれているわけだ。

そんな彼に無言で感謝して、ウォルドはジョッキを手に持った。

それから、一体何杯飲んだのだろう。

店主が潰れてからは、ウォルド達の遣り取りを見守っていた村の男達が次々にウォルドに挑戦してきて、一人二人と脱落していった。

そして今、最後の挑戦者が机に沈んだところだ。テーブルの上には、数えきれないほどの空のジョッキが。

エールはいつもウォルドが飲む酒に比べて比較的度数が低いとはいえ、さすがにこれだけ大量に飲めばさしものウォルドも酔いが回ってくる。それに、飲み比べを始める前まで普通に度数の高い酒を飲んでいたのだから、尚更だ。

そんなウォルドに、見かねた店主の妻が苦笑しながら話しかけてきた。

「うちのが悪かったわね」

「……大丈夫だ」

謝られて、首を振って答える。

すると、何がおかしかったのか、店主の妻がころころと楽しそうに笑い声を上げた。

「ウォルドさんは、本当に口下手ね」

「……」

「でもきっと、ノスリちゃんもわかっているはずよ」

しかし、言われると同時に、昨日の怯えて固まるノスリの顔が脳裏に蘇る。

再び痛み出した胸に、ウォルドはその顔を曇らせた。

「……何があったかわからないけど、そろそろ帰った方が良いわ」

「……」

「きっとノスリちゃんも心配しているはずよ」

ノスリがウォルドの心配などするわけがない。

そもそも、ウォルドがここにいること自体ノスリは知らないのだ。きっとこの時間ならばもう、ロイドを寝かしつけて一緒に寝ていることだろう。

再び胸が、キリキリと痛みを訴え始める。

それを誤魔化すように残っていた酒を飲み干して、更に強い酒を注文するウォルドに、店主の妻が困った子供を見るような顔でため息を吐いて首を振った。


それからの記憶は曖昧だ。

喉が焼けるような酒を何度も流し込んだ気がする。

酔った幻覚か、ノスリが自分を迎えに来たような気も。

何とも都合のいい幻覚だ。

でも、泣きたくなるほど優しい夢だ。

現実とは思えないフワフワとした光の中で、何度もノスリの声が聞こえる。

今は、胸の痛みも、虚しさも、孤独も感じない。

どこまでも柔らかく温かいその夢をずっと見ていたくて、ウォルドは夢の中のノスリを強く抱きしめた。


そして翌朝。

朝日に重い瞼を開けば、頭がガンガンと痛みを訴える。体からは、濃厚な酒の臭いがする。

低く呻き声を上げて寝返りを打とうとして、しかしそこでウォルドは違和感に気が付いた。

腕の中に、柔らかくて温かい何かが。

密着した体には、トクトクと穏やかな心音が伝わってくる。

それが何とも心地よい。まるで、欠けた何かが満たされていくような感覚だ。

その心地よさに陶然となって、腕の中のそれを抱きしめて顔を埋める。深く息を吸い込めば、匂いまでもが甘い。

しかしながら、徐々に頭がハッキリしてくるにつれて、ウォルドは唐突に腕の中のそれが何かに気が付いた。

慌てて抱きしめていた腕を離し、半身を起こす。

呆然と見下ろすウォルドの目の前には、子供のような寝顔でスヤスヤと眠るノスリがいた。

□■□

村の食堂に着いてすぐ目に飛び込んできた光景に、ノスリは呆れてしまった。

何人もの男達が床に寝そべり、各テーブルには空のジョッキが林立している。店主の親父さんまでもが、店の壁に凭れるようにして床に座り込んで寝ているではないか。

「……どれだけ、飲んだんですか……？」

「そう、ねー。エールの樽が一樽空いたわねー」

それを聞いて、ますます呆れてしまう。

しかし、店の隅の席に座る人物に気が付いて、ノスリはそこで視線を止めた。

「ずーっとね、ああやって飲んでたのよー」

「……」

『さすがに途中で止めたけど、ああも悲愴な顔されちゃ、ねー』

そこには、テーブルの上で両肘をつき、手を組んだ上に額を乗せて俯くウォルドが。

肩を竦めるおかみさんに、ノスリはふうっと息を吐き出した。そのまま足を進めて、ウォルドの隣に立つ。

一瞬迷ったノスリだったが、意を決してその肩に手を置いた。

「……ウォルド様。帰りますよ」

しかし、ウォルドはピクリとも反応しない。

「ウォルド様！　帰りますよ‼」

寝ているのかと、腰を屈めて耳元で声を掛け、肩を揺する。

それでもなお動かないウォルドに再び声を掛けようとして、しかしその時、ようやくウォルドが反応を示した。

「…………帰らん」

「ウォルド様——」

「お前は……、俺が嫌いだろ？」

掠(かす)れた声で、ぼそりと呟(つぶや)く。

ノスリは言葉に詰まってしまった。

まさか、ウォルドがそんな風に思っていたとは。

「そんな、嫌ってなんか……」

嫌ってはいない。嫌ってはいないが。

「嘘(うそ)だ」

「嘘じゃありませんよ」

「じゃあ、何故(なぜ)笑わない」

「……それは……」

「お前は、俺の前では笑わない」

言われて、ノスリは押し黙った。

そんなノスリには構わず、組んだ手の上に額を乗せたまま、ウォルドが言葉を続けた。

「……確かに、酷いことをした。悪かったと思ってる。あの時に戻れるのなら、戻ってやり直したいくらいだ。しかもその後も、五年も放っておいた。お前がそんな俺を許せないというのはわかる。にもかかわらずいきなり現れて、血が繋(つな)がっているんだから認めろと言われても、到底受け入れ難いのもよくわかっている」

「……」

「でも、それでも、ロイドが俺の子なのは事実だ」

「……」

「ロイドは、俺の子だ……」

ロイドが自分の子だと、苦しそうに呟く。

そんなウォルドに、ノスリは切ない思いに駆られた。

今ではノスリも、ウォルドがただ形式的に父親だと主張しているわけではないことを知っている。

ロイドへ向ける彼の眼差し（まなざ）には、まぎれもなく愛がある。

だからこそ、ウォルドはノスリに認めてもらいたいのだ。

今ではノスリも、彼がロイドの父親であることを否定する気はない。

ノスリは、静かにウォルドに語りかけた。

「そうですね。ロイドは、ウォルド様の子供です」

「……」

「ウォルド様はまぎれもなく、ロイドの父親です」

「……」

「ですから、もう、帰りましょう？」

そう言って、再びそっとウォルドの肩に手を乗せる。

しかし、相変わらずウォルドは俯いたまま、頑（かたく）なに動こうとしない。その様子からは、まだ何か蟠（わだかま）りがありそうだ。

ふうっとため息を吐（つ）くと、そんなノスリにウォルドがようやく少し顔を上げた。

「お前は、ため息ばかりだ」

「そんなことは……」

「俺が、嫌なんだろう?」

「だから違うと――」

「いいや、違わない」

ノスリの言葉を遮って、ウォルドが顔を上げる。

戸惑うノスリをじっと見詰めて、ウォルドが言葉を続けた。

「……お前は、ファーガスには笑ってた」

「はい?」

唐突に話が変わり、思わず戸惑ってしまう。しかも、やけに恨み節だ。

何が言いたいのかわからず聞き返すと、ウォルドがふいっと顔を背けた。

「お前は、俺には笑わないくせに、昨日初めて会ったファーガスには笑ってた。しかも、家に上げてパイまで。俺にはいつも、飯が終わったらすぐ帰れって言うくせに!」

拗ねたようなウォルドのその言葉に、ノスリは驚いてしまった。

まさかとは思うが、昨日あんなにも機嫌が悪かったのはもしや。

「……もしかして、昨日怒ってたのは、それが原因ですか……?」

「そうだ! ……くそっ! やっぱりアイツ、もっとシメておけばよかったっ……!」

ノスリは呆れてしまった。

これではまるで、駄々っ子のようではないか。そんなくだらないことで、あんなにも怒っていたのか。

同時に、肩の力が抜けるような感覚も。

やはりどこかでまだ、ノスリの中でウォルドは聖騎士として近寄り難いイメージがあったのだ。今では違うとわかってはいても、かつて自分は彼に助けられて崇拝していたわけなのだから、尚更だ。

そんなすぐにイメージが変わるものではない。

それに何より、あの夜の出来事がノスリの中で尾を引いていた。

心を許して再び、ウォルドにあの冷たく、凍えるような視線を向けられたらと思うと。考えただけでも身が竦む思いがする。

しかし、続けられたウォルドの次の言葉で、ノスリは狼狽えてしまった。

「俺はあんな軽薄な奴とは違ってお前だけだし、絶対に大事にする！　なのに何でお前はっ……！」

『ウォ、ウォルド様……酔って――』

「どうしてあんな奴には笑えて、俺には笑えないんだ！」

「そ、それは……」

振り返ったウォルドに真っ直ぐ見上げられて、ノスリは動揺した。

ウォルドの青い瞳が今、熱を持ってノスリを捉えている。その視線に気圧されて、ノスリは何と答えていいのかわからなくなってしまった。

すると、その沈黙を誤解したのだろう、ウォルドの顔が昏く翳っていく。

みるみる内に深く青い瞳が濃い藍色へと変わっていくことに、ノスリは焦った。

「……やっぱり。お前は俺が嫌いなんだろう？」

「ち、違っ――」

「でも、お前は笑わない」

「だから、嫌いじゃないと言ってるじゃないですか！」

堂々巡りの会話に、ノスリは堪らず大声を出した。

酔っ払いの会話に付き合っていても、埒が明かない。どちらにしろ、話し合うのはウォルドの酔いが醒めてからだ。

「とにかく！　帰りますよ！」

そう言って、強引にウォルドの腕を掴んで引く。しかしノスリの力では、ウォルドはビクともしない。

ひとしきり引っ張ってみて、それでも全く動こうとしないウォルドに、ついにはノスリも頭に来てしまった。

「もうっ……！　じゃあ、知りません！　好きになさってください！」

そう言い捨てると同時に、掴んでいたウォルドの腕を放す。

しかしそこで、ウォルドが引き留めるようにその手を引っ張ったために、ノスリの体が堪らず傾いた。

「なっ……！」

「嫌だ！　行くな！」

体勢を崩したノスリを抱き止めるようにして、ウォルドがノスリの腰に腕を回してしがみつく。

その有様は、まるで子供だ。

いくら酔っているとはいえ、ウォルドに抱きつかれるといういきなりのことに、堪らずノスリは真っ赤になって動揺してしまった。

「ウォ、ウォルド様っ……！　ちょっ、放し――」

「嫌だ！　俺を置いていくな！」

「わかりました！　わかりましたから、放してください!!」

「あらあら」

そんな二人を、おかみさんが楽しそうに笑って見てくる。

それがまた恥ずかしくて、ますます動揺してしまう。

ひとしきり押し問答をして、しかし一向に放そうとしないウォルドに、抵抗するのも疲れたノスリは深いため息を吐いて体の力を抜いた。

それに、ノスリにしがみつくウォルドは、まるで母に縋る子供のようで。柔らかい金の髪が、ロイドを彷彿とさせる。

ロイドと全く同じことをしているウォルドに、その内ノスリは何だかおかしくなってきてしまった。

「……ウォルド様。帰りますよ？」

「……」

「さ。一緒に、帰りましょう？」

ロイドにするように、その髪を撫で、優しく声を掛ける。

しばらくそのまま髪を撫でていると、気が済んだのか、ウォルドがこくりと小さく頷いたのがわかった。

そして次の瞬間には、ノスリはウォルドの家らしき寝室にいた。

突然、目の前の景色が変わったことに驚いていたノスリだったが、よく見ればそこはベッドの上で。仰向けに寝た状態で、腰の辺りにはまだウォルドがしがみついている。

ノスリは慌ててしまった。

さすがに、この体勢はまずい。

「ウォ、ウォルド様、家に着きましたよ？　放してください」

「…………嫌だ」

「でも、私も帰らないと……」

「お前はそう言って、すぐ俺から離れようとする！」

途端に、絶対に放すまいとばかりに、ぎゅうぎゅうとウォルドが抱きしめてくる。駄々を捏ねるその様は、完全に酔っ払いのそれだ。

しかしながら酔っているのがわかり難い分、質が悪い。

「ううっ……く、苦しい！　わかりました！　わかりましたから！」

「……本当だな？」

「ええ。ちゃんと側にいますから」

こういう時は、逆らわないに限る。酔っ払いをまともに相手しても無駄だ。

案の定、優しく頭を撫でてやれば大人しくなる。子供と一緒だ。

そんなウォルドに、ノスリは段々微笑ましい気分になってきた。子守り歌でも歌えば、それこそ寝るのではないだろうか。

しばしの間、静かにウォルドの髪を撫で続ける。

するとと、ノスリの体に回されたウォルドの腕が緩められたのがわかった。

「……側に、いてくれるか……？」

「ええ。いいですよ」

そっと窺うように問われて、宥めるように答える。

しかしウォルドの次の言葉で、ノスリは激しく動揺することになった。

「じゃあ、俺と結婚してくれ」

「え……？」

「ずっと、側にいてくれるんだろう？」

気付けば、ノスリは体を起こしたウォルドに見下ろされていた。

暗闇の中、青い瞳に見下ろされて、かつての夜の記憶が蘇る。

一瞬、無意識に体を強張らせたノスリだったが、そっと頬に添えられた手の温もりで、すぐに強張った体から力が抜けた。

「ノスリ。俺と、ずっと一緒にいてくれ」

今、ノスリを見詰める瞳は、温かに優しい。そこには、ウォルドがロイドに向ける眼差しと同じものが。

瞬間、ノスリは泣き出したくなるような思いに駆られた。

更には、そっと髪を撫でられ、額に口付けられて、胸が温かくなると同時に締め付けられるような思いになる。

そのまま優しく抱きしめられて、ノスリは込み上げる切なさで胸が一杯になった。

「ノスリ……。俺と……家族に、なってくれ……」

最後にそうとだけ伝えて、ノスリを抱きしめたままウォルドの呼吸が規則正しいものに変わる。

その呼吸の音を聞きながら、ノスリはしばらくの間放心したようになっていた。

ノスリはこんな風に誰かから抱きしめられたことなど、ない。

けれども心のどこかで、実の父親に抱きしめられたいと切望していた子供の自分がいることをノスリは知っている。

そしてたった一度だけ、それを願ったことが。しかしその願いも、冷たい拒絶と蔑みの中で儚く消えた。

それ以降ノスリは、皆には当然のように与えられるものも自分には与えられることはないのだと、自ら求めることを禁じたのだ。

だって。

求めても与えられることがないのであれば、求めるだけ無駄だ。

求めるだけ、傷つくだけだ。

それでもロイドが生まれて、無条件に愛を与え、かつ自分を求めてくれる存在を得たことで、ノスリの心の虚は埋まった。ロイドを愛することで、愛されない苦しみを忘れることができたのだ。

けれども、ふとした時に思い出すのも事実で。

ロイドが寝た後の、一人の時間が無性に寂しい時がある。

ロイドだって、大きくなったらいつかはノスリのもとを離れるのだ。その時、ノスリは。

日々の忙しさの中で深く考えずに済んでいただけで、それでもやはり傷は傷としてあるわけで。ただ、目を逸(そ)らしているだけだ。

にもかかわらず、ウォルドが現れて、ノスリはその傷を意識せずにはいられなくなった。

ノスリがウォルドを避けるのは、それが理由でもあることを、ノスリも薄々自覚していた。

しかし、今。

側にいて欲しいと言ったウォルドの言葉は、きっと本心だろう。ウォルドがノスリに母の愛を求めていることに、ノスリもそれとなく気が付いている。

彼の過去がどんなものかは知らないが、ロイドとノスリを見詰めるウォルドの眼差しには、憧憬(しょうけい)と切なさがある。

ふとノスリは、もしかしたら自分達は似た者同士なのかもしれないと、訳もなく感じた。

だったら。

そっと腕を背中に回せば、無意識でウォルドが抱きしめ返してくる。

それが切なくて。

しかし、泣きたくなるほど温かい。

欠けた何かが満たされるようなその感覚に、胸が締め付けられるのがわかる。

どこまでも包み込むようなその温もりの中、いつしかノスリは眠りについていた。

翌朝。

何か硬くてカサついたものに頬を撫でられた感触で、ノスリは目を覚ました。

途端、「うわっ」とも「うおっ」ともつかない声とともに、ガタガタと何かが落ちた音がする。

驚いてノスリが体を起こすと、そこにはベッドから落ちたウォルドが頭を抱えて床にうずくまっていた。

「だ、大丈夫ですか⁉」

「……大丈夫だ……」

大丈夫、という割には、声に力がない。

「頭を、打ったのですか？」

「いや……違う……」

心配して聞けば、違うという声が。

しかしながらそこで、ノスリはウォルドが昨夜は随分酒を飲んでいたことを思い出した。

見れば、首筋から耳までが真っ赤だ。

「二日酔いですね。今、水を用意しますから、ウォルド様は寝ててください」

「すまない……」

消え入るような声で謝られて、何だかおかしくなってしまう。

思わずクスクスと笑いを漏らすと、ウォルドが驚いたような顔で振り返り、直後すぐに顔をしかめた。

「急に動くと、気分が悪くなりますよ」

「そうだな……」

「昨夜は随分と飲んでましたからね。とりあえず、横になって待っててください」

そう言って颯爽と起き上がり、ウォルドの家の台所へと向かう。

備え付けの棚を漁って水差しとコップを用意したノスリは、それに水を入れてから再び寝室に戻った。

「とりあえず、飲んでください」

「……ありがとう」

コップを手渡せば、大人しく受け取ってそれに口を付ける。昨夜のこともあってか、何だかその姿は小さい子供のようで微笑ましい。

とはいっても、こんな無精ひげの生えた図体の大きな子供はいないのだが。

そんなことを考えながら、ちびちびとウォルドが水を飲む姿を見守る。

全て飲み終わり、受け取ったコップをベッド脇の簡易テーブルの上に置いてから、ノスリはウォルドに声を掛けた。

「台所、何もありませんね」

先ほど、簡単に朝食でも用意しようと思って見たが、あるのは硬くなったパンくらいで碌に食料がなかったのだ。

「いつも、どうされてたんです？」

「……」

「とりあえずロイドもそろそろ起きる頃ですし、一旦家に戻って作ってきますから。ウォルド様はそのまま待っていてください」

テキパキと指示を出すノスリに、ウォルドは呆気に取られたような様子だ。しかし、言われるままに頷いている。

その姿がおかしくて、思わずノスリが苦笑すると、ウォルドが驚いたように目を見開いた。

きっと、ノスリが笑っていることに驚いているのだろう。

しかし、そんなウォルドには構わず部屋を後にしたノスリは、玄関を出た瞬間、眩しい朝日に瞳を眇めて手をかざした。

そのまま澄んだ早朝の空気を肺一杯に吸い込んでから、ノスリは家へと歩き出したのだった。

一体、何がどうなってこんな事態になっているのかわからず混乱するウォルドを余所(よそ)に、ノスリの寝顔は何とも安らかだ。普段ウォルドに向けられる警戒に強張(こわば)った目元も、今は安心しきって緩められ、意外に長いまつ毛で縁取られた瞼(まぶた)が鳶(とび)色の瞳(ひとみ)を隠している。

一瞬、こんな状況にもかかわらず、あどけない少女のようなその寝顔に見惚(みと)れる。

起きている間、ウォルドの前では絶対に見せないであろうノスリの無防備な姿に、気付けばウォルドは吸い寄せられるように手を伸ばしていた。

最近、少しだけふっくらしてきた頬(ほお)に手を添える。薄らと日焼けをして散らばったそばかすを、なぞるように添えた手の指で撫(な)でる。

すると、微(かす)かにまつ毛が震えたかと思うと、その瞼がゆっくりと開けられたため、ウォルドは慌ててしまった。

盛大に狼狽(うろた)え、仰け反るようにして体を離す。

しかし慌てて勢いをつけすぎたために、体を離した拍子にウォルドはベッドから落ちる羽目になってしまった。

「だ、大丈夫ですか!?」

「……大丈夫だ……」

大きな音に驚いたノスリに大丈夫と答えたはいいが、急に動いたことで二日酔いの頭がガンガンする。

それに朝ということもあって、今の自分は色々と都合が悪い状態だ。寝ているノスリに触れたことが後ろめたいこともあって、色々隠すようにうずくまる。

ノスリは都合よく誤解してくれようだが、居た堪れないウォルドが呟くように謝ると、何故かその時、ノスリがクスクスと笑う声が聞こえてきたためウォルドは驚いてしまった。

しかし急に振り返れば、再び頭が痛み出す。同時に、胃がムカムカとする吐き気に襲われて、堪らず顔をしかめる。

すると、ノスリが楽しそうな笑顔になったため、ますますウォルドは驚いてしまった。

「昨夜は随分と飲んでましたからね。とりあえず、横になって待っててください」

そう言って颯爽と部屋を後にしたノスリを呆然と見送って、ウォルドは訳がわからず戸惑っていた。

何故、こんなにノスリが笑っているのだ。

そもそもどうして一緒に寝るような事態になったのかがわからない。一体自分は、何をしたのか。

確か、店主の妻に酒を止められたことまでは覚えている。

帰れと言われて渋っていると、その後、ノスリが迎えに来たような記憶も。

だが、問題はその後だ。

起きた時お互い服は着ていたから、自分がノスリに無体を働いたということはなさそうだが、しかしそれも自信がない。

以前は強い妖魔と戦った後には必ず、虚無感を伴った苛立ちのようなものに襲われて、それを鎮めるために商売女を抱いていたが、不思議とここに来てからはその苛立ちを感じたことはない。むしろ、妖魔と戦って素材を得た後は、それを贈って渡すことができるという高揚感がある。

更にはそれを喜んでもらえようものなら、体の隅々まで喜びで満たされていくような充足感を感じるのだ。

だから、ここ最近そういったことの必要を感じたことはないし、したいとも思わなかったが、それでもやはりご無沙汰であることに変わりはない。一般的な成人男性としての欲求というものは、普通にあるわけで。

そんな状態でノスリに対して恋心を自覚した自分が、全く何もしなかったかというと、非常に自信がない。そもそも、寝顔を見て笑顔を向けられただけでこの状態だ。

しかしながら、何かしでかしたのなら、今ノスリが笑ってくれるわけがないわけで。だから多分大丈夫だとしても、問題は何があったのか、だ。

一体何故、こんなにもノスリが笑いかけてくれるのだ。

自分は嫌われていたのではなかったのか。

しかもその後も、朝食を作ってきてくれたばかりでなく、昼の用意までしてくれて、ウォルドは嬉しいながらも困惑していた。

その夕方。

いつものようにノスリの家のドアを叩くと、勢いよく扉が開けられて、家からロイドが飛び出してきた。

驚いて腰を屈めれば、そのままギュッと抱きついてくる。

戸惑いながらもウォルドが抱きしめ返すと、ロイドが胸にしがみついたまま話しかけてきた。

「……おじさん、なんで昨日は来なかったの？」

聞かれて、ウォルドの胸が詰まった。

待っていて、くれたのだ。こんな自分を。

会わなかったのはたった一日だというのに、ロイドのその言葉で、まるでずっと会っていなかったかのような気分になる。

込み上げる思いのまま、ウォルドは抱きしめる腕に力を込めた。

「すまない。昨日は、村の食堂に行っていた」

「なんで？　どうして、お家でごはんを食べないの？」

「それは……」

体を離したロイドに合わせてしゃがめば、真っ直ぐな瞳で見詰めてくる。

ウォルドは何と言って答えたら良いのか、返答に困ってしまった。

理由としてはノスリと顔を合わせるのが気まずかったからなのだが、結局自分は拗ねていただけだったのだろう。だが、それを説明できるとも思えない。

すると、そんなウォルドに構わず続けられたロイドの次の言葉で、ウォルドは激しく動揺することになった。

「おじさんは、ぼくの〝おとうさん〟なんでしょ？」

思わず、目を見開いて固まってしまう。

「〝おとうさん〟ってことは、家族なんだよね？　だから一緒にご飯を食べるんだよ？」

当たり前といった顔で見上げられて、ウォルドは言葉に詰まってしまった。

気付けば、ロイドのすぐ後ろにノスリが。揺れる瞳のままに顔を上げれば、微笑みを返してくる。

更には全てを肯定するかのように頷かれて、堪らずウォルドは片手で目元を覆って俯いた。

「おじさん？」

「……ああ。……そうだな。その通りだな……」

ツンと鼻の奥が沁みる感覚に、声が震える。

更には、小さな手で宥めるように頭を撫でられて、ウォルドは溢れるものを止められなくなった。

そのままロイドを抱き寄せ、柔らかく温かい髪に顔を埋める。

ロイドからは、微かに甘いミルクの匂いと、明るい日向の香りがした。

食事の後、後片付けを終えたウォルドは、ソワソワと落ち着かない時間を過ごしていた。

話があるから待っていて欲しいと、ノスリに言われたのだ。そしてノスリは今、ロイドを寝かしつけに行っている。

今日は朝から色々ありすぎて、ウォルドの許容量は既に限界を超えそうだ。

ロイドに父親だと言われたのもそうだが、何よりノスリの態度が全く違う。頻繁に笑うのもそうだが、これまでウォルドに対して引かれていた線のような物が、今日のノスリにはない。

夕飯を作っている間にロイドを風呂に入れてきて欲しいと言われた時には、ウォルドは驚きの余り固まってしまった。

まるで、これでは本当の家族のようではないか。

しかも、どうせだからウォルドも入っていけという。

はしゃぐロイドに手を引かれて風呂に入り、体を洗ってやる。

全てが初めてのことに戸惑いつつも、家族として受け入れられた喜びに、ウォルドの目頭が再び熱くなったのだった。

その後も、どこからどう見ても家族の団欒といった食事の時を過ごし、ノスリが作ってくれたパイまで食べた。

何やら意味深にファーガスがどうこう言っていたのは気になるが、それ以上に色々なことが嬉しすぎて、ウォルドはまるで夢でも見ているかのようだった。


ウォルドが所在なく立ったり座ったりを繰り返している内に、寝室のドアが開けられてノスリが出てくる。

その姿を見た途端、ウォルドは緊張のあまり手に汗が滲むのがわかった。

「……お茶を……」

「ああ。ありがとうございます」

席に座ったノスリと入れ替えに、立ち上がって用意していたお茶を淹れる。

お茶を淹れながら、しかし同時にウォルドは、ノスリに何を言われるのかと内心ヒヤヒヤしていた。

実を言うと、昨夜の出来事を断片的にではあるものの段々に思い出したのだ。その記憶が確かなら、ノスリに縋って離れてくれるなと懇願したような気が。

ただどうしても、家に着いてからのことが思い出せない。

一緒にいてくれと懇願したような気もするが、それが原因でノスリの態度が変わったとは思えない。変なことはしなかったと思うが、それもはっきりとはしない。

しかし、今思い出した記憶だけでも悶絶（もんぜつ）ものなのに、それ以上のこととなると。

恥ずかしさの余り叫び出したいような気持を必死に落ち着け、カップにお茶を注ぐ。

それをノスリの前に置いてから、ウォルドは正面にある自分の席に座った。

□■□

目の前に置かれたカップに手を伸ばしたノスリは、両手でそれを持ってゆっくりと口を付けた。

互いにお茶を飲み、一時（ひととき）その場に沈黙が流れる。

最初に口火を切ったのは、ノスリだった。

「……あの、確認なんですが……」

「ああ」

「ウォルド様は今後、どうされたいのですか？」

手に持ったカップをテーブルに置いて、真っ直ぐに正面のウォルドを見据える。

そんなノスリは、先ほどのロイドとウォルドの会話を思い出していた。

ロイドが、ウォルドが自分の父親であることを知っているのは、ノスリも知っている。にもかかわらず、未だロイドはウォルドを〝おじさん〟と呼ぶ。

最初はそのことに奇妙な安心感を感じていたノスリだったが、最近は、ロイドがウォルドをおじさんと呼ぶ度に、ノスリは罪悪感に駆られるようになっていた。

ウォルドがロイドを自分の子供として可愛がっているのは、誰の目にも明らかだ。彼は父親として、ロイドに愛情を注いでいる。

そしてロイドも、そんなウォルドに非常に懐いている。最近のロイドのウォルドに対する態度には、全く遠慮がない。母親であるノスリに対するのとはまた違った甘え方で、ウォルドに甘えているのがわかる。

それにもかかわらず、ロイドがウォルドをおじさんと呼ぶのは、ひとえにノスリとウォルドの間の微妙な空気をロイドなりに敏感に感じ取っているからだ。

昨夜のウォルドの言葉から、彼が家族としてノスリ達に受け入れて欲しいと強く願っていることはよくわかった。加えて、彼の孤独も。

ハッキリとウォルドの口から聞いたわけではないが、普段のウォルドの言動を見ていれば、彼がどんなに家族の愛を求めているのかは、ノスリにだってわかる。

それに何より非常に不器用ではあるものの、この三カ月の間、ウォルドなりに誠意を見せようと頑張っていることも知っている。

今やノスリも、ウォルドをロイドの父親として認めることになんの異論もない。

それにやはり、息子に父親は必要だ。

そんな中で先ほどのウォルドとロイドの遣り取りを目の当たりにして、ノスリは改めて何とかしなくてはと思ったのだった。

「ロイドはウォルド様が実の父親だと知っています。……それを踏まえた上で、ウォルド様はこの先、どうされたいですか？」

再び確認するように、問う。

すると、一瞬瞳を揺らしたウォルドが、ギュッとその手をテーブルの上で握ってノスリを見返してきた。

「……許されるのであれば、ロイドの父親として、お前に認めてもらえたらと思う」

「……」

「五年もの間放っておいて、しかもあんな暴言を吐いておきながら、こんなことを言うのは今更なのはわかっている。それでも、今からでも、ロイドの父親として認めてもらえるのなら……嬉しい」

青い瞳が、不安に揺れているのがわかる。

かつて自分から関わるなと言っておきながら、今更父親として認めて欲しいなどと言うことが、どれほど厚かましいことかわかっているのだ。

そんなウォルドに、ノスリはふっと小さく息を吐いて苦笑した。

「認めるも何も、ウォルド様はロイドの父親です」

「それはつまり、俺をロイドの父親として認めてくれると……」

「ええ」

聞かれて、ハッキリと頷く。

「ウォルド様は、紛れもなく、ロイドの父親です」

「……っ」

その言葉に、ウォルドが口元を手で覆って俯く。

小さく、ありがとうと呟く声を聞いて、ノスリは再び苦笑した。

本当は、もっと早くに伝えるべきだったのだ。この三カ月、ウォルドがどんな思いでいたのかがわかる分、ノスリは申し訳ないような気分だった。

「……では、父親と名乗っても……？」

「もちろんです」

今、目の前のウォルドは、喜びを噛みしめているように見える。その様子を見守りつつ、しかしノスリの胸中は複雑だった。

けれども、ロイドの幸せを考えれば仕方がない。

意を決したノスリは、再びウォルドに話しかけた。

「それで、今後のことですが」

「ああ」

「もうしばらくは、ロイドとここで過ごさせてもらってもいいですか？」

「それは、もちろんだが……」

ウォルドが戸惑ったような顔になる。

きっとウォルドとしては、すぐにでもロイドを連れていきたいに違いない。彼がここに来て既に三カ月が経つわけで、休暇だってそろそろ終わるはずだ。

そんなウォルドに、ノスリは寂しさを笑顔で押し隠して話を続けた。

「ロイドの将来を考えれば、早くにウォルド様のもとに行った方が良いことはわかっています。でも、もうしばらくだけ、ここで親子として過ごさせて欲しいんです。……ちゃんと私も、どうするのが一番良いのかは、わかっています。だから、もう少しだけ……」

ギュッと胸を引き絞られる辛さに、思わず涙がこぼれそうになる。

それを隠すように俯いたノスリだったが、しかしすぐに笑顔を作って顔を上げた。

「ロイドが、自分からウォルド様を父親と呼べるようになるまでは、ここにいさせてください」

ニコリと笑って言う。

するとそんなノスリを戸惑った顔で見詰めた後で、ウォルドが困惑を隠さずに口を開いた。

「……むしろ、本当にお前はそれでいいのか……？　無理を、してるんじゃないのか……？」

「大丈夫です」

「そもそも、お前は俺が嫌いなんじゃないのか……？」

そう聞くウォルドは、何とも不安そうだ。本気でノスリに嫌われているんじゃないかと心配しているのだ。

つまり、ノスリをロイドの母親として尊重してくれているわけで。

それがありがたいと同時に、嬉しい。

そんなウォルドに、ノスリは胸が温かくなるのがわかった。

「まさか。嫌いじゃないからこそ、今、ロイドがいるんじゃないですか」

「……」

「ウォルド様のことは、昔も今も、変わらずお慕いしておりますよ？」

微笑んで告げれば、ウォルドの顔が真っ赤になる。

あからさまに動揺し、口元に手を当てて俯いてしまったウォルドに、ノスリは微笑ましい思いになっていた。

それに。

慕っていると言ったノスリの言葉に嘘はない。

もちろん、かつてのような熱に浮かされた恋心はないが、この三カ月でウォルドその人を知るにつけて、その不器用な優しさや実直さに、癒され、惹かれているのは事実だ。

何より、彼はロイドの父親であると同時に、ノスリの命の恩人でもあるわけで。そんな彼を嫌いになどなれようわけもない。

ウォルドへの想いに思いを巡らせて、ノスリの胸がズキリと痛みを訴える。

けれども、敢えてそれに気付かない振りをしたノスリは、笑顔のまま話を続けた。

「だからもうしばらく、このまま過ごさせてください」

「ああ……。ノスリ、ありがとう……」

真っ赤な顔で俯いたままお礼を言われて、ますます微笑ましい気分になる。

これまで数えきれないほどの女性に思いを寄せられ、愛を交わしてきただろうに、今のウォルドはまるで物慣れない少年のようだ。

けれどもそれは、ノスリがロイドの母親だからなわけで。だからこそ、戸惑いを隠せないのだ。

この三カ月のノスリとロイドに見せる眼差しと昨夜の言動から察するに、ウォルドが母の愛に飢えているだろうことは容易に察せられる。
そんなウォルドを見詰めて、ノスリは慈愛の微笑みを浮かべたのだった。

Ⅸ

ノスリとの話し合いの翌日から、早速ウォルドはノスリとロイド、二人と正式に家族となるための手続きを進めていた。

同時に、家族なのだから一緒に住んだら良いというノスリの提案を受けて、早々に空いていた部屋にベッドと荷物を移したウォルドは、ノスリ達の家で寝起きを共にするようになっていた。

毎朝、起きておはようと言い合い、一緒に朝食をとる。仕事に出掛けるノスリをロイドと見送って、昼にはまた三人で昼食をとり、今度は狩りやら手続きやらで出掛けるウォルドをノスリとロイドが見送ってくれる。

そして、一日のやるべきことを終えて帰ってきた自分を、〝お帰りなさい〟と言って迎えてもらえるのだ。ウォルドは、毎日がまるで夢でも見ているかのように幸せだった。

何より、ノスリとロイド、二人に家族として受け入れてもらえているのが、気が遠くなりそうなほど嬉しい。

そんなウォルドは、一刻も早く、この幸せを確実なものにしてしまいたかった。

しかし、生まれて初めて味わう家族との日常に、望外の幸せを日々感じていたウォルドだったが、時折見せるノスリの寂し気な表情だけが気になっていた。

以前と違い、ウォルドに対するノスリの態度は非常に気安く、ロイドだけでなくウォルドに向けられる眼差しまでもが、まるで母のような慈愛に満ちたものだ。包み込むような優しい微笑みで見詰められる度に、喜びで舞い上がってしまう自分がいる。

しかしながら、ウォルドがロイドと二人で過ごしている時など、ふとした時に、ノスリが何とも寂し気で今にもどこかに行ってしまいそうな顔で見詰めていることがあるのだ。

そんなノスリに気付くたびに、ウォルドは訳のわからない焦燥感と不安に襲われていた。

何かを決定的に見落としているような、間違っているような気がしてならないのだ。

しかしそれも、温かな微笑みを向けられると、自分の思い過ごしなのではないかという気になってくる。

それに不安になってウォルドが聞けば、ノスリはいつだって大丈夫だと答えてくれるのだ。更には、〝好きですよ〟と言ってもらえようものなら、天にも昇るような心地になる。

だからこそ、時折見せるノスリの寂し気な顔は気になってはいたものの、自分の気にしすぎか、それか感傷のような物かもしれないとウォルドは思うようにしていた。

そもそも自分は、五年もの間彼等を放っておいたのだ、ノスリの中で消化しきれない複雑な思いがあったとしても何ら不思議ではない。加えて、過去にあんなにも冷たくノスリをあしらったのだ、完全にはウォルドを許せないとしても、それはしょうがないことだろう。

だとしたら自分は、過去を挽回できるようこれまで以上に頑張るだけだ。

そんなウォルドは、過去の償いの意味も込めて、今まで以上にノスリに誠意を見せたいと自分なりに努力していたのだった。

そんなこんなで、更にひと月が過ぎようかという頃。

そろそろ休暇も終わりに近づいてきたウォルドは、その日はノスリ達にあるお願いをするつもりでいた。

夕食を終え、食後のお茶を用意してノスリとロイドに向き合う。

同じ角度で何だと首を傾げる二人に微笑ましい気持ちになりながら、ウォルドは話を切り出した。

「……休暇が終わる前に一度、お前達に会ってもらいたい人間がいるんだが……」

二人に会ってもらいたい人物、それは聖騎士の隊長、グランだ。師であり上司でもある彼は、ウォルドの親代わりでもある。

今回の事態に一番親身になって相談に乗ってくれたということもあるが、今後正式に二人の存在を公表するにあたって、現英雄であるグランの庇護を受けているとしておけば、後々都合がいい。

何より、ウォルドと同じ大量の魔力を身に秘めたロイドを、国に奪われないようにするためでもある。

ロイドとノスリの存在が知られれば、国が二人に眼を付けるのは確実だ。特にロイドは、ウォルドと同じように国の研究機関に連れていかれる可能性が高い。

ノスリにしても、魔力量が多く子供ができ難いはずのウォルドの子供を産んだとして、研究対象にされるだろうことは容易に想像がつく。

そんなこと、絶対に許せようはずもない。考えただけでも腸が煮えくり返るような怒りが込み上げてくる。

しかし、正式にノスリと婚姻を結び、二人がウォルドの家族となってしまえば、さすがに国も手出しはできない。ロイドの魔力制御について言われる可能性はあるが、それもウォルドが父親として管理、保護していくとなれば問題はないだろう。

それにこの数カ月、ウォルドの不在を国に不審に思われないようグランに協力をお願いしていたが、これ以上となると難しい。もともとウォルドは、これまで休暇など取ったことがなかったわけだから尚更だ。たった四カ月程度で五年の歳月を埋めるのは難しいことはわかっていたが、それでも、早急に手を打たなければならないのも事実だ。

ロイドにはあれ以来父として呼ばれたことはないが、それでも最近は随分と家族として受け入れてもらえてきている気がする。ノスリにはもう少し待って欲しいと言われたが、彼等を守るためには、形だけでも二人をウォルドの家族としてしまう必要があった。

「……つまりこのままだと、ロイドを国の研究機関に連れていかれてしまう、と……」

「そうだ」

「そんな……」

ウォルドの説明に、ノスリの顔が真っ青になる。それもそうだろう、訳のわからない輩に大切な我が子を奪われると聞いたら、心配になって当たり前だ。

そんなノスリに、ウォルドは宥めるように話を続けた。

「だから、ロイドに国が手出しをできないようにしたい。そのためにも、今のうちにお前達を俺の家族として正式に手続きをしてしまいたいんだ。だからノスリ、俺と――」

「わかりました」

みなまで言う前に、ノスリがキッパリと頷いて答える。

そのまま、とりあえず形だけでもいいから結婚して欲しいと告げるつもりでいたウォルドは、ノスリの決然とした顔を見てその言葉を引っ込めた。

「では……？」

「ええ。ロイドを守るためとあれば仕方がありません。ウォルド様のお言葉に従います」

仕方がない、というノスリの言葉にナイフでグサリと刺されたかのような痛みを覚えるも、すぐにそれこそ仕方がないことだと思い直す。

いくら大分打ち解けてきたとはいえ、まだ自分はノスリに出された条件をクリアしていないのだから。

本来であれば、ロイドに父と呼んでもらえてから、結婚の申し込みをするべきだったのだ。にもかかわらず、今この状態でノスリに受け入れてもらえたのは、ありがたいことなのだ。

それと。

最近ウォルドは、自分の気持ちを持て余していた。

確かに以前とは比べようもないくらい、ノスリのウォルドに対する態度は柔らかくなった。笑いかけてくれるし、頼るべきところは頼ってくれる。

温かな微笑みを向けられてその度舞い上がるほど嬉しいが、同時に、それだけでは物足りないと思うようになってきたのだ。

一緒に住むようになって、ふとした時に見せるノスリの無防備な姿に、思わず手を伸ばしてしまいそうになる。

風呂（ふろ）上がりのほんのり上気した白いうなじに、濡（ぬ）れたほつれ毛が纏（まと）わりついた姿。ウォルドの前ではガウンを羽織っているとはいえ、薄い寝巻姿でロイドと共におやすみなさいと笑うその時。

何度手を伸ばして抱きしめたいと思ったことか。

一緒に住む喜びは大きいものの、その分、いつでも手を伸ばせば触れることができる距離に好いた女がいるという現状に、ウォルドは激しく懊悩していた。

しかし、〝慕っている〟とは言ってはくれるものの、ノスリのウォルドに向ける視線には、自分がノスリに向けるような熱は感じられない。そこにあるのは、ひたすら優しい母のような愛だ。

もちろん、それは嬉しい。泣きたくなるほど嬉しい。

だが同時に、最近はそれでは何かが満たされないような思いになる。

どこかが、何か、自分が求めているものとは違う気がしてならないのだ。

けれども、そんな風に思ってしまう浅ましい自分に気付く度、恥ずかしさで身が竦む思いになる。

過去、あんなにも手酷い扱いをした自分を許してくれただけでなく、更には好きだと言ってもらえて、一体何が不服なのだ。

加えて、一生子供を持つことは叶うまいと諦めていたにもかかわらず、こんなにも良い子を産んで育ててくれて、しかも父親として認めてくれると言ってくれているのだ。ずっと放置して子供ができたことを知りもしなかった自分には、身に過ぎた幸せではないか。

そんな葛藤を繰り返していたウォルドだったが、しかし、仕方なしにとはいえノスリに結婚を承諾してもらえたことで、ハタとあることに気付いたのだった。

もしかして。もしかしなくとも、自分はノスリに気持ちを伝えていないのではないか。

気付いて、ウォルドは愕然となった。

どんなに記憶を探ってみても、ノスリに一言も好きだと言った覚えがない。

確かに、家族になって欲しいとは何度も伝えた。ロイドの父親として認めて欲しいとも。

しかし、ノスリ自身が好きだとは一度も言っていない。

家族になって欲しいという言葉を受け入れてもらえたことで、自分の気持ちも受け入れられた気になっていたのだ。

今更そのことに気が付いて、自分の間抜けさ加減に呆れてしまう。本当、どれだけ浮かれていたのか。

とりあえず今回は、二人を早く正式な家族とするべく婚姻を結ぶわけだが、それでも、ノスリとウォルドが結婚するということには違いない。

しかし本来であれば、結婚とはお互いの気持ちを通じ合わせた先にあるものだ。気持ちを通わせ、将来を誓い合い、家族となって子を為す――その一連の流れを自分達は逆行しているわけだが、それでも夫婦となるということに変わりはない。

そしてつまり、夫婦になるということは。

そこまで考えて、自分の気持ちとノスリの気持ちとの微妙な差異の正体に、気付いた気分になる。

であれば、この気持ちを伝えれば、ノスリも返してくれるのだろうか。

そんなウォルドは、その夜は一晩中自分の気持ちとノスリの気持ちについて考え続けたのだった。

翌日。

いつものように一日を過ごしたウォルドは、その日は自らロイドの寝かしつけを買って出た。

風呂に入れて着替えさせ、寝るにはまだ早い時間だが一緒にベッドに横になる。

普段ノスリとロイドが使っているそのベッドからは、ふわりと甘いノスリの香りがした。

「……ねえおじさん。あしたは町にいくんだよね？」

「そうだな」

薄暗がりの中、ウォルドを見上げるロイドの目がキラキラと輝いている。初めて都に行くということもあって、明日が楽しみでしょうがないのだろう。

「だから、今日は早く寝ないとな」

「うん！　ぼく、はやく寝る！」

元気よく返事を返されて、ウォルドは笑ってしまった。

この様子では、まだまだ当分寝そうにもない。笑いながら、ロイドの頭をくしゃくしゃと撫でる。

こんな何気ない日常のひと時が、とてつもなく幸せな気持ちにさせてくれる。

未だロイドはウォルドを〝おじさん〟と呼んでいるが、ウォルドはそれでも十分だと思っていた。

キャッキャとはしゃぐロイドとひとしきり笑い合う。

しかしロイドの次の言葉で、ウォルドは固まった。

「じゃあ、明日からは〝おとうさん〟って呼ばなきゃだね！」

「え……」

「だって！　おかあさんが言ってたよ？」

「ノスリが……？」

「うん！　おじさんはぼくの〝おとうさん〟なんだから、そう呼ばなきゃだめだって！」

にこにこと笑って言われて、思わず動揺してしまう。

確かに明日行く場所で、ロイドからおじさんと呼ばれるのは少々まずい。名実ともに、ロイドがウォルドの子供であるとアピールする必要があるからだ。

しかしそうはいっても、無理に父親と呼ばせるわけにもいかないと、ウォルドは諦めていたのだ。

「でも、〝おとうさん〟って、変なかんじだね？」

「ああ、そうだな。……でも、無理にそう呼ばなくてもいいんだぞ？」

もちろん、ロイドに父と呼んでもらえるのは嬉しいが、無理に呼ばせたいわけではない。

苦笑してそう伝えると、そんなウォルドにロイドがニコリと笑顔になった。

「おとうさんは〝おとうさん〟なんだから、いいんだよ」

繋いだ手をきゅっと握られて、胸までもがその小さな手で握られたような気分になる。同時に、温かな感情と共に様々な思いが溢れる。

視界が揺れる感覚に、堪らずウォルドはロイドを抱きしめた。

もぞもぞとくすぐったそうに動くロイドを抱きしめていれば、その内段々と静かになってくる。

そのまま、ロイドの穏やかな寝息が聞こえてくるまで、ウォルドはその温かな体を抱きしめ続けたのだった。

「……案外、早く寝たんですね」

「そうだな」

「随分とはしゃいでいましたから、寝るまでもっと時間が掛かるかと思ってました」

笑って言われて、途端ウォルドは甘く切ない思いで一杯になった。

ロイドに、ウォルドを父と呼べと言ったのはノスリだ。一体どんな気持ちでそれを伝えたのか。

以前ノスリは、ロイドがウォルドを父と呼ぶまで待ってくれと言った。

そして今では、ノスリがウォルドをロイドの父親として認めてくれているのは知っている。家族だと、思ってくれていることも。

では、それ以上は。

「お茶を淹れますね」

席を立って台所へと向かうノスリを、通りすがりにその手首を掴んで引き止める。

驚いたような顔で振り返ったノスリに、ウォルドはその手を掴んだまま、言うべき言葉を必死で探していた。

「あの……。何か……？」

ウォルドを見上げるその瞳には、戸惑いが。しかしそこに、以前のような怯えの色はない。

そのことにホッとして、ウォルドはそっと掴んだ手を放してゆっくりとノスリの頬に手を近づけた。

途端、ノスリの体がビクリと強張る。

体を固くして俯いてしまったノスリに緊張しながら、手は浮かせたままで様子を窺う。

しかししばらく待っても、ノスリに拒絶する動きは見られない。それを確認して、ウォルドは静かにその手をノスリの頬に添えた。

動揺しているのだろう、俯いた髪の隙間から見えるノスリの耳は真っ赤だ。触れた頬も、燃えるように、熱い。

そろそろと視線を上げたノスリの赤く染まった顔に、ウォルドはくらくらするような喜びに襲われた。

「あ、あの……」

「ノスリ。好きだ」

昨夜、あれだけあれこれ考えたにもかかわらず、出てきた言葉はそれだけだ。

更には、ますます赤くなって動揺するノスリに、ウォルドの頭から思考が飛び去った。

「え――」

空いた手を腰に回して、ノスリの体を引き寄せる。

揺れる鳶色の瞳を見詰めながら、吸い寄せられるように顔を近づけて――。

しかしそこで、カタリという音に、ウォルドは唐突に我に返った。

ノスリと同時に、ハッと音のした方向に振り返る。

するとそこには、眠そうな目を擦りながら、ギュッと寝巻の裾を掴んだロイドが立っていた。

「おかあさん、おしっこ」

弾かれたように互いに体を離し、ノスリが慌ててロイドに駆け寄る。

しかし、その後ろ姿のうなじは、真っ赤だ。

ウォルドは今更ながら、急激に体温が上がっていくのを感じていた。

「じゃ、じゃあ、トイレに行きましょうね……」

す。

「うん」

「寝る前に、ちゃんとしておかなくちゃダメでしょ？」

「だって……寝る前はしたくなかったんだもん」

ロイドの手を引いてトイレへと向かう二人の会話を聞きながら、口元に手を当てて呆然と立ち尽くす。

一体自分は、さっきは何をしようとした。

けれども、ノスリに拒絶の意思はなかったことも確かだ。

先ほどの遣り取りを思い出して、ますます顔に熱が集まっていくのがわかる。

つまり、これは。受け入れてもらえた、ということなのだろうか。

喜びと動揺、疑問と希望とで、頭はまともに働かない。

固まったようにその場に立ち尽くしていたウォルドだったが、おずおずと掛けられた言葉で、ようやく我に返った。

「あの……。そろそろ、寝ます……。明日は、早いですし……」

「あ、ああ、そうだな……」

「おやすみなさい！」

微妙な空気の中、ロイドだけが元気だ。

明るくおやすみなさいと言うロイドに、同様の言葉を返して、ウォルドはそのまま寝室へと消えた二人を見送った。

明けて翌日。ノスリとロイド、二人を連れてとりあえず都にある自邸に戻ったウォルドは、そこで一旦着替えてから王宮の敷地内にある聖騎士の詰め所へと向かった。

一応まだ休暇中ではあるが、二人を連れていくのならば正装した方がいいだろう。

それに、聖騎士の鎧とマントの正装に、ロイドは大はしゃぎだ。

しきりにカッコいいと言われて、内心ウォルドは嬉しくてしょうがなかった。今日ほど聖騎士でよかったと思ったことはない。

片腕にロイドを抱き上げた状態で、エスコートのためにノスリに手を差し出す。

照れたようにおずおずとその手を取られて、ウォルドはむず痒い幸せで一杯になった。

昨夜の出来事の後から、ノスリの態度がいつもと明らかに違う。視線が合っただけで動揺したように顔を逸らせるも、その顔はどう見ても赤い。ウォルドを意識しているのが丸わかりだ。

つまり昨日のことは、戸惑いはしたが嫌ではなかったということだろう。

好きだと伝えてそれを受け入れてもらえたことが、気が遠くなりそうなほど嬉しい。

更にはロイドに父と呼んでもらえて、ウォルドは今、この上ない幸せの中にいた。

無事、グランにロイドとノスリを紹介し、詰め所でも二人を家族としてアピールすることができて、ウォルドは非常に満足していた。

それに、ロイドの認知手続きも終えた。あとはノスリとの婚姻手続きだけだ。

ただ、こればかりは公布期間を取らねばならない。ウォルドにとっては押し付けられたお飾りの爵位だが、それでも子爵という立場がある。

本当はすぐにでも婚姻手続きをしてしまいたいのだが、婚姻後のノスリのことを考えたら、やはり正式な手順を踏んだ方がよい。

それに、ウォルドと婚姻を結ぶにあたって身分の釣り合いを取るために、ノスリをグランの養女とする手続きもあるのだ。そうなると、最短でも二カ月は時間が掛かる。

しかしそれも、ノスリともっと仲を深めてからと考えれば、むしろその方が良いだろう。

順調すぎるくらい順調に物事が進んでいくことが、ウォルドは怖いくらいだった。


その夜。

都の自邸で夕食をとり、先にロイドを寝かしつけに行ったノスリを待って、ウォルドは落ち着かない時間を過ごしていた。今後のことを考えて、ノスリとロイドも当分は都で過ごすことになったのだ。

それに、グランの養女となるにあたって、ノスリをグランの妻にも会わせなければならない。そうなると、やはり都にいた方が何かと都合がいいわけで。ただ、手続きの後は、今まで通りノスリの村に一緒に住むつもりでウォルドは考えていた。

そのことも併せて、今からノスリと話し合わねばならない。

それに。婚姻を結ぶにあたって、まずはしなくてはならないことが。

色々先走りすぎていてすっかり忘れていたが、ノスリにまだ、きちんと結婚して欲しいと伝えていない。好きだとは伝えたが、この先伴侶として一緒になって欲しいとは一切伝えていないのだ。

とはいえ、家族になって欲しいとは何度も言っているし、ロイドの認知手続きまで終えているのだから、今更改まって言う必要はないのかもしれない。

しかしウォルドは、一抹の不安を拭えずにいた。

どこがどう、とは言葉では言えないが、何かがどこか掛け違えている気がしてならないのだ。

好きだと伝え、拒絶はされなかったものの、まだノスリから返事は貰えていない。

それと、婚姻にあたってグランの養女とする旨の話をした際の、ノスリの驚いた顔。

その時はグランの養女となることに驚きを示したと単純に考えていたが、その後のノスリの反応を見ていると、何となくそれだけではないような気がしてきたのだ。

加えて、自邸の家人達に女主人として紹介した時のあの動揺ぶり。

ロイドとノスリを家族として紹介できる喜びと幸せで色々浮かれていて気にしていなかったが、時間が経つにつれてだんだんと違和感のようなものを感じるのだ。

それは、気のせいだと言われればそれまでの、ほんの些細な違和感だ。順調に物事が運びすぎて怖いという思いからくる、自分の思い過ごしかもしれない。

けれどもその違和感が、ウォルドを幸せに浸り切ることを躊躇わせていた。

それにやはり、きちんとしたプロポーズは必要だ。

ポケットの辺りを押さえて、ソワソワとノスリを待つ。

ノックの音に上擦った声で応えをすると、家令に伴われてやって来たノスリの姿に、ウォルドは手に汗が滲むのを感じていた。

家令を下がらせてノスリと二人きりになった部屋に、気まずい沈黙が降りる。

何と言って切り出したらよいか考えあぐねていると、先にその沈黙を破ったのはノスリだった。

「あの……」

「……」

「ウォルド様に、お聞きしたいことがあるのですが……」

「ああ」

静かに切り出されて、手短に答えて頷く。

すると、体の前でギュッと手を握ったノスリが、窺うようにこちらを見上げてきた。

「……今日、グラン様が仰っていたことですが、あれはどういうことですか……？」

聞かれて、ウォルドは内心ホッと安堵の息を吐いていた。

やはり、ノスリが気にしていたのは、養女の件だったのだ。自分が感じていた違和感の正体も、これなのだろう。

「先に話をせずにすまなかった。今回婚姻を結ぶにあたって、グラン隊長の養女となっておいた方が色々と都合がいいんだ。俺は身分などどうでもいいんだが、世間が何かとうるさいしな」

それと、ノスリの保護のためでもある。

国が目を付けているのは、ロイドだけではない。ノスリもだ。

ウォルドの妻ということになればさすがに手出しはできないだろうが、念のためということがある。

何より現英雄の養女ということになれば、余計なことを言ってくる人間も黙らざるを得ない。

それに、子供のいないグラン夫妻にとって、ノスリが養女になることが楽しみでしょうがないらしいのだ。

　現に今日、ノスリとロイドを前に、終始目尻を下げていたグランの顔が脳裏に浮かぶ。今日のグランは、完全に孫をベタ可愛がりに可愛がる祖父状態だったのだ。

「でも……」

「大丈夫だ。隊長も言っていたと思うが、隊長夫婦には子供がいない。だから、お前が娘になってくれるのが嬉しくてしょうがないらしいんだ。むしろ、俺が頼むよりも前に隊長から言い出したことだしな」

　隊長室での遣り取りを思い出して、自然と笑顔になる。

　しかし、まだノスリは何か言いたげだ。もしかして実の父親のことを気にしているのかと、ハッとなったウォルドが問うと、それは大丈夫だと首を振る。

　一応今回のためにノスリの生家、フォルトゥナ家についても調べさせたのだが、やはりノスリは八年前にキマイラに襲われて死んだことになっていた。

　ノスリの父親はまだ存命らしいが、報告書を読む限り娘を探したりはしていないようだ。どれだけ娘に関心がなかったのか。そもそも葬儀も碌に行わなかったらしい。

　ノスリが子供の時分には、実の子であるにもかかわらず随分と酷い扱いをしていたらしいから、ノスリが実の父親に義理立てするような気持ちがあるとも思えない。

　では、一体何が気になっているのかと戸惑っていると、再びノスリが窺うようにウォルドを見詰めてきた。

「……その……婚姻って……」

困ったようなその顔に、ウォルドは慌ててノスリの手を取った。

ウォルドの手が触れた途端、ノスリがビクリと体を強張らせる。その様子をドキドキしながら見守って、しかし、ノスリに拒絶の意思がないことを確認してからウォルドは口を開いた。

「ノスリ。その……きちんと言わなくて悪かった」

言いながら、ノスリのもう片方の手も取る。

向かい合って両手を繋いだ状態で、ウォルドは意を決してその言葉を口にした。

「俺と、結婚して欲しい」

「……」

「言うのが遅くなって、すまなかった」

見れば、ノスリの顔がみるみる内に赤く染まっていく。

そのことに心底安堵して微笑むと、ノスリがそのまま固まったように動かなくなってしまった。

「……これを」

一旦ノスリの手を放して、隊服のポケットから用意していたそれを取り出す。

差し出された物を確認して、ノスリの目が大きく見開かれた。

「……街で見つけた。お前に、似合うかと思って……」

取り出したのは、中央に澄んだ青い宝石が嵌め込まれた華奢な腕輪だ。繊細な金細工の蔓草に、金剛石でできた小花が中央の宝石を彩るように散らされている。

以前、ノスリにキスをしようとして拒絶をされて、街を彷徨い歩いている時に見つけたのだ。

あの時は、ノスリに嫌われていると思いつつもこんなものを買い求める自分を自嘲したものだが、

まさかこうやって渡せる日が来ようとは。

「ロイドから、お前はこの色が好きだと聞いた」

ノスリが好きだというその色は、奇しくも自分とロイドの瞳の色だ。ロイドからそれを聞いた時は、密かに心躍ったものだ。

「受け取って、欲しい」

そう言って、再びノスリの手を取る。

微かに震えるその手首に腕輪を嵌めて、ウォルドはノスリを抱き寄せた。

そのままそっと口付ける。

軽く触れ合わせたノスリの唇からは、淡く花の香りがした。


翌日。

その日は、ノスリとの婚約の報告をすると同時に、一度ロイドを見てみたいという魔導師長の通達を受けて、ウォルドはロイドを連れて渋々王宮に参上していた。

どちらにしろ、一度は連れていかねばならなかったのだ。

本当は、ノスリも一緒にと言われていたのだが、そこは断固拒否をした。魔力の調査といえども、他の男がノスリに触れるなど許せるものではない。

それに、まだ婚姻前の状態で、ノスリを連れていくのが不安だったのだ。

何とか半日程度で用事を終え、一旦聖騎士の詰め所へと戻る。

書類を取りに、ロイドを連れてグランの下へと向かうと、案の定大喜びでグランがロイドを迎えたため、ウォルドは思わず苦笑してしまった。

ロイドとじゃれ合うグランを横目に、溜まった書類を確認し、整理する。

その時だ。ウォルドの下に、屋敷の家令からの伝書魔法である深藍色の小鳥が舞い降りた。

「……ん？　何かあったのか？」

キャッキャとはしゃぐロイドを肩に乗せて、グランがウォルドを振り返る。

小鳥から手紙へと変じた家令からの報告を読んで、ウォルドは胸にさざ波のように不安が広がるのを感じていた。

「……ノスリが、出掛けたきり戻ってこないと……」

用事があるからと出掛けたきり、まだノスリが戻ってきていないらしい。

とはいえ、まだ昼も少し過ぎたくらいの時間だ、そんなに心配するようなことでもないはずだ。

しかし。あの執事頭が、緊急の用件でもない限りウォルドに連絡を寄越すとは思えない。

「久々に王都に来て、知り合いと話し込んでるとかじゃないのか？」

「………とりあえず、一旦帰ります」

そのまま、ロイドを抱いて転移魔法で屋敷へと戻ったウォルドは、迎えた執事頭の青い顔を見て、ますます不安が募っていくのを感じていた。

「……旦那様。とりあえず、奥様のお部屋を確認していただければと……」

言われて、すぐさまノスリの部屋へと向かう。

一見、特に変わりはないかのように見えた部屋だったが、しかし。

部屋に設えられた女性用の文机の上を見たウォルドは、そのまま固まったように動けなくなってしまった。
そこには、昨夜、婚姻の証としてノスリに渡した金の腕輪が置かれていた。

ウォルドに好きだと言われたその夜、ノスリは混乱していた。

彼がノスリに親愛の情を抱いているのは知っている。家族のように思ってくれていることも。

しかしそれは、あくまでノスリがロイドの母親であるからの感情であって、ウォルドがノスリに求める物もまた、母親のそれだ。そのはず、だったのだが。

なのに何故、キスを。

とはいえ、ロイドが起きてしまったため結局しなかったのだけれど。

しかしながら、ロイドにはバッチリ見られていたらしい。寝しなに「お母さんもお父さんが好きなんでしょ?」と言われて、ますます動揺する羽目に陥ったのだ。

しかも、そう言うロイドは何とも嬉しそうで、ノスリは複雑な思いになった。

ロイドの将来を思えば、ここでノスリが身を引くのが一番だ。平民出の母親の存在など、面倒の種にしかならない。

第一ノスリでは、あらゆる面でウォルドと釣り合いが取れない。

であれば、ウォルドにロイドを任せ、ウォルドがこれから結婚するであろうやんごとない女性にロイドの母親となってもらうのが一番いいのだ。ロイドのためだけでなく、ウォルドのことを思っても、やはりノスリが身を引くのが最善の選択である。

だからこそ、決意を固めたばかりだったのに。それなのに。

ノスリを好きだと言ったウォルドの瞳には、明らかに熱があった。それは、家族への親愛の情とは違うものだ。

そしてそれは、ノスリが何となく気付いていながら気付かない振りをしてきたものでもある。

以前ウォルドが酷く酔っ払った時ぐらいから、もしかして、と思うことは度々あった。

しかしノスリは、敢えてそれらを無視してきたのだ。

同時に、自分の感情も。

だって認めてしまったら、ノスリはまた苦しむことになる。どう考えても自分達の人生はこれ以上交わりようがないのだ。それなのにウォルドへの思いを抱えたままこの後も生きていかねばならないとしたら辛すぎる。だったらそんな思いは気付かないままの方が良い。

しかし、瞼を閉じれば熱を伴った眼差しとその後の出来事が鮮やかに蘇り、再び頭が沸騰したようになる。

そんなノスリは、寝ているロイドを起こさないよう何度も寝返りを打ちながら、眠れぬ夜を過ごした。


翌朝。

ウォルドとロイド、そしてノスリの三人で王都へ行き、まず訪れたウォルドの屋敷で、早々にノスリは自分の場違い感に気後れを感じていた。

ウォルドが国の次期英雄で、その実力から爵位を賜った雲の上の人間であることはわかっていたはずだ。しかし、普段都(みやこ)から遠く離れた村で過ごしていて、ついそのことを忘れがちだったのだ。

促されて屋敷へと足を踏み入れれば、勢揃(せいぞろ)いした家人達の出迎えが。主人の久々の帰還に、皆が一斉に頭を下げる。

そんな彼等を当然のように受け入れて、次に発したウォルドの言葉で、更にノスリは仰天する羽目になった。

ロイドを自分の子として紹介するのはわかる。それは紛れもない事実であり、ウォルドに瓜(うり)二つのロイドが彼の子供であることは誰(だれ)が見てもわかる。

しかし、ノスリを妻だと紹介し、しかもそれを皆が当たり前のように受け入れて、ノスリを奥様と呼ぶのは一体どういうことなのか。

確かに、酔っ払ったウォルドに結婚して欲しいとは言われたが、あくまであれは酔っ払いの戯言(ざれごと)だ。その証拠(しょうこ)に、それ以降そんな話は一切ない。

ロイドを実の子として手続きをしたいとは何度も言われたが、ノスリについてはどうすると言われたことなどないのだ。

それに、ノスリのように母親の身分が低い場合、普通は子供だけを引き取るものだ。

ただ子供がまだ幼く完全に母親から引き離すのが難しい場合は、近くに母親を住まわせて、たまに面会を許されるといった形を取ることが多い。だからこそ、ノスリもてっきりそういった風になると思っていたのだ。

もちろん、ロイドと離れて暮らすのは辛い。加えて、ウォルドが結婚すれば、ノスリがロイドの母親と名乗ることもできなくなるわけで、考えただけでも胸が引き裂かれるような思いになる。

でもきっと新しい母親ができれば、そのうちロイドもノスリがいないことに慣れていくだろう。

何より、ロイドの幸せのためでもある。

そう思って、覚悟を決めていたというのに。

ウォルドが着替えに行っている間も、当然のように屋敷の家令を始めとした使用人達に女主人として扱われて、戸惑いを隠せない。

一体どういうことなのかウォルドに聞かなくてはと思ったノスリだったが、着替えを終えて戻ってきたウォルドを見て、ノスリはますます気後れしてしまった。

鎧とマントを身につけ正装したウォルドは、かつてノスリが恋い焦がれ、憧れた聖騎士のウォルドそのままだ。身の引き締まるような凛としたその佇まいに、思わず側に行くことさえ躊躇われる。

そう、本来ウォルドは、ノスリが声を掛けることも憚られる遥か彼方、雲の上の人間だ。

翻るマントに、かつて命を助けられた時の記憶が蘇る。

陽光を受けて鮮やかに光る金の髪と、流れるような銀の一閃。噴き出すキマイラの赤い血に対比するかのような、深く澄んだ瞳の青。

在りし日のウォルドの姿を見るように、ぼうっとロイドと二人、戯れる姿を眺める。

すると、振り返りざまに笑顔で手を差し出されて、ノスリは堪らず赤面してしまった。

あの宝石のような瞳が、柔らかく笑みを湛えてノスリを見詰めている。かつて夢見たままのその光景に、ノスリは頭がクラクラするような感覚を味わっていた。

そして、ウォルドに連れられるままに王宮の敷地内にある聖騎士の詰め所を訪ねて、更にノスリは、如何に自分が場違いな人間であるかを感じていた。

王宮の建物と地続きのそこは、騎士の詰め所ということで装飾は抑えられているも、厳かに壮麗な雰囲気だ。そんな場所に、明らかに田舎から出てきたとわかる庶民の自分が。

一応、手持ちの服の中では一番良い余所行きを着てきたのだが、しかしそれは、あくまで村でこそ通用する余所行きだ。

ロイドも服装こそ質素だが、けれどもやはりウォルドの血を引くだけあってこんな場所でも全くもって違和感がない。ウォルドとロイド、二人並んだ姿はとても自然で、こういう場所こそ二人の居場所なのだということを改めて強く意識させられる。

しかし、自分は。

にもかかわらず、そこでもウォルドの妻として皆に紹介されて、ノスリは冷や汗を掻くような思いだった。

本当に一体、ウォルドは何を考えているのだ。

気後れと共に居心地の悪さを感じながら、それでも精一杯不自然ではないように微笑んで振る舞う。

それでもようやく、見知った顔を見掛けたノスリは、ホッとする思いで声を掛けた。

「ファーガスさん！」

「……あ……、ノ、ノスリさん……」

ファーガスは以前、ウォルドを訪ねてノスリの家にやって来た青年騎士だ。朗らかによくしゃべっていた彼は、とても親しみやすい好青年だった。

しかし今日は、何故か引き攣った笑みを浮かべて会釈をしただけで、すぐにどこかへと行ってしまう。不自然なその様は、まるで逃げるかのようだ。

せっかく知った顔に会って少し安心したというのに、すぐにまた居心地の悪さに襲われる。

しかも、今から国の英雄に会わねばならないわけで。

居心地の悪さに加えて、非常に緊張したノスリは、既に一杯一杯だった。

けれども。

出迎えてくれた国の英雄、この国の民なら誰でも知っている様々な伝説を持つその人は、ノスリとロイドの姿を見た途端、くしゃりとその相好を崩した。

「よく来てくれた！　すまんな、わざわざこんなむさ苦しいところに！」

「い、いえ、そんな……」

「さあさあ、座ってくれ！　ノスリさんは甘いものは好きかな？」

「うん！　おかあさんは、イチゴのパイが好きだよ！」

ニコニコと笑って聞かれて、ロイドがそれに元気よく答える。

途端、厳つい隻眼の騎士が、更にその顔を緩ませた。

「そうかそうか！　じゃあ、ロイド君はどれにするかい？」

「えっとね、ぼくは………これがいい！」

テーブルの上には、所狭しとケーキやらパイやらが並べられている。

それらをキラキラと目を輝かせて選ぶロイドに、グランは何とも嬉しそうだ。その様子からは、ノスリとロイドの来訪を心待ちにしてくれていたことが伝わってくる。

最初に抱いていた、国の英雄の近寄り難いイメージとは全く違う。見た目こそは厳つく恐ろし気だが、ロイドを膝に乗せて相好を崩すその様は、まるで孫を可愛がる祖父のようだ。

そんなグランに、ここまでずっと緊張し通しだったノスリの肩から力が抜ける。

勧められたお茶と菓子を食べ、しばし他愛のない会話を続ける内に、ノスリもすっかりグランその人に打ち解けたのだった。

しかし。何気なく振られたグランからの一言で、ノスリは再び非常に驚くことになった。

「それにしても、こんなに可愛い娘と孫ができるだなんて、俺は果報者だな！」

「え……？」

「家内もな、ノスリさんとロイド君に会うのを楽しみにしてるんだよ！」

楽しそうに笑って言われて、ノスリは盛大に戸惑ってしまった。

ウォルドの親代わりであるグランが、ロイドを孫のように思うのはわかる。だが、何故ノスリまで。

「それと、結婚式のドレスを一緒に決めたいから、近いうちに家に来てくれな！　もう、うちのが楽しみで楽しみでしょうがないようでな。ほら、うちは子供がいないから。でも、こうやってノスリさんがうちの娘になってくれて、しかも結婚式まで。本当に、俺も家内も嬉しくてしょうがないんだ。ノスリさん、ありがとう」

そう言うグランからは、心底嬉しくてしょうがないのだということが伝わってくる。

けれども、今聞く話は全て初耳だ。どうやらノスリは、グランの養女となって近いうちにウォルドと結婚式を挙げることになっているらしいが、そんな話は一切聞いていない。

何と言って答えたらよいかわからず戸惑うも、しかし、くしゃくしゃと相好を崩して嬉しそうに語るグランに、ノスリは何も言えなくなってしまった。

「――そうそう、家にはハニーベアもいっぱいあるから、ロイド君も楽しんでもらえると思うよ」

「ハニーベアって？」

楽しそうに語るグランに、ロイドが不思議そうに首を傾げる。

口の端に付いたクリームを丁寧に拭ってやって、グランが膝の上のロイドを覗き込んだ。

「ハニーベアは今、都で流行ってる熊さんだな。……ん？　お父さんに貰ったんじゃなかったか？」

「熊さん？」

「そうだぞ。ほら、茶色い毛並みに目がくりくりっとした……」

「ああ！　お肉がおいしかったやつだ！」

途端、ロイドが顔をパッと輝かせる。

しかしそれを聞いたグランが、変なことでも聞いたかのように面食らった顔になった。

「お、お肉……？」

「うん！　花のみつとか木の実しか食べないから、ハニーベアっていうんでしょ？　お肉が柔らかくてとってもおいしかったよ！」

「ちょ、待て！　おい、ウォルド！　お前、俺が教えてやったハニーベア、何を贈ったんだ⁉」

ロイドの話を聞いて、グランが慌てた様にウォルドを振り返る。

しかしそんなグランに、ウォルドが至極真面目な顔で頷いた。

「手に入れるのに凄く苦労したんですよ。普通の熊はいくらでもいるんですが、花の蜜だけを食べる熊、となるとなかなかいなくて」

「……お前まさか……」

「でも苦労した甲斐があって、凄く上等な肉でしたね。臭みも全くなくて」

「うん！　凄くおいしかった！」

笑い合うロイドとウォルドに、グランがガックリと脱力したようになる。

どうやらグランがウォルドに教えたのは、今都で流行中のハニーベアという熊のぬいぐるみのことだったらしい。

しかし、どこをどう曲解したのか、ウォルドがノスリ達に贈ったのは本物の熊だったわけで。

ウォルドに贈られた本物のハニーベアは、美味しくいただかれた後、家の敷物になっている。

そこまで話を聞いて、グランが呆れたようにウォルドにツッコミを入れたため、養女の件やら何やらで心中色々と動揺していたノスリも、思わず笑ってしまったのだった。

終始そんな感じで話が弾み、結局ノスリは、気になっていることは何一つ聞けないままグランのもとを後にすることになった。

さすがに、あんなにも喜んでくれているところに水を差すことはできない。

それにまずは、ウォルドと話し合うのが先だ。何にせよウォルドに確認しないことには、今後のことを決めることはできないだろう。


当面は都に留まることになったノスリ達は、その間ウォルドの屋敷で過ごすことになった。

夕食をとった後で、屋敷の家令に案内されて用意された部屋へと向かう。

ロイドの子供部屋とノスリの部屋だという女性用の調度品を設えた部屋に案内されて、やはりそこでもノスリは戸惑いを覚えていた。

一体ウォルドは、いつからこの部屋を用意していたのか。

家人達の対応もそうだが、部屋にしろ何にしろ完全に一緒に住むことを想定した準備がされている。それぞれの部屋のクローゼットには、ロイドの服だけでなく、ノスリのサイズに合わせた服までもがずらりと揃えられている。

それに、昼間グランが言っていたことはどういうことなのか。

慣れない場所ではあるものの一日はしゃぎ通しで疲れたのか、案外すぐに寝付いたロイドの顔を見ながら、この後ウォルドに確認しなければならないことを考える。

ロイドの髪をそっと撫でて額にキスを落としたノスリは、静かに部屋を後にしてウォルドの元へと向かったのだった。

翌日。

その日も王宮へと向かうウォルドとロイドを見送ったノスリは、一人深いため息を吐いた。

視線を手元に落とせば、軽やかな金の装飾の青い光を放つ腕輪が。

ロイドとウォルド、二人の瞳と同じ色の宝石が嵌ったそれは、昨夜ウォルドから贈られたものだ。

この国では、婚姻の証に男から女に装飾品を贈る風習がある。それを身につけることで、申し込みを受け入れたことになるのだ。

つまりこの腕輪は、ウォルドからノスリへの婚姻の申し込みなわけで。

突然のことに驚き狼狽えている間にウォルドから腕に嵌められたそれを、しかしノスリは、どうしようか迷って結局今朝は身につけなかったのだ。

ノスリは、未だ思い悩んでいた。

本当に、このままウォルドと結婚してしまっていいのだろうか。

ウォルドが本気でノスリと結婚する気でいることはわかった。結婚して欲しいと言われて、嬉しかったのも事実だ。

けれども。

同時に、非常に気後れを感じてもいる。

やはりウォルドと自分では、どう考えても釣り合わない。それは、昨日一日で散々思い知ったことだ。

それと。

ウォルドはノスリを好きだと言ったが、ノスリはそれをいまいち受け入れられずにいた。

好きと言われてキスをされたわけだが、それでもどこかでノスリがロイドの母親だからこそ、そう言っているのではないかとどうしても思ってしまうのだ。

ウォルドがノスリに対して、親愛と家族の情を抱いてくれているのは知っている。

けれどもウォルドの言う好きは、それらの延長線上に過ぎないのではないだろうかという思いが拭えないのだ。

現に昨夜だって、キス以上のことは一切していない。そのキスだって、ほんの軽く唇を触れ合わせるだけのものだ。

何より、一カ月近く一緒に住んでいて、たとえ二人きりになったとしても艶めいた雰囲気になったことなどない。たまにノスリを見詰めるウォルドの瞳に熱を感じるような気がしても、しかしそれが所謂恋や愛といった類のものなのかと言われても、経験のないノスリにはわからない。

それに、以前に比べれば随分とましになったとはいえ、それでもまだ、ウォルドに近寄られると過去の出来事が思い起こされて強張ってしまう自分がいる。昔のウォルドと今のウォルドは違うとわかっていても、無意識で体が強張ってしまうのだ。

何より、このまま再びウォルドに恋をしてしまうのが怖いという気持ちがある。

ロイドのことを考えれば、心配していたノスリの身分の問題も解決された今、実の両親であるノスリとウォルドが結婚して家族となるのが一番いいのだろう。グランも、ノスリを娘とすることを心底喜んでくれている。

ただノスリは、ひたすら自信が持てないでいた。

手の中で煌めく腕輪を、掌で弄びながら眺める。

長いこと腕輪を見詰めて、一つ深いため息を吐いたノスリは、最後にそれをそっと部屋の机の上に置いた。

とりあえず一人でゆっくり考えたくて、用事があると言ってウォルドの屋敷を出たノスリだったが、しかし結局向かったのは村の食堂だった。

王都から村まで、本来であれば馬車で一週間ほど掛かる距離であるが、以前ウォルドから渡された転移魔法の魔道具を使ったのだ。

「バッカねー。そんなの、悩む必要なんてないじゃないー」

「でも……」

「結婚して欲しいって、言われたんでしょ？　だったら、結婚すればいいじゃない」

一通りノスリから話を聞いたおかみさんのその言葉に、その場にいた食堂の常連客達までがうんうんと頷いている。今日は定休日のはずだが、なんだかんだといつも常連客達が遊びに来るのだ。

「それで、貰った腕輪は？　どんなの貰ったの？」

求婚の際に贈られる装身具は、腕輪が選ばれることが多い。パッと見た際に、結婚しているか否かがすぐわかるからだろう。

ワクワクとした顔で聞かれて、しかしノスリは首を振った。

「……こんな迷ってる状態で身につけることはできなくて……」

「ノスリちゃんはホーント、真面目ねー。くれるって言うんなら、貰うもんは貰っとけばいいのに」

呆れたように肩を竦められて、ノスリは苦笑してしまった。

こんな風に迷っている状態で、贈られた腕輪を身につけるのは良くないと思ったのもそうだが、何となく、まずは自分の気持ちに向き合いたくて、そのためには一旦ウォルドの腕輪がない状態で色々考えたかったのだ。

「……でも。本当に、好きなのかな……」

お茶の入った温かいマグを両手で持ちながら、ノスリの口からポロリと本音がこぼれる。

小さな呟きとも言えない呟きだったが、しかしおかみさんには聞こえていたようだ。呟きに片眉を上げた後で、ニコリと笑ってノスリを見詰めてきた。

「そんなの、本人に聞かなくちゃわからないわよ」

「……」

「それに。好きなのかどうかが気になるってことは、ノスリちゃんももう、自分の気持ちに気付いているんじゃない？」

諭（さと）すようなその言葉に、ノスリはハッとなっておかみさんを見上げた。

「あなた達は、ちょーっと言葉が足りないわね。ウォルドさんは言わずもがなだけど、ノスリちゃん、あなたもね？」

そう言って、パチリとウインクを寄越す。

そんなおかみさんに、ノスリはそれまで靄（もや）がかったような気持ちがすっと晴れていくのを感じていた。

確かに、言葉が足りないのはお互い様だ。

それにわからないのならば、聞けばいいだけの話だ。ウォルドはいつだってきちんと向き合ってくれていたのだから、聞けばきっと答えてくれるだろう。

にもかかわらず、それをしなかったのは、結局は自分の気持ちから逃げていたわけで。

再び傷つくのが怖くて、逃げていたのはノスリだ。

「そう……です、ね……」

「そうよ」

「……私、ウォルド様とちゃんと、話さないと……」

自分に言い聞かせるように頷いてから、おかみさんを見上げる。

そんなノスリに、おかみさんが優し気な笑みを浮かべた。

「ふふふ。それに、早速お迎えが来たようよ？　……ほら、ね？」

促されて食堂の入り口に顔を向けて、ノスリは思わず目を見開いた。

そこには、聖騎士の鎧とマントを纏ったウォルドと、ロイドが。

まだ王宮にいるはずの二人が、何故。

ウォルドに抱かれたまま不安そうに瞳を揺らしたロイドが、ノスリの姿を認めた途端、くしゃりと顔を歪めて駆け寄ってきた。

「おかあさん！」

「ロイ……」

腰を屈めてロイドの体を受け止めれば、ギュッと胸にしがみついてくる。

ただならぬその様子に一体何事かと顔を上げると、いつの間に距離を詰めたのか、ノスリのすぐ目の前にウォルドの体があった。

「あの……何かあっ――」

「お前はっ!!」

腕を掴まれ引き寄せられる。

グッと顔と顔を近づけられた状態で睨みつけられて、ノスリはたじたじとなった。

「俺と、ロイドまで置いて、どこに行く気だ!?」

「え――」

「どうしてだ!?　何が気に入らない!!　そんなにも俺が許せないのか!?」

「ち、ちが――」

「どうしたらいいんだ!? どうしたら、お前は俺と一緒にいてくれるんだ!!」

吐き捨てるように言われるも、ウォルドの顔は今にも泣きそうだ。深く傷ついたその顔は、同時に、母親に捨てられることを怯える子供のようだ。

どうしてこんなことになっているのかわからないままも、ノスリはウォルドの苦しそうなその顔に、胸を突かれた思いになった。

大丈夫だと安心させたくて、ウォルドの頬に手を添えようと、そっと腕を上げる。

しかしノスリの手が届くよりも早く、次の瞬間、ウォルドがその場に膝をついて跪いたため、ノスリは驚いてしまった。

「ノスリ……頼む!! 頼むから、一緒にいてくれ!! 俺を……俺達を、捨てないでくれ……!!」

掴んだノスリの手の甲に、額を押し当てて懇願する。

そんなウォルドに、ノスリは慌ててしまった。

多分、腕輪を置いて家を出たことで、ノスリが二人を置いてどこかに行くつもりだと誤解したのだろう。どうしてここにいるとわかったのかわからないが、それでノスリを追いかけてきたに違いない。

ロイドにまで放すまいとギュッとしがみつかれて、ノスリは困り切って声を上げた。

「ウォルド様! 顔を上げてください!!」

「……」

「捨てるだなんて、そんなことしませんっ……! だから、こんなことはやめてください！」

とにかく、まずは誤解を解かねばならない。それに、ウォルドにこんなことをさせたいわけではないのだ。

必死になって違うのだと、ウォルドに説く。

するとノスリの言葉に、ウォルドがゆっくりとその顔を上げた。

「……本当か？」

顔を上げたウォルドの瞳がノスリを捉えている。

低い声で確認されて、思わずノスリはたじろいだ。

「……じゃあ俺と、結婚してくれるんだな？」

「そ、それは……」

「ならこの際、公布期間もやめだ。今すぐ、届けを出しに行こう」

底光りする青い瞳に居竦められて、堪らず気圧されてしまう。その顔からは、何が何でもノスリを離すまいという気迫のようなものが。

一瞬怯んだノスリだったが、しかしすぐに、小さく息を吐いてウォルドの瞳を見返した。

このまま流されるわけにはいかない。まずは、きちんと話し合わねば。

多分、自分達に足りていないのは、それだ。

「待ってください。その前に、確認したいことが」

「……なんだ？」

「ウォルド様は、どうして私なんかと結婚しようと思ったんです？　私がいくらロイドの母親だからといっても、ウォルド様ほどの方になれば、他にもっと条件の良い女性はたくさんいるはずです」

ずっと引っ掛かっていたことだ。

何故ウォルドは、わざわざ自分を選んだのか。

多分このままいけば、ノスリはウォルドと結婚するのだろう。けれども、その答えを知らないままでは、この先ウォルドと真の夫婦にはなれない。

何より、ノスリにだって矜持はあるのだ。

「何故、私なんです？」

真っ直ぐにウォルドをを見詰めて、問う。

するとそんなノスリに、ウォルドが虚を衝かれたような顔になった。

「何故も何も、お前がいいからだが……」

「だから、それがわからないと言っているんです」

堂々巡りになりそうな会話に、思わず呆れた声が出てしまう。

しかし、跪いたままの状態でしばらく考えた後、ウォルドが再びノスリを見上げてきた。

「……好きだという感情に、理由は必要なのか？」

「それは……」

「好きだと、一緒にいたいと思ったから……それだけじゃダメか？」

そう聞くウォルドは、心底わからないと言った様子だ。

そんなウォルドに、次第にノスリも自分が何にこだわっていたのかがわからなくなってきた。

「……つまり、俺の気持ちが信じられない、ということか？」

そういう、ことなのだろうか。

でも確かに、そういうことなのかもしれない。好きだと言われてもそれが信じられないからこそ、結婚して欲しいと言われても素直に受け入れられないのだろう。

聞かれて、躊躇いがちに頷く。

するとそんなノスリに、ウォルドが何かを得心したように深く頷いた。

「わかった。では、俺の気持ちを証明すればいいんだな」

言いながら、立ち上がってノスリの手を取る。

ノスリを覗き込むその目は、力強い。

ギュッと両手を握られ、そこに口付けを落とされて、思わずノスリは赤面した。

「必ず、証明する。そんなに時間は掛けないから、待っていて欲しい」

「は、はい……」

言われて、頷いて返事をする。

そんなノスリの手に再び口付けを落としてから、名残惜しそうにウォルドがその手を離した。

次の瞬間、空間の揺らめきと共にウォルドの姿が掻き消える。

小さな揺らめきだけを残した何もない空間を見詰めて、しばらくノスリは呆然とその場に立ち尽くしたのだった。

XI

「おかあさん。おとうさん、帰ってこないね」

「そう……ね」

気持ちを証明すると言ってウォルドがいなくなってから、既に二週間が経過している。

その間、ウォルドから連絡は一切ない。どこに何をしに行ったのか、そもそもどうやって気持ちを証明するつもりなのか、ノスリには全く知らされていないし、わからない。

一度だけ聖騎士の隊長グランから、一カ月ほどウォルドが討伐の旅に出ることと、その間ノスリは村でロイドと待っていて欲しい旨の連絡が来たが、それきりだ。何の討伐かはわからないが、それがノスリに言っていた気持ちの証明とどう関係があるのかもわからない。

とはいえ、ウォルドは四カ月近く休暇を取っていたわけで、きっと色々とやるべきことが溜まっているのだろう。

「……はやく、帰ってこないかな……」

「そうね。きっと、お仕事が終わったら帰ってくるわよ」

「うん……」

ウォルドがいなくなってからというもの、家からはまるで火が消えたかのようだ。無口ではあるものの、やはりいるといないとでは全然違う。

今までウォルドがいるという存在感に安心していたのだと、改めて気付かされる。

何よりこの二週間で、ウォルドが既にノスリ達にとって家族なのだということを、ノスリは強く意識させられたのだった。


その日も、いつものようにノスリが家の仕事を片付けていると、急に窓の外が夕立の前のように暗くなった。

洗濯物を取り込まねばと、慌てて外に出ようとした次の瞬間。

大砲が炸裂したかのような轟音と地響きと共に、ビリビリと家が揺れる衝撃が。

「きゃっ……!?」

突然の異常事態に、ノスリは急いでロイドを抱き寄せた。

そのまま二人、しゃがんで揺れが収まるのを待つ。

揺れと轟音は一瞬で、すぐに外は静かになるも、ノスリはロイドを抱きしめたまましばらく息を潜めて外の様子を窺った。

「今のは……?」

天変地異の前触れかと、動悸を抑えながら窓の外を窺う。

すでに元のように晴れ渡った空をそこに確認して、ロイドを抱き上げて恐る恐る玄関へと向かったノスリは、ドアを開けて目に飛び込んできた光景に、驚愕の余り固まったようにその場から動けなくなってしまった。

「ノスリ！　ロイドも!!」

「おとうさん！」

ウォルドの姿を認めて、ロイドが嬉しそうに駆け出す。

駆け寄ったロイドを抱き上げて、ウォルドが笑顔でロイドに頬ずりをした。

「おっきいね!!　これ、すごくすごくカッコいい!!」

「そうだろう？　生け捕りにするのに苦労したんだ」

目の前の赤銅色の巨体を前に、ロイドは大興奮だ。ウォルドに抱かれたまま腕を伸ばして、鱗のあるその体をペタペタと触っている。

しかし、瞼は閉じられているものの、それの横腹は呼吸に合わせて動いているためノスリは気が気ではない。伝説級の生き物を前に、どうしたらよいかわからず立ち竦んでしまう。

するとそんなノスリを振り返って、ウォルドが満面の笑みを浮かべた。

「ノスリ！」

ロイドを抱いたまま、側までやって来る。

目の前に立ったウォルドをノスリが見上げると、ロイドを足下に降ろして、ウォルドがはにかむような笑みを浮かべた。

「ノスリ、受け取って欲しい」

「……」

「俺は、戦うしか能がない男だから、俺ができることで最大のことをしようと思ったんだ。だから……」

「それで、ドラゴンを……？」

「ああ。丁度、西の山脈地方にコッパードラゴンが住み着いたらしいと通報が来てて。ドラゴンなら、一匹いれば家の守りになるし、鱗やら爪やら高価な素材として取引できるし、何かと役に立つだろう？　それに、餌代は魔力を食わせればいいだけだから、タダだしな！」

笑うウォルドに、ノスリは眩暈がしてきた。

ドラゴンを飼うなど、聞いたことがない。

そもそもドラゴンは滅多に見掛けない魔物であるが、小隊が死に物狂いでも狩れるか狩れないかというとんでもない生き物だ。それを一人で生け捕りにしただけでなく、あまつさえ番犬代わりにしようなどとは。

しかしよく見れば、ウォルドの鎧は煤にまみれており、マントは焦げて穴だらけだ。瞳だけは異様に輝いているものの、濃いクマに少しこけた頬がウォルドの疲労を物語っている。

それに、髪だってところどころ焼けて縮れているではないか。

自分のために一体どれだけの危険を冒したのかと思うと、ノスリは胸が痛くなる思いだった。

「お怪我は……？」

「ん？　ああ、大丈夫だ。少しブレスを食らって火傷したくらいだ。だがそれも、治癒魔法と回復薬で治ったしな」

「そんな！　大変じゃないですか……！」

軽く言って笑うウォルドに、ますます胸が痛くなる。

心配で怪我の具合を見ようと腕を取ろうとしたところ、しかしそこで、ウォルドがノスリの両手を掴んで握ってきたため、ノスリは驚いてウォルドを見上げた。

「ノスリ、俺と結婚してくれ。愛してる」

「ウォルド様……」

「ロイドもお前も、二人共愛してるんだ」

そう言うウォルドの瞳は、どこまでも澄んで、優しい。

温かく包み込むようなその眼差しに、ノスリは目頭が熱くなるのを感じていた。

「……ウォルド様は、馬鹿です」

「……」

「そんな……ドラゴンなんか捕ってこなくても、最初からそう言ってくだされば……」

ノスリは、それ以上は涙で言葉にならなかった。

そう、不安だっただけなのだ。

欲しかったのは大それた気持ちの証明などではなく、ただ一言、愛していると言ってくれれば、それで事足りたのだ。

俯いて、口元を押さえる。

そんなノスリを、ウォルドが控えめに抱き寄せた。

「……すまない。誰かを好きになったのも、一緒にいたいと思ったのも、お前達が初めてだから……」

「……」

「ノスリ、愛してる。結婚して欲しい」

その言葉に、ノスリはウォルドの胸の中で頷いた。肯定の意を示すように、そっと腕を背中に回す。

そのまま強く抱きしめられて、ノスリは涙が止まらなくなった。


「じゃあ、コドランは火をふくんだね！　すっごいや!!」

「ああ。だが、小さくなったとはいえ火力はそのままだから、いたずらに火を吹かせるんじゃないぞ？」

「うん！」

久々の三人の食卓に、ロイドは嬉しそうだ。目をキラキラと輝かせて、楽しそうにウォルドの話を聞いている。

やっぱり男の子なんだろう、コドラン——番犬代わりに飼うことになったドラゴンを、どうやって生け捕りにしたかの話に大興奮の面持ちだ。

そう、ウォルドが生け捕りにしたドラゴンは、そのままでは人に従うことはないため、契約を結ぶことでノスリ達家族のペットになったのだ。

ちなみにコドランは、コッパードラゴンを縮めてロイドが名前を付けた。今はその契約で、パッと見大きめの赤い犬に変化している。ただよく見れば、その鼻先からは薄く煙がたなびいているし、毛の代わりに細かい赤い鱗で覆われているのがわかる。

あの後ノスリも恐る恐る撫でてみたのだが、鱗のある体は案外つるつるとして温かく、首を撫でてやれば犬と同じように目を細めて気持ちよさそうな顔をする。しかもドラゴンは頭も良いため、簡単な人語ならばわかるのだという。

躾けの行き届いた大型犬といったコドランに、ノスリもすっかり犬と同じような感覚になったのだった。

「じゃあ、おっきくなったコドランは空を飛ぶんだね！」

「そうだな。お前がもう少し大きくなったら、コドランの乗り方を教えてやろう」

「うん!! じゃあぼく、早くおおきくなる！」

嬉しそうなロイドの頭をくしゃくしゃと撫でて、ウォルドが屈託のない笑顔になる。

その様子は、どこから見ても幸せな親子のひと時だ。見ているノスリまで笑顔になる。

そんな二人を微笑ましく眺めていると、その時、ノスリの視線に気付いたウォルドが顔を上げた。

途端、ノスリは胸がドキドキしてくるのがわかった。

更にはふっと微笑みを向けられて、顔に熱が集まっていくのがわかる。

そんなノスリは、ウォルドの視線から逃げるように、立って台所へと向かった。

愛していると言われ、結婚の申し込みを受けたのだ、となれば、これまで通りというわけにはいかないだろう。

その先にあることを意識して、ソワソワと落ち着かない気分になる。

気持ちを落ち着けるように食後のパイを切り分けて皿に盛ったノスリだったが、いつの間に側に来たのかすぐ後ろにウォルドがいることに気付いて、ノスリは再び胸が早鐘を打ち始めるのがわかった。

■□■

食後のパイを用意しに行ったノスリを追って、その後ろに立つ。

髪の間から覗くノスリの耳先は、真っ赤だ。

意識してもらえていることが嬉しくて、そして何よりそんなノスリが可愛くて、はやる気持ちをグッと抑える。

パイが載った皿を背後から手に取って、腰を屈めたウォルドは、そっとノスリの耳元に顔を近づけた。

「……ノスリ、後で……」

囁くように耳打ちする。

すると、ますます顔を赤くしたノスリが小さく頷いたのを確認して、ウォルドは舞い上がるような高揚感を味わっていた。

正直、今すぐにでも抱きしめて押し倒してしまいたい。この数カ月、ずっと我慢していたというのもあるが、何より、愛していると伝えてそれを受け入れてもらえたことで、これまで押しとどめていた気持ちが堰を切ったように溢れてくるのがわかる。

加えて、コドランとの戦いで昂ぶった神経がそれに拍車を掛ける。以前のような殺伐とした感情や虚無感ではなく、今は愛しさで胸が熱くなる感覚だ。

そして、思いの丈をぶつけて早く一つになってしまいたい。ノスリの隅々まで自分の存在を刻みつけてしまいたい。

それに、結婚の申し込みも受け入れてもらえた今、二人が結ばれるに何の障害もないはずだ。むしろ互いの関係を固めるためにも、ここはもう我慢する必要はないだろう。

何とも幸せな気持ちでパイを食べ、ロイドの話に耳を傾ける。

数週間留守にしていたせいか、甘えるようにウォルドの膝(ひざ)に乗ってここ最近あったことを楽しそうに報告するロイドは、とにかく可愛い。ノスリもそんなウォルドとロイドの遣(や)り取りを、微笑ましいものを見るように見守っている。

完全に、家族団欒(だんらん)のひと時だ。

そんな時間に心和(なご)まされると同時に、ロイドに甘えてもらえることが嬉しくてしょうがない。更には、今日はウォルドと一緒に寝るのだと言う。

甘えるロイドが可愛くて、当然のようにそれを了承してから、しかしウォルドはハタとあることに気が付いた。

「わーい！　じゃあおとうさん、今日はずっと一緒だね！」

「あ、ああ」

「よかったわね、ロイ」

「うん！」

嬉しそうなロイドに、ノスリが柔らかに微笑みを返している。その顔は母親の顔で、それ以外の感情は読み取れない。

そのことが残念でもあるが、仕方がない。

しかし、続けられたロイドの次の言葉で、ウォルドは思わず言葉に詰まってしまった。

「じゃあ今日は、ぼくとおとうさんとおかあさん、三人でねるんだね！　うれしいな！」

にこにこと笑って言われて、困ったように顔を上げれば、ノスリも戸惑ったような顔だ。

何と言って答えたらよいかわからず、二人で顔を見合わせてしまう。

しかし、しばらくウォルドの目を見詰めた後でノスリにニコリと微笑みかけられて、ウォルドの胸がドキリと高鳴った。

「そうね。じゃあ、今日は三人で一緒に寝ましょうか」

「わーい！　わーい！」

ロイドは大喜びだ。一緒に寝られるのが余程嬉しいらしい。

その喜びように、ウォルドも釣られるように笑顔になってしまう。三人で一緒に寝られることはウォルドだって嬉しいのだ。

そのままロイドとノスリ、三人で笑い合う。

そんなこんなで、結局ウォルドもそれはそれでまあいいかという気分になったのだった。


「……さすがに、狭いな」

寝室のベッドは、ノスリとロイドがゆったり寝られるよう、大きめに作り直してある。

しかしさすがに、三人で、となると狭い。寝られないわけではないが、ウォルドの体が大きい分、寝返りを打つのは大変そうだ。

しかし、そんなウォルドの呟きに、ロイドが暗闇の中でもわかるほどキラキラとした目で見上げてきた。

「大丈夫だよ！」

「そうか？」

「うん！　くっつけばせまくないよ！」

そう言って、ウォルドの懐に潜り込んでくる。体を丸めてくっついたロイドからは、変わらずミルクと日向(ひなた)の香りがする。

その匂(にお)いを吸い込むと、不思議と気持ちが優しく穏やかになるのがわかる。

しばらくもぞもぞと動いてクスクス笑っていたロイドだったが、一つ大きくあくびをした後は、すぐにスウスウと安らかな寝息が聞こえてきたため、ウォルドは何だかおかしくなってしまった。

「……早いな」

「今日は、随分とはしゃいでいましたから……」

確かに、日のある内はずっとコドランと一緒に遊んでいたのだ。きっとそれで疲れたのだろう。

起こさないよう優しく髪を撫でれば、無意識で更にくっついてくる。

そんな様子が愛しくて、ふと笑みを漏らす。

しかし、視線を感じて何気なく顔を上げたウォルドは、思った以上に近い距離でノスリと目が合って、途端に気まずい思いになってきた。

月明かりが差し込む暗闇の中、お互い息を潜めて見詰め合う。

薄暗がりでもわかるほど赤くなったノスリの顔に、ウォルドは先ほどまで忘れていた衝動が込み上げてくるのがわかった。

「……」

「……」

そっと手を伸ばしてノスリの頬に触れれば、一瞬驚いたように体を固くするも、すぐに力を抜いて見詰め返してくる。

赤い顔のまま、はにかんだ笑みを浮かべたノスリに、瞬間ウォルドは、頭を殴られたかのような衝撃を受けた。

何も考えられず、衝動的に体を起こして顔を寄せようとして、——しかしその時。

もぞもぞと胸の辺りで動くものの感覚で、ウォルドは我に返った。

見れば、ウォルドの寝衣のシャツをギュッと握って、ウニャウニャと何やら寝言らしきものを言うロイドが。

瞬時に冷静になったウォルドは、ロイドを起こさないよう、そっと体から力を抜いた。

「……」

さすがに自分のこの状況で、キスなどしようものなら止められる自信がない。キスだけだとしても、このまま体を起こせば、ロイドが起きてしまうだろう。

何より、ウォルドと一緒に寝られることをあんなにも喜んでいたロイドの気持ちを裏切るわけにはいかない。ウォルドだって家族三人で一緒に寝るということに憧れがあったわけで、折角のこの幸せなひと時を楽しみたい気持ちもある。

それに、これからはずっと一緒なのだ、だったらそういう機会はまだいくらでもあるだろう。

非常に、非常に、名残惜しいが、昂ぶった気持ちを落ち着けるよう、胸の内で大きく深呼吸をする。

「…………ノスリ、おやすみ……」

「……はい。おやすみなさい……」

ノスリの頬に添えていた手で、優しくそこを撫でてから、ウォルドはロイドの髪に顔を埋めるようにして目を閉じた。

深く息を吸い込めば、先ほどと同じ子供特有の柔らかい香りがする。同時に、体に伝わるトクトクという心臓の音が、気持ちを穏やかにしてくれるのがわかる。

それに、コドランを生け捕りにするために、三日ほど寝ていないわけで。

どちらが強者かを教え込ませるために、死なない程度の力加減で弱らせるのに苦労したのだ。

気持ちが落ち着くや否や、急速に眠気が襲ってくるのがわかる。

ノスプスというロイドの寝息を聞くうちに、いつしかウォルドも深く眠りについていたのだった。

そしてこの日から、ウォルド達は毎晩三人で眠るようになった。

□■□

あっという間に眠ってしまったロイドの髪を愛おしそうに撫でながら、ふと漏らしたウォルドの微笑みに、ノスリは目が釘付け（くぎづ）けになった。

青い瞳が、柔らかい光を湛（たた）えて優しく細められている。その顔からは、ロイドが可愛くてしょうがないのだということが伝わってくる。

眠るロイドを見詰めるウォルドの瞳が余りにも優しくて、一瞬我を忘れてノスリはその光景に見入ってしまった。

しかしその時。

視線に気付いたウォルドが顔を上げたため、ノスリは途端に緊張した。

「……」

「……」

ノスリとロイドが広々寝られるようにと、以前ウォルドにベッドを作り直してもらったとはいえ、さすがに三人で寝るとなるとやはり狭い。思った以上の至近距離に、互いの顔がある。

しかも今、間にロイドがいるとはいえ、一緒の寝台に横になっているわけで。薄暗がりの中、至近距離でジッと見詰められれば、それは意識してしまうだろう。

互いに息を潜め、気まずい時間が流れる。

しかし、その沈黙を破るかのようにウォルドの手がそっと頬に添えられて、ノスリはビクリと体を固くした。

しかし、触れられたその手は温かく、ノスリはすぐに力を抜いてウォルドを見返した。

頬に伝わる優しい温（ぬく）もりに、不思議と安心するのがわかる。やはりこの二週間ちょっとの間、ウォルドがいなくて寂しかったのだ。

つまり、とっくにノスリにとってもウォルドは、なくてはならない特別な存在だったわけだ。

改めて自分の気持ちに気付かされると同時に、純粋に今一緒にいられることが嬉しくて、自然と笑顔になる。

すると次の瞬間、ウォルドの瞳に形容しがたい光が宿った気がして、ノスリはドキリとした。

しかしその時、ロイドのウニャウニャという寝言が。

はやる動悸を抑えつつ動けずにいると、添えられていた手が、そっとノスリの頬を撫でた。

「……ノスリ、おやすみ……」

「……はい。おやすみなさい……」

そのまま、丸まったロイドを抱き寄せるようにして、ウォルドが目を閉じる。

それからしばらくして規則的な呼吸が聞こえてきても、ノスリの胸はドキドキしたままだった。

先ほどは、一瞬、キスをされるかと思ったのだ。さすがに今日はロイドがいるからそれ以上のことがあるとは思っていなかったが、期待していなかったかと言えば嘘になる。

だから、ロイドが一緒に寝たいとねだってウォルドがそれを快く了承した時、実はノスリは少しがっかりしていたのだ。

そういう行為自体にはまだちょっと抵抗があるものの、互いに思い合っているのならば、それは自然な成り行きだろう。むしろそうなってしまった方が何かと関係性が明確になる。

今のままでも十分良いのだが、どうしたって宙ぶらりん感は否めない。

それと。

愛していると言われはしたが、まだどこかでウォルドの気持ちを量りかねているところがあるのも事実だ。

愛されているのはわかる。大事だと思ってもらえていることも。

けれども、女として求めてもらえているのかとなると、はなはだ疑問なのである。

これまで何度かそういう機会はあったが、ウォルドがノスリに手を出そうとしたことは一度としてない。あるのは、ウォルドの屋敷でプロポーズをされた時に、軽く口付けを交わしたくらいだ。

始まりがあんなだったせいで、ウォルドとしても慎重になってくれているのかもしれないが、同時に、もしかしたらそういったことは求められていないのかもしれないという思いもある。

自分の容姿がけっして男好きするようなものではないことは、十分わかっているから尚更（なおさら）だ。

だとしても、それはそれでいいのかもしれない。こんなにも思われ、大事にされているのならば、十分だ。

それにやっぱり、自分はロイドの母親だからこそ選ばれたわけで、そもそもあんな始まり方をして普通の夫婦となるのは難しいだろう。

とはいえ、ウォルドが他（ほか）の女性と、と考えただけでも激しく胸が痛むのだから、女心は複雑だ。

しかし、男性の生理がどういうものかはよくわかっていないが、少なくともこの数カ月、ウォルドが他でそういったことをしている様子はない。もしかしたらウォルドは、淡泊な質（たち）である可能性もある。

それにノスリとしても初めての時の痛みの記憶は強烈で、再びあんな思いをするのかと思うと怖いのも事実だ。

だったら無理にそういうことをしなくてもいいだろう。少し寂しい気もするが、仕方がない。

そこまで考えて、ふっと息を吐く。

窓から差し込む月の光に照らされたウォルドの顔は、寝ていてすら整っている。

そしてその顔は、何とも安らかだ。ノスリ達と一緒にいることに、心から安らぎを感じて眠りについていることがわかる。

それはやはり、家族だからで。

そのことが、心底嬉しい。

ロイドとウォルド、二人の寝息を聞くうちに、いつしかノスリも深い眠りについていたのだった。


翌朝。

爽やかな鳥の鳴き声でノスリが目を覚ますと、青い四つの目がノスリを覗き込んでいた。

「ノスリ、おはよう」

「おかあさん、おはよう！」

「お、おはよう……」

二人揃って笑いながら朝の挨拶をされて、何が何だかわからず混乱するも、ノスリもモゴモゴと挨拶を返す。

すると朝から上機嫌な様子のロイドが、キャッキャと笑いながらノスリに抱きついてきた。

「おかあさん、寝坊だよ!?」

「え……？」

「ぼくがツンツンしても、起きないんだもん！」

言われてみれば、いつもより少し日が高い気もする。もしかしてもしかしなくとも、二人にずっと寝顔を見られていたのか。

恥ずかしくなって、慌てて頭に手を当て髪を整える。

しかしロイドの楽しそうな次の言葉で、ノスリはますます慌ててしまった。

「おかあさん、口をあけて寝てたよ？　へんな顔！」

「う、うそっ！」

「うそじゃないもん、お口あいてたもん！　へんな顔！」

もしや涎でも垂らしていたのかと急いで口を拭うノスリに、ロイドは大はしゃぎだ。キャーキャー言いながら抱きついてくる。

ノスリが慌てているのが、楽しくてしょうがないらしい。ウォルドがいるのもあって、余計に楽しいのだろう。

するとそんな二人の様子に、ウォルドがくつくつと楽しそうな笑みをこぼした。

「大丈夫だ。涎は垂れていなかった」

「……っ！」

「その代わり、いびきが……」

「うそっ!!」

全ての血液が顔に集まっていくのがわかる。耳までが、熱い。

まさか変な寝顔だけでなく、いびきまでウォルドに聞かれるなんて。

恥ずかしさに涙目になったノスリに、しかしそこでウォルドが楽しそうに笑い声を上げた。

「嘘だ。いびきは掻いていなかった」

「……！」

「うん！　いびきはかいてなかったよ！」

どうやら、揶揄われただけのようだ。

それが証拠に、二人共笑いながらノスリの顔を楽しそうに覗き込んでいるではないか。

気付いた途端、再び恥ずかしさが込み上げてくる。

「もうっ！　二人とも知らないっ！」

誤魔化すように起き上がろうとして、しかし、不意に伸ばされた腕にロイドごと抱きとめられて、ノスリは驚いてしまった。

「……っ！」

「はははは！　悪かった！」

「おかあさん、ごめんね？」

二人に笑いながら謝られたのならば、さすがに許さざるを得ない。

それでも敢えてふくれっ面をしてみせていたのだが、笑う二人に釣られて、しまいにはノスリも笑い出してしまった。

そのまま三人寄り添いながら、しばらく笑い合う。

夢のような家族の時間に、ノスリはかつて味わったことのない幸せを感じていた。

その日から、ノスリ達は三人一緒に夜は眠り、朝を迎えるようになったのだった。

「こんな路地裏に店があるのね……」

「ああ。だがこの辺りは治安が悪いから、二人共俺から離れるなよ？」

真顔で忠告されて、ロイドと二人、神妙に頷く。

ウォルドが言うように、路地の裏通りは薄暗く、表とは大分雰囲気が違う。人影も見られないが、逆を言えば何かあっても人に助けを求められないということだ。

ロイドを抱き上げて、はぐれないようウォルドの近くに体を寄せる。

すると、嬉しそうにふわりと微笑みかけられて、ノスリはジワジワと頬が熱くなるのを感じていた。


今日ノスリ達は、家に大量に溜まっているウォルドから贈られた妖魔の素材を一部売るために、隣町に来ている。

贈られた素材一つ一つは、そんなに大きさはないため嵩張るというほどでもないのだが、何やら怪しげな毒針のような物や鉤爪は、袋に入っていてもさすがに何だか気味が悪い。それに、間違って触って怪我をしないよう瓶に入った状態ではあるが、それでもロイドが弄って事故が起きないとも限らない。だから、ウォルドが一緒に住むようになって部屋を片付ける必要もあって、これを機に処分しようということになったのだ。

それに、今後もし何かあった時のためにも、一度は素材屋に行っておく必要があるだろう。

村から最寄りの素材屋は隣町にあるのだが、隣町は大人の足で歩いて一昼夜掛かる。そのため、ノスリが隣町に行くことはまず滅多にない。ロイドもいるから尚更だ。

しかし今日は、先日ノスリ一家の一員となったコドランに乗ってやって来たため、数十分程度で到着することができたのだった。

とはいえドラゴンの背中に乗るなど初めてのことで、案外乗り心地は悪くなかったものの、さすがに一人で乗ろうとは思わないが。

ちなみにコドランは、今は犬の形態に戻って町の外にある森の中でノスリ達を待っている。パッと見犬のようだとはいえ、明らかに犬とは違うし、詮索されても厄介だからだ。誰かに聞かれても、さすがにドラゴンだなどとは言えないだろう。

ウォルドに連れられて、人気のない裏通りを抜けていく。案内された先にあった素材屋は、思った以上に普通の外観の店だった。

一見すると、ただの道具屋にしか見えない。しかし一歩店の中に足を踏み入れて、そこでノスリは店内の一種異様な雰囲気に驚くことになった。

「……す、凄いですね……」

「そうか？　素材屋なんて、どこもこんなもんだぞ」

薄暗い店内には、背の高い引き出しのついた棚がいくつも並び、整然とラベルが貼られている。更に天井からは、薬草らしきものから干物にされた魔獣、元が何なのかわからない物までいくつも吊り下げられている。

だが、ロイドは非常に楽しそうだ。さっきからずっと、頭がもげそうなほど仰け反って、天井ばかり見ている。

手を引いて促すも気もそぞろなロイドのその様子に、ノスリは苦笑してしまった。

「何の御用で？」

「あの……。こちらを買い取っていただきたいのですが……」

カウンターの奥の店主は不愛想だ。値踏みするかのようにノスリ達を睨め回してくる。多分、親子連れでこんな場所に来る客などいないのだろう。

居心地の悪さを感じつつも、持ってきた袋をカウンターの上に置く。

胡散臭そうに袋の中身を確認していた店主だったが、しかし、その顔色が変わるまではすぐだった。

「なっ‼　あ、あんた、これをどこで⁉」

噛みつくように聞かれて、目を白黒させてしまう。

するとそんな店主に、ウォルドがスッとノスリの前に出た。

「南の山脈を越えた先の沼地だが？」

「嘘だろう⁉　あの毒の沼に行ったのか⁉　行けたとしても、あの毒蜘蛛を倒せる人間なんざ、数えるほどだぞ⁉　お前、どうやってこれを手に入れた‼　まさか盗んだわけじゃないだろうな⁉」

「もちろん、倒して手に入れたに決まってる」

「嘘だ！　あの化け物を倒せるのは英雄のグラン様と次の英雄と名高いウォルド様ぐらい——」

「俺がその〝ウォルド〟だが？」

そう言って、ウォルドが片眉を上げる。

そんなウォルドを穴があくほど見詰めて、それから店主の顔が傍目にもわかるくらい蒼くなった。

「聖騎士のウォルド・バーティミリだ。少し前からこの近くの村に住んでいる」

「なっ……なんっ……」

「妻のノスリだ」

言いながら、ノスリの腰に腕を回して引き寄せる。

当然のように妻だと紹介されたこともあって、ノスリは胸がドキドキしてくるのがわかった。

近頃ウォルドは、こんな風にやたらと気安く触れてくる。事あるごとに手を取ったり、肩を抱き寄せてきたりするのだ。

しかし、毎晩一緒に寝るようになりはしたものの、相変わらず二人の間にそれ以上の進展はない。

もちろん、あれからキスすらしていない。

多分、女として意識されていないからこそ気安く触れてくるのだろうが、ノスリにしてみたら心臓に悪いことこの上ない。さっきもそうだが、至近距離で微笑みかけられたりすると、そういったことに慣れていないノスリはその都度ドキドキしてしまうのだ。

とはいえ、今は夫婦らしく振る舞わねばなるまい。不自然に見えないよう、ウォルドに引き寄せられるままに体の力を抜く。

同時に、ロイドがノスリのスカートの裾にしがみつくようにして身を寄せる。そんな自分達は、傍から見れば仲の良い家族に見えるはずだ。

驚いた顔の店主が、ノスリとロイド、そしてウォルドの間で何度も目線を行ったり来たりさせる。

その後で、ようやく店主がカクカクと頷いて見せた。

「も、申し訳ございませんっ……！　まさかウォルド様ご家族が……、しかもこんな片田舎(いなか)の店においでになるとは思わず……！」

そう言う店主の額には汗が浮いている。

それもそうだろう、次代の英雄とまで言われている人間が、まさかこんな王都から遠く離れた田舎に住んでいるなどとは誰も思うまい。

「し、しかしながら、本当にこちらをお売りいただけるのですか……？」

「ああ」

「わかりました……！　では、数日お時間をください。さすがにうちのような小さな店で、これらを買い取るだけの大金をすぐに用意することはできませんから」

途端仕事の顔になった店主が提示したその金額に、内心ノスリは冷や汗が出る思いだった。

ウォルドが獲ってくる素材が希少なものであることは薄々気付いていたが、まさかこれほどまでとは。

これがこの値段ということは、家に乱雑に置かれた素材の数々は一体幾らになるというのか。考えただけでも眩暈(めまい)がする。

とりあえずその場の商談を終えて早々に店を出たノスリは、外に出るなり堪(たま)らず傍らのウォルドに詰め寄った。

「ウォルド様、もしかして家にあるのもこんな金額のものばかりなのですか!?」

「そうだが？」

さらりと笑って答えられて、本気で眩暈がしそうだ。

先ほどの毒針だけで豪邸が買えそうな値段だったのだ。それが家にはゴロゴロあるわけで。

しかも、全てが袋に入ったまま部屋の隅に転がっている。

そんな雑な扱いをしていたことに改めて冷や汗を掻きそうな思いでいると、ノスリの腰に腕を回したままウォルドが楽しそうな笑みを浮かべた。

「別に、俺が贈りたくて贈ったものなんだから、そんなに気を使う必要はない」

「そうは言っても……！」

「それに、家族の間で遠慮は不要だ」

そう言って、ノスリの体を引き寄せる。

間近でニコリと微笑みかけられて、ノスリはそれ以上何も言えなくなってしまった。

というか。

近い。非常に、近い。

更にはピッタリと体が密着する感覚に、体温が急激に上がっていくのがわかる。

こんなにも心臓の音がうるさくては、ウォルドに聞こえてしまいそうだ。しかもこちらの動揺をわかっているのかいないのか、ますますその笑みが深められる。

このままキスでもされそうな雰囲気に、しかしその時。

「おかあさん、かおがまっ赤だ！　いちごみたい！」

ロイドの楽しそうな声が。

そこでようやく解放されたノスリは、ドキドキとうるさい胸に手を当てて必死に落ち着こうとした。

ウォルドは多分、ノスリを黙らせたかっただけだろう。にもかかわらず、自分だけがこんなにも意識して動揺してしまうことが恥ずかしい。

そのことが理不尽に思えると同時に、悔しくもある。

何となく納得いかない気持ちで表通りを三人で歩きつつ、その時丁度ノスリの目に、露店で売られていたある物が飛び込んできた。

「あ！　これ！」

店先で足を止め、籠に盛られた黒いその実に目を止める。

そんなノスリの視線の先を追って、ウォルドが興味深そうな顔で尋ねてきた。

「……これは、美味いのか？」

「ええ、とっても！　食べたことないんですか？」

「ないな」

爪ほどの大きさの楕円の形をしたその実は、この地方特有の果実だ。しかし、村ではその果実は栽培していないため、たまの行商が来た時にしか手に入らない。

森苺も好物だが、ノスリはこの黒い果実も好きなのだ。

「食べてみます？」

「そうだな」

すると、二人の会話を聞いていた店主が、一粒手に取ってウォルドにその実を差し出してきた。

見れば、ノスリとロイドにだけわかるよう意味深にパチリとウインクを寄越してくる。

その意図を読み取って、ノスリはロイドと顔を見合わせてからウォルドを見守ることにした。

「このまま食べるのか？」

「ええ。皮に栄養があるんですよ」

皮に含まれる色素が体にいいのだとか。

微笑みながら頷いて見せれば、ロイドもワクワクとした顔で頷いている。

そんな二人の視線を受けて、ウォルドが躊躇いもなくその実を口にした。

次の瞬間。

「……っ!!」

ウォルドの顔が、これでもかというくらいくしゃくしゃに歪められた。その顔は、見ているこちらまで口の中が酸っぱくなりそうだ。

そう、この実は生で食べるととても酸っぱい。そのため、基本は砂糖で煮てジャムにしたりシロップ漬けにして食べるのだ。

ちょっとしたいたずらに成功して、ロイドと二人、声を上げて笑ってしまう。実は、ウォルドは酸っぱいものが比較的苦手らしいのだ。

まだ口の中が変なのか、ウォルドは口元に手を当ててしかめ面をしている。

普段は見ることができないそんな様子がおかしくて、ノスリもロイドも笑いが止まらない。

するとそんな二人に、ウォルドがムスッと不機嫌な顔になった。

「……騙したな？」

「騙してなんかいませんよ！　その実が美味しいのは本当ですもの！」

「うん！　おさとうが付いてるのがすごくおいしいんだよ！」

それに、生で食べる人もいるにはいる。

しかし、自分だけ揶揄われたのが面白くないのだろう、なおも不機嫌な顔のウォルドに、ノスリはクスクスと笑いながら言葉を続けた。

「家に帰ったら、この実を使ってちゃんと美味しいパイを作りますから。ウォルド様、パイがお好きでしょう?」

「……パイは、好きだ」

ムスッとしたままそんなことを言う。その様子は、いじけてみせる時のロイドと全く一緒で。

それがおかしいやら可愛いやらで、再び笑いが込み上げてくる。

そのままクスクスと笑い続けていると、そんなノスリにウォルドが釣られるように笑顔になった。

「お客さん達、仲良いね」

「うん!」

「うんうん。家族は仲が良いのが一番だ! ほら、おまけしといたよ!」

ずっしりと実が詰まった袋を寄越しながら、店主がニカッと笑う。

それを受け取って、今度は三人で顔を見合わせたノスリ達は、再び笑顔になったのだった。


その日は、一日隣町で市を覗いたり、屋台で食事をしたりして過ごしたノスリ達は、非常に楽しい気分で帰路についた。

今日は一日終始互いに笑い合い、揶揄ったり揶揄われたりを繰り返してずっと笑顔だった気がする。

するとはしゃぎ通しで疲れたのだろう、夕飯の席で既に眠そうな顔になっていたロイドが、食べ終えるなり席に座ったまま船を漕ぎだした。

その様子に苦笑して、ウォルドがロイドを抱き上げて寝室に連れていく。

そんなウォルドの背中を見送って、ノスリは今日果物屋の店主に言われた言葉を思い出していた。

「仲の良い家族」と言われて、あの時ノスリは違和感なく自然にその言葉を受け入れていた。多分、ウォルドもきっとそうだろう。

それに、ノスリ達が家族であると思ったからこその言葉なわけで、つまり自分達は、周りから見ても家族に見えるわけだ。

その事実が嬉しくて、自然と笑みがこぼれてしまう。

それと。

今のようにふとした時、ウォルドがロイドに向ける愛情を感じる度に、ノスリは胸がキュッとする切なさと共に温かくなる感覚を味わっていた。

実の父はいるものの、ノスリは父親の愛というものを知らない。そんなノスリにとって、ウォルドのロイドに向けるそれらは、全てが眩しい。

同時に、自分でも気付かない部分にぽっかりとあいていた空洞が、少しずつ埋められていくような感覚がある。

それに以前は、ロイドが寝てしまって一人になった時など、言い知れぬ空虚さに襲われることもあったのだが、ウォルドが共にいてくれるようになってからは、そういった感覚に襲われることは一切なくなった。

きっと、ウォルドがロイドを愛してくれることで、ノスリの中の満たされなかった子供の部分が癒されているのだろう。

そんなノスリにとって、ロイドがいてウォルドがいる今が一番幸せだと、強く感じていた。

「あ。今お茶を淹れますね。実はまだ、パイがあるんですよ？」

食後のデザートを食べる前に、ロイドが眠ってしまったのだ。寝室から戻ってきたウォルドに微笑んで、椅子から立ち上がる。

約束通り、昼間に町で買った酸っぱい実に砂糖をまぶしてパイを焼いたのだ。

「パイはそんなに酸っぱくないはずですから、ぜひ食べてみてください」

言いながら、お湯を沸かそうとヤカンを手に取る。

しかし、その手に手を重ねられて、ノスリは驚いて振り返った。

「お茶はいい」

「え……？」

ウォルドが振り返ったノスリの手からヤカンを取り、台の上に置く。

そのまま手を取られて見詰められて、途端にノスリは胸がドキドキとうるさくなるのを感じていた。

「あ……の……？」

ウォルドの宝石のような深く澄んだ瞳に、ノスリの姿が映っている。

一瞬、その青さに心奪われて、全ての思考が止まる。

しかし、握ったその手をゆっくり持ち上げられ、そこに口付けを落とされて、ノスリは頭が沸騰したようになった。

「ノスリ。嫌か……？」

「い……いえ……」

聞かれて、どもりつつ返事をする。

もう既に、ノスリは真っ赤だ。握られた手の甲までもが薄ら赤く染まっている。

しかし、その返事を聞いて向けられた微笑みに、ノスリはますます沸騰したようになってしまった。

何も考えられないままに体を引き寄せられ、頬に手を添えられる。

互いの吐息を感じる距離で見詰められて、固まったように動けない。濡れて光る青い瞳に魅入られて、固唾をのんで見入ってしまう。

その青い、青い、瞳がゆっくり近づいたかと思うと、気付けばノスリは口付けられていた。

触れ合わされた唇の温かく柔らかい感触に、急速に体から力が抜けていくのがわかる。堪らず背中を支える力強い腕に身を預ければ、更に引き寄せられ、互いの体と体が密着する。

同時に、啄むように優しく唇を食まれて、ノスリの口から吐息が漏れた。

途端、開いた唇の隙間から、熱く濡れたものが差し込まれる。

それが舌だと気付くよりも前に、口内の粘膜にそれが触れた瞬間、ノスリの背筋がゾクゾクとした愉悦に粟立った。

「……んっ……」

入り込んだ肉厚なそれが、ざらりと舌を舐め上げ、絡め取る。

舌と舌とが擦り合わされるたびに、鳥肌が立つような快感が。

こんな感覚は、知らない。こんな、キスも。

更には、逃げることは許さないとばかりに頭の後ろを手で固定され、口を覆うように塞(ふさ)がれて、ノスリは酸欠と快感で頭がクラクラしてきた。

すでに、体に力は入らない。辛うじて立ってはいるものの、今にも腰が抜けそうだ。

咬(か)みつくような口付けの合間に喘(あえ)ぐように呼吸をし、必死にウォルドの服を掴んで縋(すが)る。

しかし、は、と顔を離されて、途端にノスリは寂しくなった。

もっと。もっと、口付け合っていたい。

唇を合わせ舌を絡め合って、体を寄せて――。

けれども何かが、決定的に物足りない。

ウォルドの服を掴んだまま、無意識にねだるように見上げる。

すると、そんなノスリに眉をひそめたウォルドが、低く呻(うめ)きながらきつく抱きしめてきた。

「ノスリ……いいか？」

さすがにこの状況で、何を聞かれているのかぐらい、ノスリにもわかる。

無言で肯定の意を示すように、腕を首に回して小さく頷くと、次の瞬間、ノスリはウォルドに抱き上げられていた。

横抱きに抱えられたまま、寝室の隣の部屋に運ばれる。赤くなった顔を見られるのが恥ずかしくて、隠すように肩口に顔を埋めて抱きつけば、更に強く抱き寄せられる。

きっと今自分は、物欲しそうな顔をしているに違いない。

以前ウォルドが使っていたベッドに下ろされても抱きついたまま離れようとしないノスリに、ウォルドが小さく笑った気配がした。

「ノスリ」

「……」

「放してくれないと、服を脱がせられない」

言われて、ますます恥ずかしくなる。

やはり、ウォルドはするつもりなのだ。

先ほど聞かれて頷いたにもかかわらず、再び胸が早鐘を打ち始める。

ゆっくりと腕を解いてから見上げると、ビックリするほど優しい瞳がノスリを見下ろしていた。

「ノスリ。愛してる」

その言葉に、ノスリは頭がフワフワするような感覚に陥った。今日一日の幸福感も相まって、まるで夢を見ているかのようだ。

確かめるように手を伸ばし、そっとウォルドの頬に触れる。

すると、その手に手を重ねて微笑みかけられて、ノスリも自然と笑顔になった。

「私も。私もです」

「……」

「でも、てっきりウォルド様は、私のことはそういう対象には見ていないのかと思ってました」

今日までそんな素振りは微塵（みじん）も見せなかったのだ、ノスリがそう思ったとしても仕方がないだろう。

しかしノスリのその言葉に、ウォルドが心外といった様子で眉を上げて見返してきた。

「そんなわけがないだろう」

「そうなんですか？」

「当たり前だ」

途端、名状し難い光がその瞳に宿る。

薄暗がりの中、光る青い瞳に見下ろされて、ノスリは何か体の奥がキュッ震える感覚を味わった。

「……まあ、いい。なら、わからせるまでだ……」

瞳を不穏に光らせて、その顔が近づけられる。

そのまま口付けられて、ノスリは応えるように腕をウォルドの首に回した。

「……んっ……」

口ごと食べられるかのようなキスに、再び背筋がゾクゾクとするような快感に支配される。

拙いながらも必死に舌を差し出し応えれば、更に激しさが増す。

息継ぎすらも惜しむように口付け合う内に、気付けばノスリの服がはだけられていた。

はだけた合わせ目から侵入した手が、服を脱がせながら素肌の上をなぞっていく。

触れられたその部分が熱くなるような感覚に、ノスリの中でもっと触れて欲しいという欲求が膨らんでいくのがわかる。

素肌を触れられることが、こんなにも気持ちのいいものとは。

同時に、自らの服も脱いだウォルドに組み敷かれて、ノスリは言いようのない甘い感覚に襲われた。

「……あ……」

触れる肌の熱さに、ノスリの体温も上がっていく。

頬に添えられていた手が、首筋を伝い、鎖骨を越えて胸のふくらみを掴まれて、ノスリの口から喘ぎが漏れた。

「……は……あっ……」

脇からすくい上げるように胸のふくらみを掴まれて、揉まれて捏ねられる。硬く、大きなその掌で胸の頂が擦られる度に、下腹に響くビリビリと電気が走るような刺激が。

その度にノスリの口から甘い声が上がってしまう。その声は、まるで自分のものではないかのようだ。

しかし、耳朶に掛かる熱い吐息が、ウォルドもまた興奮していることを伝えてくれる。

それが嬉しいと同時に、釣られるようにノスリも興奮していくのがわかる。

喘ぐほどに高まる互いの熱に、ノスリは羞恥も忘れて声を上げて縋り付いた。

気付けば、お互い一糸纏わぬ裸で。膝を割られて、受け入れるように脚を開く。

ウォルドの乾いて硬い手が、内腿を辿り、指がそっとあわいに触れる。

くちゅ、という微かな水音で、ノスリはそこが濡れていることを知った。

「あ……入っ、んっ……」

そのまま、節のある太い男の指がそこに沈められていく。

ぬかるんだ体内の隧道を、掻き分け侵入するその感覚に、ノスリは目を見開いて体を固くした。

出産以降、そこに自分で触れたことはない。そんな場所に今、ウォルドの指が。

意識するほどにそこが、引き締まるのがわかる。

指の形がわかるほど締め上げて、その異物感にノスリはウォルドの背中にしがみついた。

けれども。

その異物感の奥には、明らかな快感が。

ゆるゆると指を動かされて、下腹に切ない感覚が溜まっていくのがわかる。

ぐるりと中をなぞるような動きが、次第に前後に出し入れされる動きに変わり、そこから漏れる水音が大きくなる。

同時に前の膨らみを指で擦られて押し潰されて、次の瞬間、ノスリの中で何かが弾けた。

「あぁあっ……！」

背中を反らせて、ビクビクと痙攣してしまう。

しかし、収縮を繰り返す体内から唐突に指が引き抜かれて、物足りなさにノスリは涙目でウォルドを見上げた。

見れば、ウォルドの額には汗が滲み、眉はきつく寄せられている。その下の瞳には、何か獰猛なものが。

光る瞳に居竦められて、ひゅっと息をのむ。

同時に、未だヒクつくそこに熱い男の先端を宛がわれて、ノスリの体が悦び震えた。

「く……」

「あ、あ、あ……」

ズブズブと、熱く硬い質量にゆっくり体を押し広げられ、短く喘ぎを漏らしてしがみつく。

その背中は、しっとりと汗で濡れ、筋肉が隆起しているのがわかる。

我慢、してくれているのだ。

しかしそれを意識する間もなく、体を拓かれる感覚に、ノスリは目の前が白くなるような快感に襲われた。

根元まで埋め込まれ、刺し貫かれて、体がギュウギュウとそれを締め上げるのがわかる。圧倒的な質量に体内を押し広げられ、求めていた刺激に体が悦んでいるのだ。

けれども、同時に物足りなさが。

きつく抱きしめたまま動こうとしないウォルドに、焦燥感に似た疼きが溜まっていくのがわかる。

焦れて腰を動かしたくとも、強く押し付けられていて身動きが取れない。

しかし、次の瞬間。

グッと奥を突き上げられて、ノスリは堪らず高い嬌声を上げた。

そのまま腰を掴まれ、ガツガツと突き上げられる。奥を突かれる度に、脳天が痺れるような強烈な快感がノスリを襲う。

高い声を上げて、強すぎる快感から逃れるように身を捩るも、強い力で押さえ込まれていて逃げることは許されない。

涙目で見上げれば、瞳に苛烈な光を宿し、獣のように低く唸りながらノスリを犯すウォルドが。

瞬間、ノスリの下腹がずくりと熱くなり、体の奥で何かが弾けるのがわかった。

「あぁぁあっ！」

「ぐっ……！」

痺れるような快感に全身を支配され、体を反らせて小刻みに震える。同時に、一際深く抉ったそれが、ノスリの奥でドクドクと爆ぜた。

絶頂に打ち震えながら、収縮する体内が搾り取るようにウォルドのものを締め上げる。

長い吐精が終わり、ようやく快感の嵐が過ぎ去った後で、ノスリとウォルドは互いに荒い息を吐いてぐったりと汗を掻いた体を重ね合わせた。

「…………すまない」

「え……？」

唐突に謝られて、何のことかわからずノスリは首を傾げてしまった。

すると、ノスリを胸に強く抱き込んで、ウォルドが申し訳なさそうに言葉を続けた。

「……途中から、理性が飛んでしまって……」

そのまま何やらゴニョゴニョと言い訳のようなものを呟く。

どうやら、自分で思っていたよりも早く終わってしまったことが心外なようだ。

「多分、魔力の相性が凄く良いからだと……」

言い訳めいたことを呟くウォルドは、見れば首筋まで赤い。

そんなウォルドが可愛くて、思わずノスリはクスクスと笑ってしまった。

「そんなに、気持ち良かったんですか？」

「……」

笑いながら聞けば、ウォルドの首筋がますます赤くなる。更には小さく「そうだ」と呟かれて、ノスリは嬉しくなってしまった。

ノスリとしては、行為に夢中でそんなことは全く気にしていないし、むしろ我を忘れるくらい感じてくれたのなら、嬉しいくらいだ。

しかしそこは男の沽券に関わるのか、なおも恥ずかしそうなウォルドのその様子に、ノスリは何だかおかしくなってしまった。

「ふふふ！　ウォルド様、可愛い！」

「……」

クスクスと笑いながら抱きしめれば、応えるように抱きしめ返される。

それが嬉しくて、ノスリは撫でるように手をウォルドの髪に沈めた。

今ならば、言わなくても気持ちが通じるような気がする。けれども。

「好きです……。愛して、ます……」

囁くように、そう告げる。

すると、一層ノスリを強く抱きしめたウォルドが、低く呻き声を漏らしたのがわかった。

「お前はっ……！」

言いながら、抱きしめていた腕を緩めて体を起こす。

それと同時に、今まで鳴りを潜めていた中の質量が、最初と変らないかそれ以上に硬く膨らんでいることにノスリは気が付いた。

「――きゃっ⁉」

突き上げられて、驚いて見上げる。

そこには、薄く笑うウォルドが。

瞳には、先ほどの光が。

「大丈夫だ。次は、ゆっくりする……」

そう言って、ゆるゆると腰を動かし始める。

途端に再び快感に支配されたノスリだったが、それでも辛うじて微笑みを浮かべた。

「はい……」

微笑んで頷けば、ウォルドが動きを止めて驚いたような顔に。

しかしそれは一瞬で、すぐにその顔が笑顔になった。

その後でそっと、顔が寄せられる。

「ノスリ、好きだ。愛してる」

「私も……私も愛してます……」

ほぼ唇が触れ合う距離で、互いに囁き合う。

そのまま深く口付け合って、二人は溶けるように抱き合った。

XIII

いつもの時間に目を覚ましたウォルドは、腕の中にノスリがいることを確認して、そっとその寝顔を覗(のぞ)き込んだ。

寝ている時のノスリは、子供のような顔になる。緩められた目元と軽く開けられた口元が、ノスリが心底安心しきっていることを教えてくれる。

ノスリは寝顔を見られるのを嫌がるが、ウォルドはこの時間が好きだ。

温かく柔らかな体を抱き寄せて、こめかみに口付けを落とす。

すると長いまつ毛が微(かす)かに震えて、ゆっくりと瞼(まぶた)が開けられた。

「おはよう」

まだぼんやりとしたノスリの顔を覗き込んで、微笑(ほほえ)む。

柔らかな鳶(とび)色の瞳(ひとみ)が徐々に焦点を結ぶ様を眺めていると、そこにウォルドを認めたノスリがふわりと笑顔になった。

「おはようございます」

微笑んで交わされる何気ない朝の挨拶(あいさつ)。

それが嬉(うれ)しい。

もう何度目になるかわからないが、その度に胸が温かいもので満たされていくのがわかる。

その思いのままに腕の中のノスリを抱きしめると、ノスリがクスクスと笑い声を上げた。

「もう、起きないと」

もう少し日が昇れば、ロイドが起きてしまう。それまでには起きねばならない。

こうやって二人で別室に寝ていることを知られるのは、さすがにまずい。

しかし、今日はまだ余裕があるはずだ。

「……もう少し、このままで……」

言いながら、顔をノスリの髪に埋める。

深く息を吸い込めば、黒に近い焦げ茶の髪からノスリの甘く花のような香りが。ピッタリとくっついた素肌から伝わる温もりが、何とも心地よい。

胸にノスリを抱き込んだまま、なだらかな曲線を描く背中を撫でる。

すると、何かを察したノスリが、慌てて体を離した。

「……駄目です」

「……」

「もう、起きないと」

困ったような顔で見詰めてくる。

けれども、そんな様子すら可愛い。

すかさず腕を伸ばして抱き寄せる。

慌てるノスリに構わず、ウォルドは甘えるようにその胸に顔を埋めた。

「……もう少しだけ」

「そうは言っても、いつも少しで済まないじゃないですか……」

とは言いつつも、ウォルドの髪を撫でてくれる。

最近わかったのだが、ノスリは甘えられることに弱い。多分今日も、きっとこのまま押し切られてくれるだろう。

埋めた胸の柔らかさを堪能して、そこに口付けを落とす。

そのままふくらみを唇で辿って赤い頂を口に含むと、ノスリの口から吐息が漏れた。

「……あ……」

抵抗されないのをいいことに、胸の頂を舌で嬲りながら、反対の胸を揉みしだく。

既に硬く立ち上がっていた体が、ノスリの甘い声にますます反応する。

柔らかな肢体を組み敷いて、難なくその膝を割り開いたウォルドは、自らの猛りの先端を潤みに押し当てた。

「ああっ……！」

昨夜の残滓を伴ったそこに、ぐぶりとウォルドのものが沈み込む。

そのままずぶずぶと何の抵抗もなくのみ込んで、ノスリの体が小さく震えた。

「くっ……」

腰が砕けそうな快感に、歯を喰いしばって必死に耐える。

柔らかな襞が収縮を伴ってウォルドを締め上げるとともに、魔力が吸い上げられる感覚が。親和し、一つになって溶ける感覚だ。

少しでも気を抜いたらあっという間に持っていかれそうだ。

ノスリとは魔力の相性が良いせいか、体の相性が非常に良い。初めての時も乗り気ではなかったにもかかわらず、結局途中から我慢できずにあっという間にいってしまったのだ。

あの時は戦闘後で神経が昂っていたからだと思っていたが、今はそれだけが理由ではないことをウォルドは知っている。

更に、ノスリが感じてくれる今は、体を合わせる快感はあの時の比ではない。

単にウォルドとの相性が良いからなのか、それともノスリが特異体質なのかは、わからない。どちらにしろ、金輪際自分以外の男に触れさせる気はないからだ。

ノスリはウォルドの妻であり、ウォルドだけのものだ。

もちろん、ロイドは別だけれども。

ゆるりと腰を動かせば、ノスリが上気した顔でハクハクと喘ぐ。

今、この時、鳶色の瞳に映るのはウォルドの姿だ。

ノスリを支配し独占していることに、何ともいえない充足感を覚える。

しかし同時に、ウォルドもまたノスリに支配され独占されているわけで。

そのことが堪らなく嬉しい。

指を絡ませて握れば、応えるように握り返される。

白然と二人で微笑み合ってから、ウォルドはノスリにそっと口付けを落とした。

□■□

「……おかあさん、疲れてるの？」

心配そうに覗き込まれて、ノスリは慌ててしまった。

ため息を吐いているのをロイドに聞かれていたらしい。気を付けてはいたのだが、無意識に出てしまっていたのかもしれない。

眉をひそめて見上げるロイドに、ノスリは安心させるように笑顔を向けた。

「大丈夫よ」

「……ほんとう？」

「ええ。ちょっと昨日、寝るのが遅かったから」

嘘ではない。寝不足なのは本当だ。

ウォルドと正式に結婚してからというもの、それまでが嘘のように毎日が寝不足なのだ。

しかし、毎晩のように求められるのは嬉しいが、やはり体がきつい。ウォルドとは体力差があるのだから尚更だ。

今日だって、あの後ノスリは結局起きれなかったのだが、ウォルドは普通に起きてロイドの世話をした後に仕事に行ったのだ。

それでも大分手加減してくれてはいるみたいだが、相手は三日三晩寝ないでドラゴンと戦うような人間なわけで、ノスリがついていけるわけがない。

更には夜だけでなく、今日みたいに朝に求められることも少なくない。

ノスリがもっとしっかり駄目だと言えればいいのだが、どうもウォルドには甘えられると弱いのだ。

そうこうする内にいつの間にか感じさせられて、気付けば毎回ウォルドに押し切られてしまっている。

しかもそれが、ノスリも嫌ではないのだから困りものなのだ。

でもさすがにそろそろ、ゆっくり寝たい。

それと、親子三人一緒に寝る穏やかな時間も。

三人で一緒に寝られるのもロイドが小さい今の内だけなのだから、やはりその時間は大切にしたい。

「今日は早く寝なくちゃね」

笑顔で言えば、ロイドが安心したように頷く。

その顔を見て、久々に今日はゆっくり三人で朝まで一緒に寝ようとノスリは決めたのだった。

「そういえば、グランのおじいちゃんが、お家においでって言ってたよ」

「ああ、そうね。じゃあ、明日にでも会いに行きましょうか」

「うん！」

結婚後、結局村に住み続けることになったノスリ達だが、週末だけは都で過ごしている。そしてほぼ毎週のように、グランの家に通っているのだ。

というのも、グランとグランの妻がロイドを実の孫のように可愛がっているのだ。

同様に、子供がいない二人はノスリのことも実の娘のように可愛がってくれている。特にグランの妻がノスリ達が訪れるのを心待ちにしており、行く度に大喜びしてくれるのだ。

しかし両親の愛というものを知らずに育ったノスリにとって、二人が与えてくれる愛情に戸惑うことも多い。愛されるということに慣れていないのだ。

それでも最近は、以前に比べれば随分と素直に愛情を受け取れるようになったように思う。

それもこれも全て、ロイドとウォルドのお陰だ。

二人が愛し愛されるとはどういうことかということを、ノスリに教えてくれたのだ。

でもきっとそれは、互いにそうで。

それが、家族というものなのだろう。

「ハニーベアのぬいぐるみを、ぼくたちとおんなじぶん用意したっていってたよ」

「まあ。それは良かったわね」

ハニーベアとは、都で流行っているクマのぬいぐるみだ。グランの妻が好きで集めているのだが、きっと家族に見立てて人数分用意したのだろう。

「うん！　でもね、ぼく、ぬいぐるみのハニーベアも好きだけど、本物のハニーベアが好き！」

元気に笑ってそんなことを言う。

その顔はウォルドとそっくりで、思わずノスリは笑ってしまった。

「そうなのね」

「うん！」

「じゃあ、お父さんにもそう言ってあげたら？　きっと喜ぶわよ」

ウォルドが今の話を聞いたら、絶対に喜ぶだろう。そしてまた、張り切ってハニーベアを探しに行くだろうことは容易に想像がつく。

獲ってきたハニーベアを前に、同じ顔で笑い合うウォルドとロイドを思い浮かべて、自然と笑顔になる。ノスリもまた、その場で一緒に笑っているだろうことは間違いない。

するとノスリが笑っているのが嬉しいのだろう、ロイドがきゃっきゃと笑いながらじゃれるように抱きついてきた。

温かく柔らかなその体を抱きしめて、金の日差しを思わせるふわふわとした髪に顔を埋めれば、甘いミルクの匂いと日向の香りが。

幸せの香りだ。

ギュッと抱きしめて胸いっぱい吸い込めば、体中が幸福で満たされていくのがわかる。

その時。

「あ！　おとうさんだ！」

玄関から聞こえた靴音に、ロイドがパッと振り返る。

そのまま走り出した背中を見送って、ノスリもゆっくり立ち上がった。

「ただいま」

「おかえりなさい！」

玄関先では、出迎えたロイドを抱き上げて嬉しそうに頬ずりをするウォルドが。

部屋には先ほどまで準備していた夕飯の、美味しそうな匂いが漂っている。今日は、ウォルドとロイドが好きなパイも焼いたのだ。

「おかえりなさい」

微笑んで声を掛ければ、ウォルドがロイドを抱いたまま、嬉しそうに笑顔をノスリに向ける。

伸ばされた腕に身を任せて抱き寄せられて、ノスリとロイド、ウォルドの三人で笑い合う。

「ただいま」

「おかえりなさい」

心を込めて答えて、しばらくノスリ達は抱き合いながら笑い合った。

書き下ろし番外編　—掌の上の幸せ—

終業の鐘と同時に、今日一日で片付けた書類を机の隅へとまとめ上げたウォルドは、いそいそと帰り支度を始めた。

明日からの三日間は、一週間振りの休暇だ。連日勤務が明けた今夜はきっと、ノスリがロイドとウォルドの好物を用意してくれているに違いない。

家でウォルドを待っているであろう二人に思いを馳せれば、自然と頬が緩むのがわかる。街で何か買ってから帰ろうか、などと考えながら席を立つ。

しかし、立つと同時に声を掛けられて、ウォルドはムッとしながら振り返った。

「おい、ウォルド。ちょっといいか？」

声を掛けてきたのは、ウォルドの上司、隊長のグランだ。言いながら、手招きをしている。

その姿に嫌な予感を覚えたウォルドは、あからさまにため息を吐いてから諦めたようにグランに向き直った。

「何です？　今日はもう、早く帰りたいのですが」

「今日は、も何も、いつだって早く帰りたいくせに何言ってんだ」

そう言うグランは呆れ顔だ。確かに、今日に限らずいつだって早く帰りたいのは事実だ。

しかし、さすがに上司の命令を無視するわけにはいかない。それに、ウォルドが早く帰りたいことを知っていて呼び止めたのだから、きっと何かあるに違いない。

案の定、机の前に立ったウォルドを見上げて、グランが難しい顔になった。

「研究所から、また呼び出しの令状が来ている」

言われて、ウォルドは深いため息を吐いた。

ロイドの存在を知られてからというもの、国の研究機関がうるさいのだ。

本来、常人を遥かに超える膨大な魔力量のウォルドが子供を持つことは非常に難しく、ロイドの存在は奇跡に近い。そして息子であるロイドもまた、ウォルドと同じく多大な魔力をその身に宿しているとなれば、国がそんなロイドに興味を持つのは当たり前で、魔力量の調査と管理と称して、事あるごとにロイドを連れてこさせようとするのだ。

しかし調査と言いつつも、要は実験であり、ウォルドが目を光らせているため人道に悖るような行いはないが、ロイドは彼等にとっては体のいい研究対象だ。実際ウォルド自身も、子供の頃はそうやって様々な実験に付き合わされてきている。

当時は、それまでの生育環境が劣悪であったため、それに比べれば遥かにましな環境と対応にウォルドは特に不満も思うところもなかったが、対象がロイドとなれば話は違う。自分の子供を実験材料にされて喜ぶまともな親など、いるわけがない。

それに、こうもロイドを連れてこさせようとする裏には、他の意図もあるわけで。

つまりは、膨大な魔力を持つロイドを、常に国の監視下に置いておきたいのだ。そこまでわかっていて、可愛い息子をそんな場所に連れていきたいわけがないだろう。

「断っておいてください。ロイドの魔力は、父親である私がキチンと管理をしています。今のところそれで特に問題はないはずです」

第一研究所には、つい先月ロイドを連れていったばかりだ。こんな短期間で再び行く必要などあるまい。

しかし、ますます難しい顔になったグランに、ウォルドは非常に嫌な予感がした。

「それが、今回はロイド君じゃないんだ」

「まさか……」

「今回の呼び出しは、ノスリさんだ」

嫌な予感そのままの言葉に、ウォルドはグッと眉根(まゆね)を寄せた。

同様にグランの声も苦々しい。グランも、この招集を快く思っていないのだ。

通常であれば、殆ど(ほとん)魔力のないノスリがウォルドの子供を身籠る(みごも)ことはまずあり得ない。多量の魔力を含むウォルドの精を体内に宿すには、魔力が足りなさすぎるのだ。仮に身籠ったとしても、胎児の多すぎる魔力に体が耐えられないはずである。

にもかかわらず、たった一度の情交でロイドを宿し、出産までしたノスリは、どう考えても特異体質としかいいようがない。

そんなノスリに研究機関が目を付けないはずがなく。ロイドの存在を知ると同時に、実はもう何度もノスリを連れてくるようにと要請が下っていたのだ。

しかし、調査とあれば全身くまなく検査されるわけで、そんなこと到底承服できるわけがない。

ノスリに他の男が触れるなど、絶対に許せない。それこそ検査の魔導師を殺してしまいそうだ。

「断っておいてください」

間髪入れずに答える。

そんなウォルドに、グランが深く息を吐き出した。

「そういうわけにもいくまい。お前、ノスリさんはまだ一度も連れていってはいないだろう？」

「嫌です。百歩譲ってロイドは魔力の管理のこともありますし、まあ定期的な検査は必要かもしれませんが、ほぼ魔力のないノスリに検査は必要ないはずです」

「そう、なんだがなあ……」

「何を言われても無理ですね」

国の要請を断り続けることが難しいことは、ウォルドにも十分わかっている。それでも、嫌なのだ。

それに、ノスリを研究機関に連れていきたくない理由は他にもある。

魔力は、遺伝に左右されることが多い。必ずではないが、親の魔力が子供に受け継がれるのだ。更に、特殊な魔力の持ち主は魔力量が多いことが殆どで、そうなると必然、特殊魔力の持ち主には子供ができない、もしくはできにくい。

となると、相手の魔力量の如何に限らず子を成すことができる人間はとても希少なわけで、特殊魔力者を増やしたい国としては、喉から手が出るほど欲しい存在なわけだ。

つまり、もしノスリが、どんな魔力量の持ち主とも子を成すことが出来る特異体質であった場合、最悪、ノスリを国に奪われかねない。

そんなこと、許せるわけがない。

それでも、ウォルドほどの魔力を持つ男はまずいないわけで、国としてもウォルドの形質を受け継いだ子供が一番に欲しいのであろうから、わざわざウォルドからノスリを奪って他の男に宛がうような真似はしないはずだ。

だが、それでも万が一ということがある。

確か、国の筆頭魔導師はまだ独身だ。しかも彼はまだ三十代前半であり、国としては絶対に彼の子供は欲しいだろう。

そこまで考えを巡らせて、ウォルドは抑えきれない怒りが腹の底でとぐろを巻くのがわかった。

「……俺からノスリを奪う奴は、たとえそれが国であろうと、絶対に許しはしませんよ」

溢れる怒りで、漏れ出る魔力が黒く渦を巻く。

「それに。隊長だってもし奥様を寄越せを言われたら、国の一つや二つ、間違いなく滅ぼすでしょう？」

「当たり前だ。ソフィーを奪う奴は皆殺しだ」

瞬時に答えたグランの瞳が妖しく光っている。ただでさえ厳つい顔立ちのため、そんな発言をすると魔王そのものだ。

だが、こんな外見にもかかわらず、グランは都でも有名な愛妻家なのだ。

「でしょう？　というわけで、断っておいてください」

「わかった。何とかしよう」

頷いたグランに、ひとまずほっとする。

何だかんだいってグランも、ノスリを研究機関に連れていくことは反対なのだ。グランとその妻は、ウォルドと結婚する際に養女としたノスリを、凄く可愛がっている。

「……だが、いつまでもこのまま、というわけにはいかないぞ？」

「わかっています。その辺りはおいおい、何とかします」

さすがにずっと拒み続けることはできない。とりあえずは国の関心をノスリから逸らす、何かいい方策を模索しなくてはならないだろう。

「うむ。じゃあ、もう帰っていいぞ」

「では、失礼いたします」

背筋を正したのちに、踵を返す。

しかし、ドアの前まで進んだところで、再びグランがウォルドを呼び止めた。

「そういえば。ソフィーがノスリさんに、お前へのプレゼントを渡しておいたって言ってたぞ」

「はあ」

ノスリとロイドは、ほぼ毎週グランの家に通っている。しかもこの数日はウォルドとグランが仕事で隊の宿舎に泊り込んでいたため、その間二人はグランの家で過ごしていたのだ。

きっとその時に、グランの妻から渡されたのだろう。

「お礼は本物のハニーベアがいいそうだ。ロイド君が凄く美味しいと言っていたから、一度食べてみたいらしい」

「ハニーベア……。まあ、いいですが。ただあれ、探すのが難しいんですよ」

ハニーベアとは、花の蜜や木の実だけを食べて育った熊のことだ。以前グランに教えてもらったのはぬいぐるみのことだったのだが、それを知らずに本物の熊であるハニーベアをウォルドが狩って贈ったところ、ロイドが甚くお気に召したのだ。

「俺も一度食べてみたいし、今度家に来る時にでも頼むよ」

「じゃあ、探してみます」

「ああ。楽しみにしてるぞ」

手を上げたグランに一礼して、今度こそ執務室を出る。そのまま転移魔法を展開させたウォルドは、まずはノスリとロイド、二人に贈る物を買いに街へと向かったのだった。


「おかえりなさい！」

「ははは！　ただいま！」

玄関のドアを開ければ、勢いよくロイドが飛び出してくる。腰を屈めて受け止めたウォルドは、小さなその体を抱き上げて、すべすべとして柔らかいロイドの頬に頬ずりをした。

「おとうさん！　くすぐったいよ！」

この数日忙しかったため、ほったらかしにしていた無精ひげがくすぐったかったのだろう。ウォルドに頬ずりをされて、ロイドが笑いながら身をくねらせている。

小さなその体からは、いつもの日向の香りが。

その香りを吸い込んで、改めてウォルドは幸せを噛みしめた。

「少し会わない間に、大きくなったか？　この前より、重くなった気がするぞ？」

「ほんとう⁉　ぼく、はやく大きくなりたい！」

会わずにいたのはほんの数日だが、その数日すらも惜しまれる。できることなら、終始側にいられるよう聖騎士の仕事など辞めてしまいたいのだが、そういうわけにもいかない。

国の次期英雄と持ち上げられてしまっては、さすがにそれを投げ出すわけにはいかないだろう。

ウォルドとしては、そんな肩書など厄介なだけでしかないのだが。

「大丈夫。焦らなくてもすぐに大きくなるさ」

「そうかな？」

「ああ」

ちょこんと首を傾げるロイドは、本当に可愛い。ウォルドとしては、そんなに急いで大きくならなくてもいいと思うのだが、本人は違うらしい。

それに、大きくなってしまったら今みたいには甘えてくれなくなるわけで、どちらかといえばもっとこのままがいいとさえ思う。

子供のいる隊員に話を聞いたところによれば、あっという間に大きくなるのだとか。小さい頃はあんなに懐いてくれてたのに、最近は〝お父さん臭いから嫌い〟と言われる度に泣きそうになる、なんて話を聞いて、他人事ではないと内心身震いしたのはつい最近の話だ。

ロイドにそんなことを言われようものなら、ショックで寝込む自信がある。

何より自分は、ロイドが生まれてから会うまでの五年間を知らない。子供が成長する貴重なその時期に、自分はロイドの存在すら知らなかったのかと、返す返すも過去の自分が恨めしい。

だからこそ余計に、今この時を、ウォルドは大事にしたいと思っていた。

「おかえりなさい」

柔らかく声を掛けられて前を向けば、優しく微笑むノスリが。

その姿に、胸が温かいもので満たされていくのがわかる。

「ただいま」

ロイドを抱いたまま手を伸ばして抱き寄せれば、何がおかしいのか、くすくすと笑いながらノスリがウォルドの腕に収まった。

「おかえりなさい。お仕事、お疲れ様でした」

ねぎらいの言葉を掛けられて、この数日の疲れが一瞬にして吹き飛ぶのがわかる。この一言が聞けるのなら、いくらでも働けそうな気がするのだから不思議だ。

何より、自分を待っていてくれる存在があるということは、何と幸せなことか。

両腕にノスリとロイド、愛すべき家族がいるというこの上ない幸せを噛みしめて、ウォルドは二人を抱きしめたのだった。

「留守中、変わったことはなかったか？」

「はい、特には。ずっとソフィア様と一緒にいましたし」

自分が留守にしている間に大事な二人に何かがあってはと、念のためグランの家に行ってもらっていたのだ。

とはいえ、こんな平和で長閑（のどか）な村で、しかも村の入り口や自宅の周りに様々な防犯対策の結界が強固に張り巡らされていて、何か起こるなどまずあり得るわけがないのだが。

「あのね、ソフィーおばあちゃんと一緒にお菓子をつくったんだよ！」

「そうか、それはよかったな」

「うん！　あとね、いっぱいご本を読んでもらったんだ！」

にこにこと楽しそうに笑うロイドに、思わずこちらまで笑顔になる。

きっと、グランの妻にたくさん構ってもらったのだろう。子供がいないグラン夫妻は、ノスリとロイドを実の娘と孫のように可愛がっているのだ。

しかし何故か、何かを思い出したらしいロイドがその顔をにわかに曇らせた。

「……でも、お化けのはなしは怖かった……」

聞けば、言いつけを守らなかったり嘘を吐いたりなど、悪いことをすると夜中にお化けが迎えに来る、という話の本を読んでもらったのだという。

「……悪い子はね、寝てる間にお化けがつれてっちゃうんだって……」

そう言って、ロイドがブルリと身震いをする。その様子からは、本気で怖がっていることがわかる。

そんなロイドに、ウォルドは安心させるようその頭に手を置いた。

「大丈夫だ。だって、お前は何も悪いことはしてないだろう？」

「うん……」

「それに、お化けだろうが何だろうが、お前を連れていく奴は俺が許さん」

「……ほんとに？」

「ああ。そんなもの、俺が倒してやる。だから安心しろ」

不安そうなロイドの顔を覗き込んで、小さな頭をくしゃくしゃっと撫でる。

そこでようやく、ロイドが安心したように笑顔になった。

その後は、再び楽しそうに話し出したロイドから留守中の話を聞く。どうやら、お化けのことは解決したらしい。

　ホッとすると同時に、ひとしきりロイドの話を聞いて、そこでウォルドは帰りがけにグランから聞いた話を思い出した。

「そういえば。ソフィア殿が俺に渡す物があるとか」

　プレゼントと言っていたが、きっちり見返りを要求する辺りがグランの妻らしい。まあ、それくらいの方が楽でいいが。

　しかしそれを聞いた途端、何故かノスリがさっと頬を赤らめた。

「あ……、はい。……あの、後で、お渡し……します……」

「？」

　最後の方は殆ど消え入りそうな声だ。訝し気に目線で問うも、困ったように視線を逸らされてしまう。

　不思議に思ったウォルドが問いただそうとしたところで、しかし、ノスリがウォルドを遮るように声を上げて席を立った。

「そう！　パイを焼いたんです！　今用意しますね！」

　やたらに明るい物言いが、何とも不自然だ。その様子はまるで、ソフィアからの贈り物の話題を避けているように見える。

　敢えてそこを聞こうかどうしようか迷って、だがウォルドは、それ以上の追及を諦めた。

　本人が話したがらないものを、無理に聞き出すこともあるまい。それに、後でと言っているのだから、その時に聞けばいい話だ。

そうこうする内に、目の前に切り分けたパイが置かれる。パイが好きなウォルドのために、ノスリがわざわざ焼いてくれたのだ。

促されるままにサクリと口に含めば、香ばしいパイ生地と甘酸っぱい森苺の味が口いっぱいに広がる。いつもながら非常に美味しいノスリお手製の苺パイだ。

あっという間に平らげれば、ノスリはニコニコと嬉しそうだ。隣では、ロイドが夢中になってパイを頬張っている。

ほっぺたについたパイのカスを指で拭ってやると、ロイドがキョトンとした顔で見詰めてくる。そんな表情すら可愛くて、思わず笑顔になれば、ノスリもクスクスと笑みを漏らす。

何気ない日常の風景だが、それがどんなに貴重なことか。

久々の家族の団欒に、ウォルドは心の底から満たされていた。


ひとしきり団欒を楽しんだ後で、後片付けを買って出たウォルドは、ノスリがロイドを寝かしつけに行っている間に全てを終えて、そわそわしながら隣室でノスリを待っていた。

ここ数日はずっと聖騎士の宿舎に泊まり込んでいたため、ノスリと二人きりで過ごす夜は久々だ。

夫婦となってもう何度も夜を共にしているが、それでもまだ、自分達が結婚してから半年も経っていない。

そんな中、この数日の一人寝は寂しくて、何度ノスリが恋しいと思ったことか。

何より離れていた時間を埋めるためにも、隅々まで自分の証を刻みつけて、ノスリが自分のものだと実感したい。

たった数日離れていただけだというのに、こんなにも恋情が募るとは。

以前の自分では考えられないような変化である。けれども、不思議とそれが嫌ではない。

そんな自分に、思わず笑みが漏れる。

その時。部屋のドアが小さく開けられた気配に、ウォルドは立ち上がって素早く入り口へと向かった。

「……あ……」

「？」

サッとドアを引いて部屋に迎え入れるも、何故かノスリは戸惑った様子だ。羽織ったガウンの襟元を、両手できつく合わせるようにして立ったまま、なかなか部屋に入ってこようとしない。

焦れたウォルドが腰に腕を回して引き寄せて、ようやくノスリがおずおずといった様子で部屋へと入ってきた。

「どうしたんだ？」

「あ……いえ。……なんでもありません」

何でもないと言いつつも、その目は盛大に泳いでいる。

どう見ても何かあるようにしか見えないが、ウォルドは追及したい気持ちをグッと抑え込んだ。

せっかく久々の、ノスリと二人きりの夜なのだ。ここで無理に追及をして、ぎすぎすした雰囲気になどしたくない。

ノスリの謎の動揺を努めて気にしない振りをして、用意しておいたお茶を勧める。

簡素な二人掛けの小さなソファーに並んで座って、ウォルドとノスリは無言でお茶の入ったマグを手に取った。

「……」

「……」

お茶を飲む静かな音と、妙に緊張した空気が部屋に流れる。

何とも、気まずい。

その雰囲気に耐えられなくなったウォルドは、敢えて何でもない振りを装ってノスリに話しかけた。

「そういえば。ソフィア殿から渡された物とは――」

「ぐふっ!! ごほっ、ごほっ！」

「え!? おいっ、大丈夫か!?」

しかし、話の途中でいきなりノスリが咽せたため、ウォルドは慌ててマグを置いてノスリに向き直った。

ノスリの手からマグを取ってテーブルに置きつつ、背中を撫でる。どうやらお茶が気管に入ったらしい。

「……はあっ、はあっ……も、もう、大丈夫です……」

咽せたために、上気した顔のノスリは涙目だ。朱を刷いて、潤んだ目元が不謹慎ながらも色っぽい。

思わずドキリとして、視線を下に落としたウォルドだったが、そこで目に入ってきた光景にますます狼狽えることになった。

「……？　どうされました？」

「や……その……。そ、それ、は……？」

うろうろと視線を彷徨わせるも、どうしてもそこに目が行ってしまう。

しかし、それも致し方がない。

はだけたガウンの合わせ目からは、何とも扇情的な光景が。

白くふっくらとした胸元を、際どいラインで濃いピンク色のレースが彩っている。大半がレースでできた薄いその布地は、スケスケだ。

「え……？　あっ……！」

ウォルドの視線に気付いたノスリが、真っ赤になって急いで胸元を掻き合わせる。

涙目で睨むように見上げられて、ウォルドは一瞬クラリとした。

「み、見ました……!?」

「い、いや……その…………見た」

正直に答えれば、ノスリの顔がますます赤くなる。赤い顔とその仕草が相まって、その様は何とも愛らしい。

無意識に手を伸ばして抱き寄せようとして、しかしそこで、ウォルドはハタと思い当たった。

ノスリが自分からこんな下着を着るだなんて、まず考えられない。もちろんウォルドとしては大歓迎なのだが、とかく普段からノスリは恥ずかしがり屋だ。

にもかかわらず、こんな大胆な格好をしているということは。

「……もしかして、ソフィア殿の贈り物とは……？」

「……」

ウォルドの問いに、赤い顔のままノスリが顔を下に向けて小さく頷く。

つまり、そういうことだ。

途端に、先ほどからのノスリの不審な行動全てに合点がいく。心中でグランの妻に拍手喝采を贈りつつ、ウォルドはノスリが落ち着くのを静かに待った。

ここでがっついて、引かれるわけにはいかない。

「……あの、ソフィア様が……。たまには趣向を変えてみたら……と……。あと……大概の男の方は、こういうのがお好みだとか……」

しどろもどろに説明するノスリの顔は、これ以上ないくらい真っ赤、だ。際どい下着を身につけていることが、恥ずかしくてしょうがないのだろう。にもかかわらず、ウォルドのために着てくれたのだ。

そのことが嬉しくて、胸に熱いものが込み上げてくる。

しかし、そんなウォルドの心の中を知るよしもないノスリが、俯いたままポツリと小さくこぼした。

「でも。私には似合わないから……」

「そんなことはない！」

その言葉を遮って、すかさずノスリの手を取る。

「良く、似合っている！」

「う、嘘っ！」

「本当だ！　凄く良く、似合っている!!」

力強く言い切れば、ノスリが戸惑ったようにウォルドを見上げてくる。その顔は、何とも不安そうだ。

しかし、今更着替えるなどと言い出されたらかなわない。

何とかノスリを説得したいウォルドは、さりげなさを装ってにっこりと微笑んだ。

「少ししか見てないが、とてもよく似合っていたと思う」

「ほ、本当に……？」

「ああ。だから、せっかくなのだし、もっとよく見てみたい」

ウォルドの言葉に、ノスリがしばし逡巡（しゅんじゅん）する。

その様子を辛抱強く見守って、ようやくノスリが小さく頷いたことを確認したウォルドは、心の中で大きくガッツポーズを取った。

「ノスリ……」

真っ赤になって俯いてしまったノスリに、静かに体を寄せる。そっと手を伸ばすと、一瞬びくりとノスリの体が強張（こわば）るも、特に抵抗はしてこない。

そのことにホッとしつつ、ガウンの紐（ひも）に手を掛けたウォルドは、ゆっくりとそれを引っ張った。

するりと紐が解けると同時に、ガウンの前が大きく開く。

そこから見える、想像以上に蠱惑（こわく）的な光景に、ウォルドは知らぬうちに口に溜（た）まったつばを飲み込んだ。

「……っ」

鮮やかなピンク色の三角の布地が、申し訳程度に胸を覆っており、そこから裾（すそ）までふんわりと生地が続いている。

だが、座っているために正確な長さはわからないが、多分余程丈が短いのだろう、白く滑らかな太腿が露わになってしまっている。ちなみに、ちょうど胸の真ん中でリボンが結ばれていて、どうやらそこで脱がせることができるようになっているらしい。非常に、便利な仕様だ。

何よりレースでできたそれは、何も隠してはいない。布地の下に薄ら透ける体のラインと、ツンと生地を押し上げる胸の尖りがハッキリとわかる。

その光景は、体の局所を意識させる分、裸以上に裸だ。

無言で、じっと凝視してしまう。

すると、そんなウォルドの視線に耐えきれなくなったのだろう、ノスリが前を隠すようにガウンの袷に手を掛けたため、ウォルドは慌ててその手を握って引き留めた。

「凄く、綺麗だ」

「で、でも……」

「よく、似合っている」

本当のことだ。下着の濃いピンク色がノスリの温かい鳶色の瞳と焦げ茶の髪によく映えて、抜けるように白い肌を際立たせている。

実際、凄く良く似合っているのだ。何より、照れるノスリが可愛い。

「あ……」

吸い寄せられるようにガウンの合わせ目に手を差し入れれば、軽い衣擦れの音を立てて布が滑り落ちる。

露わになった華奢な肩と、容赦なく情欲を煽り立てる目の前の光景に、ウォルドは堪らずノスリを抱き寄せた。

頭の片隅でソフィアに感謝しつつ、特大のハニーベアを獲ってくるかなどと考えながら、そっとノスリの顎に手を掛ける。

恥ずかしそうに目を閉じたノスリに、吸い寄せられるように唇を近づけて――。しかし。

部屋の外から微かに聞こえるすすり泣く声に、ウォルドは動きを止めた。

「……ロイド？」

ノスリも気付いたのだろう、閉じていた瞼を開けて、訝し気な顔になる。

数秒二人で顔を見合わせて、すぐさまウォルドは立ち上がった。

急いで部屋を横切りドアを開ければ、戸口に座り込んですすり泣くロイドが。

ドアから漏れる明りに気付いて顔を上げるも、その顔は涙に濡れてぐしゃぐしゃだ。一体何事かと心配して抱き上げると、しゃくり上げながらウォルドの胸にしがみつくようにして顔を埋めてくる。

常にないロイドのその様子に、ウォルドは胸が潰れるような思いになった。

「どうした？　何があった？」

「……うっ……ひっく……こ、こわい……夢を、みたの……」

「夢……？」

「……おとうさんと……ひっく……おかあさん、……お化けに……つれてかれちゃう、夢……」

どうやら、昼間に読んだ怖い本の夢を見たらしい。本の話を聞いた時、めずらしくやけに怖がっているなとは思ったが、まさか夢に見るほどとは。

両親がいなくなる怖い夢に魘(うな)されて起きたところ、いつも隣にいると思っていた二人がいなかったために、それで余計に不安になったのだろう。

「ロイド……？」

ガウンを羽織って急いで様子を見に来たノスリも、心配そうにウォルドの腕の中を覗き込む。

余り怖がることはしないロイドが、こんな風に夜中に泣いていることにノスリも驚いている様子だ。

暗闇(くらやみ)を怖がる子供も多いらしいが、普段のロイドはそんなことは一切気にしない。好奇心旺盛(おうせい)で、普通の子供なら怖がるだろう魔物の話なども喜んで聞いてくる。

そのロイドが、今こんなに泣いているということは、余程のことだ。

未(いま)だしゃくり上げるロイドに、ノスリと困ったように顔を見合わせる。

結局その夜は、ロイドが泣き疲れて眠った後も、ノスリと二人、ロイドを抱き込むようにしてウォルド達は眠ることになったのだった。

「……ロイ……？　寝た、か……？」

その日も、ギュッとウォルドの服を握りしめて抱きついて眠るロイドに、ウォルドは確かめるように静かに声を掛けた。

最近、一人で寝ることを極端に怖がるようになったロイドのために、ウォルドとノスリ、どちらかがずっと添い寝をしているのだ。

腕の中から聞こえてくるロイドの呼吸は規則正しく、ウォルドの問いかけにも答えることはない。もうすっかり寝入っているように見える。

だが、そっと、ロイドの頭の下から腕を引き抜こうとした途端。

むずかるように顔をしかめてしがみついてくる。慌てて動きを止めれば、再びまた安らかな寝息が聞こえてくる。

そんなロイドに、ウォルドは深い、深いため息を吐いた。

ここ最近もうずっと、こんな状態だ。そのためこの数日は、毎晩ロイドを挟んで家族三人並んで寝ている。

もちろんロイドは可愛いし、一緒に寝ることも嫌ではない。何より、家族を持つことを諦めていたウォルドにとって、親子三人一緒に寝られることは、この上なく幸せなことだ。

しかし、一つ大きな問題が。

夜、ロイドと一緒に寝なくてはならないということは、ノスリと二人きりにはなれない。したがって、そういうこともできないわけで。

もう、随分長いこと我慢しっぱなしなのである。さすがに、辛(つら)い。

ノスリがウォルドを受け入れていなかった結婚以前ならいざしらず、気持ちを通じ合わせた上で繋(つな)がる喜びを知ってしまった今は、我慢するのは非常に辛い。

そもそも自分達は世にいう新婚で、心から愛し合う男女に求めるな、ということ自体が無理な話なのだ。

暗闇で目を閉じれば、瞼にはあの夜の扇情的なノスリの姿が浮かぶ。

しどけなくはだけた胸元に、薄い生地から透ける、なだらかに丸みを帯びた体のライン。堪らず抱き寄せれば、柔らかな体が頼りなく腕の中に収まる。

そこまで思い描いて、ウォルドは切なく息を吐き出した。

これ以上思い出したら、眠れなくなる。このまま一晩中、悶々としながら過ごすのは辛すぎる。

しかも、同じ寝台にノスリがいるのだから尚更だ。

ロイドを挟んですぐ隣で眠るノスリに、何度手を伸ばそうと思ったことか。その度、胸の中の小さな温もりに意識を集中して、煩悩を振り切ってきたのだ。

しかし、さすがに我慢も限界である。

そろそろこの現状を何とかしなくてはと、ウォルドは真剣に悩んでいた。

□■□

眠っている二人を起こさないよう、暗闇の中そうっとドアを開ける。そのまま足音を立てないように部屋を横切って、ノスリは静かにベッドに腰掛けた。

ベッドの上では、穏やかな寝息を立てて眠るロイドとウォルドが。

最近、やたらと一人で寝ることを怖がるロイドのために、ウォルドが寝かしつけと共に添い寝をしてくれているのだが、どうやら今日はそのまま一緒に眠ってしまったようだ。枕の上には、そっくり同じ顔の寝顔が並んでいる。寝返りのタイミングまで、はかったように同じだ。

そんな二人に小さく笑みを漏らしてから、起こさないよう、静かに、静かに、上掛けを持ち上げて体を寝台に滑り込ませる。

体を横たえて、ホッと息を吐いたノスリだったが、しかし。

何気なく隣に視線を向けて、暗闇の中で自分を見詰める瞳の存在に、ギクリと固まってしまった。

いつ目を覚ましたのか、すぐ隣には無言でジッとノスリを見詰めるウォルドがいる。その顔は何とも、もの言いたげだ。

熱が籠った視線に、胸がドキドキしてくるのがわかる。今ではノスリも、その視線が意味することを知っている。

しばし互いに見詰め合い、その場に緊張した空気が流れる。

しかし、一つため息を吐いて、ウォルドが先に目を逸らした。

「……お休み……」

「……お休みなさい……」

そのまま名残惜し気に目を閉じたウォルドに、ノスリもまた、小さく落胆しながら目を閉じた。

ここ最近、夜になるとロイドが二人と離れたがらないため、もう長いことウォルドと二人きりになれていない。

そして、二人だけの時間がないということは、つまりそういうこともないわけで。

やっぱりそれは、ノスリとしても寂しい。

先日、折角グランの妻から貰った寝衣——というか下着の出番も、あれからずっとない。

随分大胆なデザインで、着るのに凄く勇気がいったのだが、それでもウォルドが喜んでくれるのならと、あの日は意を決して着てみたのだ。

にもかかわらず結局その勇気も不発に終わってしまって、ノスリとしても非常にガッカリしていたのだ。

何よりあの日は、数日とはいえ離れていた時間が寂しくて、ウォルドに甘えたかったというのもある。よもやウォルドが浮気をするとは思っていないが、自分が女性としての魅力に乏しいことはノスリもわかっているわけで、時々とても不安になるのだ。

ウォルドは次代の英雄と言われている有名な聖騎士であり、その美貌も相まって国中の女性の憧れの的でもあるのだから尚更だ。そもそも未だに、何故ウォルドが自分なんかに執着しているのかがわからない。

それに、ロイドの存在がなければウォルドがノスリを選ぶことは絶対になかったわけで、それを思う度、胸が締め付けられたように苦しくなる。

それでも、きっかけはどうあれ、ウォルドがノスリを大事に思ってくれている事実に変わりはなく、普段は気にならないのだが、やはり離れていると色々考えてしまう。だからこそ余計に、確かに思われていると実感させて欲しかったのだ。

心の中でため息を吐いて、静かに寝返りを打つ。

その夜も寝苦しい思いを抱えたまま、ノスリは浅い眠りについたのだった。

しかし、それから更に数日経っても、ロイドの状況は変わらず、さすがにノスリも何とかしなくてはと焦り始めていた。

「ロイ、そんなにお化けが怖いの？」

「うん……」

「何が、そんなに怖いの？」

明るい日差しの庭で、ロイドを膝に乗せて顔を覗き込む。

今日はウォルドの休日で、さっきまでロイドはウォルドに遊んでもらっていたのだ。昼間の明るい雰囲気の中ならば、ロイドも怖がることなくお化けの話ができると思ってのことだ。

それに、隣にはロイドのお気に入りのペット、コドランがいる。これならロイドも話しやすいだろう。

それでもノスリの質問に、ロイドの顔が明らかに曇ったのがわかった。

「……あのね……。夜にときどき、声が聞こえるの……」

「声が？」

驚いて聞き返せば、ロイドが神妙な顔で頷く。その様子は、嘘を吐いているようには見えない。

てっきり夢に見たというお化けを怖がっているのだとばかり思っていたノスリは、ロイドの予想外の答えに、思わずウォルドと顔を見合わせてしまった。

「……声って……。それは、何か言ってくるの……？」

「うん」

「何て、言ってくるの？」

心配になって聞けば、ロイドがキュッとノスリの服を掴む。

「……こっちにお出でって……」

その言葉とロイドの暗い表情に、途端にノスリは不安になってきた。隣では、ウォルドが難しい顔をしてロイドを見詰めている。

しばらく無言で何かを考え込んで、それからウォルドが静かに質問をした。

「ロイド、それは姿は見えるか？」

「……見えるときと、見えないときがある……」

「それは、いつも同じものか？」

「……ううん。小さな妖精みたいに羽がはえたのみたいなときもあれば、黒い影みたいのだったり、いろいろだよ」

黒い影と聞いて、ウォルドの眉間のしわが深くなる。

どうやら、何か心当たりがある様子だ。

不安な気持ちで二人のやりとりを見守っていると、ウォルドが小さく目配せをしてくる。後で話がある、ということなのだろう。

そのままロイドに向き直ったウォルドが、安心させるかのように笑顔になった。

「そうか。でも、大丈夫だ」

「……本当？」

「ああ。それに、明るいところや誰かと居る時は、そんな声も聞こえないだろう？」

「うん……」

「じゃあ俺が、そんなものは追い払ってやるから心配するな」

大きく頷いて、ロイドの顔を覗き込む。そんなウォルドに、ようやくロイドがホッとしたような顔になった。

一旦そこで話を終えて、ノスリの膝から下りたロイドがコドランと一緒に走り出す。

そのまま再び楽しそうに笑い声を上げてコドランと戯れる様子をしばらく見守って、とりあえず胸を撫で下ろしたノスリは、そこでウォルドに顔を向けた。

「ロイドが言っていたことに、心当たりがあるんですか？」

「ああ」

頷いたウォルドの眉は、何かを考えるかのようにひそめられている。

ウォルドのその顔に、ノスリは一旦は収まった不安が再び胸に広がっていくのがわかった。

「それは……」

「多分さっきロイドが言っていたのは、精霊の類だと思う」

「……精霊というと、水の精とか火の精のあれですか？」

魔力が満ちたこの世界には、様々な精霊がいるということはノスリも知っている。ノスリも子供の頃には、森や川、泉などで何度か見掛けたことがある。

けれども成長するにつれて、それらの存在を見ることはなくなったのだ。

「ああ。もともとあいつらは子供が好きで、お気に入りの子供には姿を見せたりするんだが、ロイドは魔力が多いからな。それで余計に寄ってきやすいんだ。ロイドが言っていた、羽が生えた妖精ってのがそれだろう。そいつらは特に害を為すようなものじゃないから、まあいい」

しかしそこで、ウォルドの顔が険しくなった。ノスリの胸の不安もますます強くなる。

続けられたウォルドの次の言葉で、ノスリは思わず息が止まりそうになった。

「問題は、〝黒い影〟だ。多分それは、十中八九、闇の精霊だろう」

「っ……！」

ウォルドの言葉に口元を覆ったノスリは、慌ててロイドを振り返った。

明るい日差しの中、コドランと戯れるロイドは楽しそうだ。その様子からは、特に変わったものは感じられない。

「昼間は、大丈夫だ」

「で、でも……」

「明るいところでは、寄ってはこれないからな」

闇の精霊と聞いて顔色を変えたノスリに、ウォルドが安心させるように声を和らげた。

しかし、ノスリとしては気が気ではない。何故なら闇の精霊は、子供攫っていってしまうことで有名な精霊だからだ。

それこそロイドが読んでもらったという怖い本に出てくる、悪い子供を連れていってしまうというお化けのモデルが闇の精霊なのだ。

「多分、最初は普通にその本のお化けが怖かっただけなんだろう。ただ、夢に見たことがきっかけで必要以上に怖がるようになったものだから、無意識のうちにロイド自身が闇の精霊を呼び寄せてしまったんだと思う」

そもそも精霊が人間に関わりになることは、殆どない。その中でも特に闇の精霊は滅多に姿を現すことはなく、それこそおとぎ話の世界にしか出てこない存在なのだ。

ただ魔導師の中には、複雑な呪文を操って精霊を召喚し、契約を交わして使役したりもするそうだが、それも本当に極一握りの高位魔導師のみができる高度な技だ。

「ロイドはそこら辺の魔導師なんかよりも魔力が多いからな。強くイメージをして意識したことで、無意識で召喚術のような形になってしまったんだろう」

詳しくはノスリも知らないが、ウォルドによればロイドには魔術の才能があるらしい。

それに、魔力の多い人間はもともと精霊に好かれやすく、かくいうウォルド自身も、子供の頃はよく精霊を呼び出しては遊んでいたのだという。

「ただ、それが自分で意識して呼び出したものならいいが、今回みたいに無意識で……となると、話は変わってくる」

「それは、どうしたら……」

無意識に呼び出した精霊に、ロイドを連れていかれては堪らない。

心配でならないノスリに、ウォルドが少し考え込んだ後で向き直った。

「……精霊に詳しい魔導師に相談してみよう。とりあえずそれまでは、夜はロイドを一人にしなければ大丈夫だ」

「わ、わかりました……」

神妙な顔で頷く。

そんなこんなで、夜はこれまで通りロイドを一人にはしないよう気を付けて、近日中に精霊に詳しい魔導師に相談に行くということで話がまとまったのだった。

数日後、早速話をつけてきたウォルドが、ロイドを連れて国の研究機関に行くことになった。

なんでも、国で一番の魔導師がロイドを診(み)てくれるという。精霊の召喚術を扱える魔導師、となると必然高位の魔導師になるわけなのだが、ロイドのことを話したところ、この国の筆頭魔導師が興味を持ったらしい。

そのかわり、条件として出されたのが――。

「なんで、ノスリまで連れていかなくてはならないんだ……！」

そう呟(つぶや)くウォルドは、何とも苛立(いらだ)った様子だ。余程嫌なのだろう、血管が浮き上がるほど拳(こぶし)を握りしめている。

今日何度目になるかわからないウォルドのその呟きに、ノスリは小さくため息を吐いた。

「仕方ないじゃないですか」

「だが……！」

「先方の出された条件というのが、私も一緒に行くこと、なんですから」

そうなのだ。今回、ロイドの症状を診るにあたって、ノスリも一緒に研究機関に必ず来て欲しいということだったのだ。

「それに。ロイドの魔力調査のためにも、前から私も一度来て欲しいと催促されていたことですし……」

なんでも、魔力を殆ど持たないノスリが、人並み外れた魔力の持ち主であるウォルドの子供を身籠って出産するということは、理論上ではあり得ないことらしいのだ。通常であれば、母体が胎児の魔力に耐えられないのだとか。

そのため、何の問題もなくウォルドの子であるロイドを妊娠・出産したノスリは極めて特異体質である可能性が高く、一度そのことも含めて調べさせて欲しいと以前から何度も手紙がきていたのだ。

けれども、ウォルドがノスリを研究所に連れていくことを極端に嫌がるために、今日までその催促を断っていたのだが、ロイドのこの現状を何とかするためとあればそれも仕方がない。むしろロイドの危機を救ってもらえるのなら、ちょっとした検査くらい何でもないだろう。

だからノスリとしては、今回積極的に検査に協力するつもりでいるのだが――。

「いいか!? 研究所に着いたら、絶対に一人で行動するんじゃないぞ！」

「わかってますよ。ファーガスさんから離れなければいいんでしょう？」

「くっ！　それも嫌だがっ……!!　嫌だが、そうだ……！　くそっ、あいつら人の足もとを見やがってっ!!」

ウォルドがずっとこんな調子なのだ。

ちなみに今回、ロイドの検査とノスリの検査の両方が必要で、どうしても別行動にならざるを得ない。そのため、ノスリの警護役としてウォルドの部下のファーガスが同行することになったのだ。

ノスリとしては、一般民の自分なんかにそんな警護など必要ないと思うのだが、ウォルドがどうしてもと言って譲らなかったのだ。

まあノスリとしても、初めての場所――しかも国の研究機関などに一人というのも心細かったので、見知った顔のファーガスが一緒にいてくれるのは心強いのだが。

「くそっ……！　こんな事態でさえなければ……！」

「……でも、できれば私も一緒にロイドの話を聞きた――」

「駄目だ!!　絶対駄目だ!!」

途端にウォルドが眉をいからせて、くわっとノスリに向き直る。

その迫力に、堪らずノスリはたじたじとなった。

「で、でも……、私はロイドの母親ですし……」

「駄目だ!!　お前がルドヴィグ殿に会うのは、絶対に駄目だ!!」

「……」

ウォルドの余りの剣幕に、ノスリも黙り込む。

本当はノスリもロイドに付いて色々と話を聞きたいのだが、ウォルドがこれでは仕方がない。どういうわけか、ノスリと国の筆頭魔導師のルドヴィグを徹底的に会わせたがらないのだ。

今回別行動になったのは、それも理由の一つである。

何故そんなに嫌がるのか、ウォルドははっきりとしたことを言いたがらないのだが、どうもルドヴィグがノスリに興味を持つのではないかということを心配しているらしい。

ノスリとしては余りピンとこないのだが、高魔力者であるウォルドの子供を産んだ、ということが相当凄いことみたいなのだ。

「……そうはいっても、所詮（しょせん）こんな私なんかに……」

確かに、高魔力者が子供を持ち辛いのであれば、その子供を産める女性というのはとても希少な存在なのだろう。それはノスリにもわかる。

けれども、それしか価値のないノスリに、国の筆頭魔導師ともあろう人間が研究対象以上の興味を抱くわけがない。

しかも聞いた話によると、ルドヴィグは伯爵家の次男という高貴な出自の、見目麗しい男性なのだとか。そんな人間が、万が一、いや億が一にでも、ノスリなんかとどうこうなるなんてあるわけがないだろう。

しかし、小さくこぼした呟きを耳ざとく聞きつけたウォルドにギロリと睨まれて、ノスリは再び押し黙ったのだった。

「バーティミリ夫人、ご無沙汰(ぶさた)しております！　本日は誠心誠意(せいしんせいい)、お仕えさせていただく所存でありますので、よろしくお願いいたします！」

そう言って胸に手を当ててきっちりと礼を取るのは、ウォルドの部下であるファーガスだ。今日はノスリのために、自ら一日警護役を買って出てくれたのだという。

それにしても、以前会った時はあんなにも気安い態度だったというのに、今日のファーガスはやたらとかしこまっている。あの時は初対面にもかかわらず家に上がり込んで、あまつさえパイまでせびってみせたくせに、この改まりようは一体どういうことか。

「ファーガスさん、そんなかしこまってどうしたんですか？」

「い、いえ！　自分いつも、こんな感じであります！」

バーティミリ夫人などと呼ばれ慣れない名前で呼ばれたこともあって、思わずクスクスと笑ってしまう。

するとなぜか何故か慌てた様子でノスリの後ろを見遣って、ファーガスがより一層かしこまってしまった。

「ウォルド様の大事な奥様に、御無礼があってはいけませんから……！　その節は、本当に申し訳ありませんでした!!」

きっちり腰を九十度に折り曲げて謝ってくる。その顔は、やけに青い。額には汗まで浮かべている
その様子は、まるで何かに怯えているかのようだ。

ノスリとしては別に、以前のことは特に気にもしていないし怒ってもいないというのに、ファーガスは一体どうしたのか。

いきなり謝られて、ノスリは訳がわからず戸惑ってしまった。

「あ、あの！　頭を上げてください！」

「本当に申し訳ありませんでした！」

「ファーガスさん!?　そんな、別にいいですから……！」

しかしファーガスは、頭を下げたまま上げようとしない。

そんなファーガスにノスリがどうしたらよいかわからず狼狽えていると、その時、背後からウォルドの冷静な声が聞こえてきた。

「ファーガス。今日は頼むぞ」

「はい！　お任せください！」

ウォルドに声を掛けられて、ようやくファーガスが頭を上げる。そのことに胸を撫で下ろしてノス

リが振り返れば、ロイドを抱いたウォルドがノスリに微笑みを向けてくる。

するとと何故か、ファーガスがホッとしたように息を吐いたため、ノスリは内心首を傾げたのだった。


ノスリとファーガス、ウォルドとロイドの四人で国の研究所の建物に入り、受付を過ぎたところで二手に分かれる。似たような部屋のドアが並ぶ殺風景な廊下をファーガスに続いて歩きながら、ノスリは段々緊張してくるのがわかった。

研究所の建物内は非常に静かで、人の気配が全くしない。廊下にはノスリとファーガスの靴音だけが響いている。

いかにもといった雰囲気の無機質な内装が、ここが研究所なのだということを強く意識させる。

今日は簡単な魔力の調査をすると聞いているが、よくよく考えれば、一体どうやって調査をするのかノスリは知らない。何より、ウォルドがあんなにも反対していたことが、ここにきてやたらと気になってくる。

するとノスリの不安がわかったのだろう、前を歩いていたファーガスが、歩を緩めて後ろのノスリを振り返ってきた。

「大丈夫ですよ。多分魔力調査っていっても、専用の水晶玉に手をかざすくらいっすから」

そう言って、ニカッと笑う。そんなファーガスは、以前会った時と同じ気安い雰囲気だ。

人好きのする明るい笑みを向けられて、ノスリはホッとすると同時に、気持ちが軽くなるのがわかった。

「……やっぱりファーガスさんは、そのしゃべり方のほうが落ち着くわね」

多分、ノスリの緊張を解そうと思ってのことなのだろう。その気遣いが嬉しくて、釣られてノスリも笑顔になる。

すると、くすくすと笑うノスリに合わせて、前を歩いていたファーガスが隣にやってきた。

「さっきは、何であんなに緊張してたんです？」

「あー……、や、あれはー……ほら、なんていうか……。ノスリさんは俺の上官であるウォルド様の奥様ですし……。粗相があってはいけない……かな……なんて……？」

しかし、途端にファーガスの歯切れが悪くなる。視線を彷徨わせて指で頬を掻くその様は、いかにもバツが悪そうだ。

「……前の時は色々と失礼なことを、すみませんでした」

再び申し訳なさそうに謝られて、ノスリはまたもや戸惑ってしまった。

そんなに言われても、ノスリは全く気にしていないのだから逆に困ってしまう。

しかしやはり、ファーガスも言ってるように、一応ノスリは彼の上官の妻なのだから、ファーガスの以前のような態度は本来許されないことなのだろう。礼節を重んじる騎士の中でも更に選ばれた存在の聖騎士は、その辺りの規律も厳しそうだ。

だとしたら、仕方がない。寂しい気もするが無理を言うわけにもいかない。

「いえ、本当にお気になさらないでください。私は気にしてませんから」

そう言って、微笑んで見せる。

そんなノスリに、ファーガスが何かもの言いたげに口を開きかけて、しかし。

前方のドアを視線の端で捉えて、そこでその話は中断された。

「『魔力調査室』――ここ、ですね」

立ち止まって、ドアの隣に表示された文字をファーガスが読み上げる。

目の前ドアも、これまで通ってきた廊下に並んでいた物と全く同じ外観だ。多分ノスリ一人だったなら、見落としていただろう。

その何の変哲もない無機質な印象のドアを前に、再び緊張してくるのがわかる。

大きく一つ、息を吐き出したノスリは、意を決してから隣のファーガスに頷いて見せたのだった。

■□■

「へえ、凄いな。この年で無意識とはいえ闇の精霊を呼び出すとはねえ。私だって闇の精霊はなかなか召喚に応じてくれないってのに。さすが、次代の英雄と言われてる人間の子供は違うな」

そう言ってウォルドの隣に座ったロイドをジロジロと見るこの男は、この国の筆頭魔導師、ルドヴィグ・ザイードだ。先ほどから、興味深そうにロイドに様々な質問をしては、その度メモを取っている。

さらりとした長い黒髪を一つにまとめ、貴族然とした涼し気な風貌からは、一見ただの優男にしか見えない。

　だがこの男は、ウォルドに匹敵する膨大な魔力を持ち、それを操ることにかけては彼の右に出る者はいない。筆頭魔導師の名前は伊達ではないのだ。

　そして、自身の研究のこと以外は全く興味がないことでも有名で、普段は何事も面倒臭そうな顔しか見せないのであるが、今はキラキラ――というか若干ギラギラとした目でロイドを見る彼は、非常に生き生きとしている。

　親としては、可愛い息子をまるで新しい玩具か何かのように見られていることが不快でしょうがないのだが、当のロイドは余り気にならないらしい。いつものように物おじせず、楽しそうにルドヴィグの質問に答え、たまに質問し返したりしているところを見るに、ロイド的にはルドヴィグが気に入ったようだ。

「なあロイド君。夜現れるという黒い影だが、そいつが現れる時は他の精霊達はどうしてるんだい？」

「んーとね。黒いのが出ると、ほかの小っちゃいのはどっか行っちゃうみたい」

「ふんふん、なるほどね。やっぱ、その黒い影ってのは闇の精霊に違いなさそうだな」

「ねえ、おじさんも見たことあるの？　やっぱり、一緒においでっていうの？」

「いやあ、さすがにおじさんは精霊の国に誘われたことはないなあ。でもどうせなら、一度は行ってみたいけどね」

「ふーん？　そうなの？」

「ああ。多分ロイド君は、凄く良い子だから精霊に好かれるんだろうね。それこそ連れていってしまいたいくらいに。やあー、羨ましい！」

「……おい。いい加減にしろ」

何やら話の雲行きが怪しくなってきたところで、イライラしながら声を掛ける。

この流れで、ロイドを使って精霊の国とやらに行く方法を探したいなどと言い出されたりしたならば堪らない。この男は、そいういう男だ。

「ロイドを連れていかれないために、わざわざあんたに相談してるんだろうが」

「ああ、そうでしたね。つい、色々興味深くて」

ジロリと睨むも、ルドヴィグはしれっとしたものだ。こちらの苛立ちなど微塵も気にせず再びメモを取り始める。

掴みどころのない物言いといい態度といい、相変わらず何を考えているのかわからない。

何度か仕事で顔を合わせているが、ウォルドはルドヴィグが苦手だ。もともと魔導師という人種は何を考えているのかわからない変人が多いのだが、もれなくこの男もその手合いだ。しかもルドヴィグは、外見は至ってまともに見えるのだから質が悪い。

本当であれば、こんな腹の底の読めない胡散臭い男と関わり合いになるなどまっぴらごめんなのだが、事がロイドの危機となれば話は違う。変人ではあるが、魔術、特に召喚術に関してルドヴィグ以上に詳しい人間はいない。

それに、精霊の中でも特に高位の存在である闇の精霊の召喚術となると、相応の知識と技術を持った魔導師でなければ話にならない。となると、今回のロイドの件を相談するには、この男以上に適切な人間はいないのだ。

「……それで。何かわかったのか？」

ロイドへの質問を終えたと思ったら、今度は先ほどからずっと手元の紙に何かを書き出しながら、本を読みふけっているのだ。さすがに待ち疲れたウォルドが説明を促すように話を切り出すと、そこでようやくルドヴィグが本から顔を上げた。

「そうですね。ロイド君が今回闇の精霊を呼び出すに至った経緯は、ウォルド殿の推察通りでまず間違いないでしょうね」

「というと……」

「ええ、本と夢に出てきたというお化け――つまり闇の精霊を強くイメージしたことと、魔力の籠った恐怖心がきっかけとなって闇の精霊を呼び寄せてしまったんでしょう。それに、ロイド君はもともと精霊に好かれやすい体質ですからね、この場合一般に我々が精霊を呼び出すための召喚術は特に必要なかったんでしょう。何とも羨ましいことです」

「原因はわかった。それで、呼び出してしまった闇の精霊はどうしたらいいんだ？　やっぱりこの場合も、代償を求められるのか？」

ルドヴィグの御託は無視をして、本題に入る。

そう、問題は、一度呼び出してしまった精霊をどうやったら代償なしに戻すか、なのだ。

「そうですね。無意識とはいえ自ら呼び出したわけですから、やはりお帰りいただくためには代償が必要になりますね」

召喚術とは、呼び出す対象が何であれ、必ず何か代償が必要となる。呼び出す限りは、何かしら差し出すものが必要となるわけだ。

そして、呼び出す対象が高位の存在になればなるほどに、求められる見返りも大きくなる。

よく魔力持ちの子供が誤って呼び出してしまう低位の精霊であれば、一緒に遊ぶだけで事足りることが殆どなのだが、闇の精霊のような高位の精霊ともなると話は違ってくる。場合によっては魂を要求されることもあるのだ。

だからきっと、ロイドに一緒に来いと言うのは、ロイドを気に入ったということもあるだろうが、呼び出した代償としてロイドの存在自体を寄越せと言っているのだろうと、最初に話を聞いた時からウォルドは見当をつけていた。

「……この場合、ロイドが精霊の国に行くこと以外で代償を変更することはできるのか？」

「うーん、どうでしょう。多分可能だとは思いますが、代わりに最初の代償以上の見返りを用意する必要があるでしょうね」

肩を竦めて言われて、ウォルドは内心頭を抱えたい気分になった。

最初の代償以上の見返りというが、そもそも求めているのがロイドの存在なわけで、それ以上と言われても用意できるわけがない。

「…………いっそ、消すか？」

思わず、物騒な考えがよぎる。

精霊が相手となると色々面倒ではあるが、やれないことはない。

しかしそんなウォルドに、ルドヴィグが何とも楽しそうに笑い声を上げた。

「はははははは！　さすが次代の英雄と言われる御方は言うことが違う!!」

「……」

「そこで精霊を倒そうと思うところが凄い！」

「……だったらどうしたらいいんだ。他に何か策でもあるのか？」

ウォルドとしても、精霊相手にどうこうするのはできれば避けたい。穏便に済ませたいと思ったからこそルドヴィグを頼ったのだ。けれども他に策がないとなれば、倒す以外方法はないだろう。

しかし、ひとしきり笑った後で、ルドヴィグが人の悪い笑みをウォルドに向けてきた。

「いえ。ありますよ」

ニヤリと笑ったその顔は、何か企んでいる顔だ。それこそロイドの絵本に出てくる、悪い魔法使いといったところか。

思わず警戒したウォルドだったが、ルドヴィグの言葉はあっさりしたものだった。

「私がロイド君の代わりになればいいんですよ」

「……あんたが、ロイドの代わりに……？」

「ええ」

頷いたルドヴィグはあっけらかんとしたものだ。むしろ楽しそうでさえある。

だが、今日会ったばかりのロイドの身代わりになるなど、何故そんなことを。この男は、情で動くような人間ではない。

何を企んでいるのかと警戒を強めたウォルドに、しかし、ルドヴィグがくすくすと笑いながら話を続けた。

「そう警戒しなくても大丈夫ですよ」

「……」

「私も、ただの親切心で言っているわけではありませんから。もちろん、相応の見返りがあると思ってのことです」

「それは……」

「ええ。私、一度精霊の国に行ってみたいんですよ」

ルドヴィグのその言葉に、ウォルドはなるほどと納得した。

確かに、精霊について研究している人間にしてみたら、今回の件はまたとないチャンスだろう。

それに、ルドヴィグがロイドの代わりになるというのであれば、代償の問題も解決する。魔力量に知識と経験、それらを持ち合わせたルドヴィグであれば、ロイド以上の対価となりうる。

とはいえ、闇の精霊がこの腹黒い変人を気に入るかどうかはわからないが。

「方法は?」

「そうですね、一度ロイド君に闇の精霊を呼び出してもらって、そこで私がその精霊と契約を結べばいいんじゃないですかね」

ルドヴィグの瞳が、抜け目なくきらりと光る。

それもそうだろう、高位の精霊と契約を結べるのだ、彼にしてみたら願ってもない機会なわけだ。

「まあ、双方の利益の合致、ですね」

「なるほどな」

非常に納得して、頷く。

そんなこんなで、後日準備ができ次第、ロイドが呼び出してしまった闇の精霊とルドヴィグが契約を結ぶという手筈(てはず)で話はまとまったのだった。

「そういえば。今日は奥方はご一緒ではないのですか？」

ホッとしたのも束の間、帰りしなに何気なく掛けられたルドヴィグの言葉で、ウォルドは再び嫌な緊張を強いられることになった。

不快感も露わに、ギロリとルドヴィグを睨む。この男が、何の意図もなくこんなことを言うわけがない。

自然と殺気立つ気持ちを隠そうともせず睨みつける。

するとそんなウォルドに、ルドヴィグが呆れたように肩を竦めた。

「そんなに睨まないでくださいよ」

「……」

「闇の精霊を倒そうとするような人間の奥様になんて、とてもではないですが怖くて手を出せるわけがないでしょう？」

「……」

そうは言ってもこの男は、研究のためならば精霊の国に行くとまで言い出すような男だ。一度興味を持ったなら、何が何でも調べようとするだろう。とてもではないが、信用はできない。

無言のまま、ルドヴィグの考えを推し量るように睨み続ける。

だが、その時。

何とも言えない緊迫した空気の中、ロイドが繋いでいた手を放してルドヴィグの元に駆け寄った。

「おじさん！　今日はいろんなおはなしをきけて楽しかったよ！」

　そう言って、ニコニコと笑いながら小さな手をルドヴィグに向けて差し出す。

　無邪気な声とその笑顔に、ルドヴィグの顔が一瞬毒気を抜かれたように戸惑ったのがわかった。

「これ、おじさんにあげる！」

「……これは、何です？」

　差し出された掌の上には、何やら光沢のある緑色の石のようなものが。

「えっとね、これはモルボどるンのたんせき！　この前、おとうさんにもらったんだ！」

「あー……、モルボルドールの胆石、ですね。猛毒のモルボルドールの体内で結晶化されているため、それ自体が強力な解毒の力を持っているという、非常に希少価値の高い代物ですね。これ、素材屋なんかは喉から手が出るほど欲しがる一品ですよ」

「うん。お守りにって、くれたんだ」

　その石は、ちょっと前に聖騎士の仕事で討伐依頼のモルボルドールを倒したところ、核と一緒に手に入ったのだ。滅多に手に入らない代物ではあるが、その深い緑色の美しい形状と、何より持っているだけで強力な抗毒作用が得られることから、世間ではお守りとして高い人気がある。

「そんな大事な物を、何故私に……？」

「だっておじさん、ぼくのかわりにせいれいの国に行ってくれるんでしょう？」

「はあ、まあ」

「だからむこうの国でおじさんを守ってくれるようにって、石におねがいをしておいたんだ！」

　そう言って、にかっと笑う。

　しかしウォルドは、ロイドがその石を凄く大事にしていたことを知っている。お守りとしてもそうだが、宝物としてとても大事にしていたのだ。

にもかかわらず、自分の代わりに精霊の国に行くルドヴィグのためにと、宝物であるそれを差し出したロイドに、ウォルドは親として何か誇らしい気持ちになるのがわかった。

この子は、人を思いやることができる本当に優しい子だ。

「……そうですか。では、ありがたくいただいておきます」

「うん！」

「……ロイド君は、いい子ですね」

最初は躊躇（ためら）った様子を見せたルドヴィグだったが、最終的に腰を屈めて石を受け取って、その手をそっとロイドの頭に乗せた。

目を細めてロイドの頭を撫でるその顔は、戸惑いつつも優しい。普段の彼を知っている人間が見たら、酷（ひど）く驚くことだろう。

「……確かに、精霊に好かれるのもわかる気がします」

「ロイドは、ノスリに似たからな」

ロイドが優しい良い子なのは、ひとえにノスリのお陰だ。もちろん生来の性格もあるが、ノスリがこれまで心を込めて慈しんでくれたからこそ、ロイドは真っ直（す）ぐで思いやりのある優しい子に育ったのだ。

すると、ウォルドを見て何故か驚いたように目を丸くした後で、ルドヴィグが楽しそうにくつくつと笑い出した。

「……いやあ、人とは変われば変わるものですね。あの笑わないことで有名なウォルド殿が、そんな顔をするようになるとは」

「……」

揶揄（からか）うように言われて、再びムッとしてしまう。

更には続けられた次の言葉で、ウォルドはますます眉間にしわを寄せる羽目になった。

「ウォルド殿をそこまで変えた奥様とは……。どんな女性か、会ってみたくはありますね」

「おい……お前……」

聞き捨てならないその言葉に、すかさずロイドを引き寄せて、凄みを利かせてルドヴィグを睨みつける。

この男に、ノスリに興味を持たれたりなどしたら堪らない。この男のことだ、それこそ何が何でもノスリに会おうとするだろう。

牽制（けんせい）に、魔力に明らかな殺気を込めて放つ。

しかし、ウォルドの威嚇（いかく）をさらりと流して、ルドヴィグがにこりと微笑んだ。

「大丈夫ですよ。よもやウォルド殿から奥様を奪おうなどとは、微塵も思っていませんから」

「……」

「それに。ロイド君が悲しむような事態は私も望みませんからね」

「……それは、どういう意味だ」

「そのままの意味ですよ」

思わせ振りな言葉に、嫌な予感をひしひしと感じるも、ルドヴィグからは何も読み取れない。相変わらず腹の底が見えない顔で笑っている。

これだから、この男は嫌なのだ。

「では、また後日。準備ができ次第、こちらから連絡を差し上げます」

そう言って、にこりと笑って貴族の礼を取る。

そんなルドヴィグを目線の端で捉えて、ロイドを抱き上げたウォルドは無言で踵を返したのだった。

□■□

研究所での検査を終えたノスリは、ウォルドとの待ち合わせ場所に向かうべく、ファーガスと一緒に聖騎士の詰め所に戻ってきていた。

ちなみにウォルド達は先に用事を終えて、一足先にグランの屋敷に行っている。先ほど受け取った魔法の伝書では、今からウォルドがノスリを迎えに来てくれるとのことなのだ。

「案外、簡単でしたね？」

詰め所の廊下を歩きながら、隣のファーガスに微笑みを向ける。ずっと気になっていた検査を終わらせて、今ノスリの心は軽い。

検査の前までは一体何をされるのかと緊張していたノスリであるが、実際受けてみれば何のことはない、ファーガスが事前に言っていたように、魔力検査の水晶玉に手をかざすだけの簡単な検査だった。後はずっと、聞かれたことに答えるだけの問診のみで、ノスリが想像していたようなおどろおどろしいことは何もなかったのだ。

「だから大したことはしないって、最初に言ったじゃないっすか」

答えるファーガスの声も軽い。検査の前まではあんなにもしゃちほこ張っていたファーガスだが、既に今は以前と同じ気安い態度に戻っていた。

「何より、ウォルド様の大事な奥様に変なことをしようものなら、まずはこの俺が黙っていませんからね！」

そう言って、誇らしげに胸を張る。

そんなファーガスに、思わずノスリはクスクスと笑みを漏らした。

前も思ったが、ファーガスはとてもウォルドを慕っている。口調こそは軽いものの、言葉の端々にウォルドへの信頼と尊敬が感じられるのだ。

だからこそ今日は、尊敬する上司であるウォルドの妻ということで、彼としては使命感と責任を持って護衛についてくれていたに違いない。

「ふふふ。ファーガスさんは本当にウォルド様を慕ってらっしゃるんですね」

「へへへ……そうですね。ウォルド様は俺の憧れっすから」

くしゃっと顔を緩めて照れたように笑う。少し童顔なこともあって、そんな顔をするとまるで人懐こい仔犬のようだ。

多分ノスリよりも年上であろうが、そんな風に思ってしまうことがおかしくて、ますます笑みがこぼれる。

するとその時。ノスリと笑い合うファーガスに気付いて、その場にいた騎士達が声を掛けてきたため、ノスリは歩みを止めて振り返った。

「おい、ファーガス！　可愛い娘を連れてるじゃないか！」

「なんだなんだ!?　俺達にも紹介してくれよ！」

楽しそうなその声に、あっという間に人垣ができる。

しかし、背も高く、体付きのしっかりした騎士達に囲まれては、さすがに気後れを感じてしまう。村の男達とはわけが違うのだから尚更だ。

更には興味津々といった視線を向けられて、戸惑いと羞恥からノスリはたじたじとなってしまった。

「照れてるの!?　かーわいいなー！」

「お嬢さんお嬢さん、そんな男やめておけって！　代わりに俺なんか、どう？」

口々に寄ってたかって話し掛けられて、ますます気後れしてしまう。ここにいるのは全員由緒正しき聖騎士のはずだが、これでは完全に酒場のノリだ。

困って隣のファーガスを見上げれば、ヒューヒューとますます揶揄いのヤジが飛ぶ。しかも何故か、ファーガスは面白そうに眉を上げるだけで何も言ってくれないのだ。

だがようやく騎士の一人が、ノスリの腕に嵌められた腕輪に気が付いた。

「あれ？　もしかして結婚してる？」

その言葉に、ファーガスとは何でもないのだということを、どうやって説明しようかと困っていたノスリはホッとした。人妻と知られれば、変な誤解もなくなるだろう。

しかし、自分はウォルドの妻であることを説明しようとするも、周りはますます騒がしい。

やかましいその場の雰囲気に、ノスリはすっかり出遅れてしまった。

「おい！　ファーガスお前、ついには人妻にまで手を出したのかよ!?」

「ちょ!!　なんでお前ばっかそう、モテんだよ！　ズルいぞ！」

「ヒューウ！　さすがファーガス、やるな！」

ますます揶揄いのヤジが飛び交う。しかし、その時。

「……ん？　でも、待てよ……？　この娘どこかで、見た気が――」

じろじろとノスリの腕輪を見ていた騎士の一人が、何故かサッと顔を蒼褪めさせた。

「おい！　その腕輪っ……！」

「ん？　なんだ………て、ええっ!?　その腕輪に込められてるの、ウォルド様の魔力じゃないか!!」

「お、おい！　ファーガス、もしかして、その女性は……!?」

途端、水を打ったようにその場が静かになる。

ノスリを見詰める皆の顔は一様に、青い。

そんな彼らを見回して、ファーガスが重々しくその口を開いた。

「そうだ。この方は、ウォルド様の奥様だ」

「っ!!」

「お前達、このことはウォルド様に報告するからな。えーと、テトにレッカ、ハビーにフェン……それと……」

「待て待て待て!!　頼む!!　今のはウォルド様には内緒に……！」

名前を呼び上げるファーガスの言葉を、その場にいた騎士達が慌てて遮る。

見れば、額には汗まで掻いているではないか。

「お、奥様！　今し方は御無礼を、大変申し訳ありません!!」

更には、今度は全員で跪礼を取って頭を下げられて、ノスリは驚くと同時に盛大に戸惑ってしまった。

いくらなんでも、ここまで謝られるようなことはされていない。ちょっと揶揄われただけで、ノスリとしても別に何とも思ってはいない。

というか、どうして皆そんなに怯えているのだ。

「あ、あの！　頭を上げてください……！」

「本当に、申し訳ありませんでした！」

「別に大丈夫ですから！　だから、お願いですから頭を上げてください……！」

再三大丈夫だと言って、ようやく騎士達が顔を上げて立ち上がる。

しかしその顔は、未だ硬く強張ったままだ。一体、何がそんなにまずかったのか。

戸惑いながらも、謝るのをやめてくれたことにホッとして隣を見上げる。

すると、もったいぶった仕草で頷いて、ファーガスが偉ぶるようにその胸を反らせた。

「皆、奥様の寛大なお心に感謝するんだな」

「はっ！　ありがとうございます！」

「では、行って良いぞ」

ファーガスの言葉が号令となって、そこにいる騎士全員が一糸乱れぬ様子で踵を鳴らして礼を取った後、一斉に踵を返す。その様はまるで逃げるかのようだ。

その様子を呆気に取られて見詰めていたノスリだったが、その場が静かになってから、ようやくそこで再び隣のファーガスを見上げた。

「……今のは……？」

「あー……、や、あいつらも別に悪気があってのことじゃないんすよ」

そう言って指で頬を掻くファーガスは、決まり悪げな様子だ。

「ただ、俺が女性と一緒だから、揶揄いたかっただけというか……」

多分、ファーガスは騎士達の間で人気者なのだろう。きっといつもは、例の気安い感じで皆と戯れているに違いない。

そんなファーガスが今日は仕事場に女性を伴ってきたため、それで皆で揶揄いに来たのだろう。

「ふふふ。ファーガスさんは人気者なんですね！」

「いやいや!?　あいつらがうるさいだけっすよ！」

そうは言いつつも、ファーガスの顔を見ればまんざらでもなさそうだ。それだけでも、彼等がどれだけ仲が良いのかがわかる。

何となく微笑ましくて、顔を見合わせて笑ってしまう。

少しの間笑い合って、そこでノスリは先ほどから気になっていることを聞いてみることにした。

「それにしても、何で皆さんあんなに焦ってらしたんですか？」

「あー……、それはやっぱ……、ウォルド様が……」

途端に歯切れが悪くなったファーガスが、もごもごと口籠る。

その姿にふっと一つ息を吐いて、ノスリは苦笑いを浮かべた。

「皆さん、私がウォルド様の妻だからということで気にしてらっしゃるんですね」

「まあ、そう……なんですが……」

「でも、大丈夫ですよ。別に態度が悪いとかそんなことでウォルド様に言うつもりはありませんし、そもそもそんなこと思ってもいませんから。それに第一、私なんて平民出の大して特徴もない平凡な女なんですから、皆さんにそんな気を使っていただく必要なんてないんです」

所詮ノスリはウォルドの妻というだけの人間だ。確かに階級社会においてそれは、重要なことではあるかもしれない。でもノスリ自身は至って平凡な、しかも大して美しくも若くもない女なのだ。聖騎士であるファーガス達がそんなにかしこまる必要など、本来はどこにもない。

「だから、そんな特別扱いは必要ありませんよ？　普通にしていただければ、十分です」

ニコリと微笑んで言えば、しかし、何故かファーガスが困ったような顔になった。

「あの……、そういうことではなくてですね。ノスリさんがウォルド様の奥様だからというのはもちろんそうなんですが、それよりもウォルド様が――」

だがそこで、何かに気付いたファーガスが言葉を切って顔を前方に向けたため、その話は途中で終わってしまった。

「あの方は……？」

ノスリもつられて視線を前方に向ける。

そこには、艶（つや）やかな長い黒髪を一つに束ね、髪と同じ黒い礼服を着た細身の男がにこやかに佇（たたず）んでいた。

「こんにちは、バーティミリ夫人。私はルドヴィグ・ザイードと申します。突然で申し訳ないのですが、少し、お時間をいただけますか？」

言いながら、軽やかに歩みを進めてノスリ達の前までやってくる。ふわりと礼を取ったその所作は、優雅で洗練されたものだ。

間違いなく貴族であろうその男に、ノスリは戸惑ってしまった。

ここは聖騎士の詰め所で、貴族然としたこの男がいるには場違いだ。

それでも、明らかに身分が高いであろうその男に失礼があってはいけないと、ノスリが礼を返そうとしたところで、ファーガスがサッとノスリと男を遮るように間に割って入った。

「……ザイード魔導師長。何の御用でしょう？」

そう聞くファーガスの声は、硬い。まるで何かを警戒しているかのようだ。

だが、ファーガスのその言葉で、ノスリはハッとした。

男が名乗った時、どこかで聞いたことのある名前だと思ったが、ルドヴィグとはこの国の筆頭魔導師の名前ではないか。貴族然とした風貌に、この男が魔導師であるということが結びつかなかったが、それこそ今日、ロイドの件でウォルド達が会いに行っていた人物である。

それに実際、ルドヴィグは伯爵家の出身であり自身も爵位持ちなのであるから、貴族らしい風貌なのは当然だ。

慌てて挨拶（あいさつ）と、ロイドの件の礼を言おうと一歩前に出る。

しかし、何故かそれをさせまいとするかのように腕を伸ばしたファーガスに制されて、ノスリは驚いてファーガスを見上げた。

「ファーガスさん……？」

「ザイード魔導師長。申し訳ありませんが、事前に申し込みのないご面会はご遠慮いただいておりま す。今日こちらにいらっしゃるのは、バーティミリ副隊長の存意を確認してのことでしょうか？」

硬質な声でそう聞くファーガスは、先ほどまでの気安さが嘘のようにきりりと厳めしい。

確かに彼も聖騎士なのだと見当違いのことに感心しつつ、しかしノスリは、護るように伸ばされた目の前の腕にそっと手を置いた。

「ノ、ノスリさん……？」

「ファーガスさん、大丈夫です」

言いながら、一歩前に出る。

そこでノスリは、ニコリと微笑んで目の前の紫の瞳を見上げた。

「お初にお目に掛かります、ウォルド・バーティミリの妻のノスリです。今回は息子のことで相談に乗っていただき、ありがとうございます」

ノスリの失態が、そのままウォルドの評判に繋がる。しかもルドヴィグは国の筆頭魔導師で、今回はロイドの件で世話にまでなっているのだから、おいそれと失礼な態度は取れない。

それでも、未だウォルドの妻と名乗るのは慣れなくて、少しこそばゆい思いになりつつも、次期英雄の妻らしくノスリは鷹揚に微笑んで見せた。

「お話を……ということでしたら、ぜひとも伺いますわ」

しかしそんなノスリに、目の前の濃い闇色のアメジストの瞳が一瞬きらりと光る。

そのまま楽しそうな笑みを向けられて、ノスリは何となく、底の見えない居心地の悪さを味わった。

「それはありがたい。実は話……といいますか、少し確認をさせていただきたくて、お会いしに参った次第です」

「……と申しますと？」

「ロイド君の体質の話は、ウォルド殿から聞いてらっしゃいますか？」

「それは……、ロイドの魔力が多いことですか……？」

ロイドはウォルドの形質を受け継いでいるため、子供ながらに一介の魔導師をも凌ぐ魔力を持っているのだという。だからこそ今回、無意識で精霊を呼び出してしまうような事態になったのだ。

「いえ。それもそうですが、ロイド君は一般の子供よりも精霊に好かれやすい体質のようなんですよ」

「はい」

そのことは、ウォルドからも簡単に話を聞いている。だからこそ、術を使っていないにもかかわらず、高位の精霊である闇の精霊が呼び出されてしまったのだとか。

神妙にノスリが頷くと、それを確認してルドヴィグが話を続けた。

「もともと精霊というものは子供が好きなのですが、ロイド君は群を抜いて好かれやすい体質なんですよ。そして一般的に、こういった体質は魔力もそうですが、大概親から受け継ぐものなんです」

「は、はい」

「まあロイド君の魔力と体質の大部分はウォルド殿から受け継がれたものですが、それにしてもあそこまで好かれる体質というのは非常に珍しい。ですから、一度母方の体質――つまり夫人の魔力も確認させていただければ、と思いまして」

何でも今度、ロイドの代わりにこのルドヴィグが、ロイドの呼び出してしまった闇の精霊と契約を交わすのだという。その際により契約を結びやすくするためにも、母親であるノスリの魔力を調べた上でより詳しくロイドの魔力と体質を調べておきたいのだと説明されて、ノスリは成程と納得した。

そういうことであれば、ノスリの魔力を調べることに反対する理由など、あるわけがない。むしろ積極的に協力したいくらいである。

「それで私は、どうしたらいいのですか？」

ロイドのためとあらば、ノスリは自分にできることは何でもするつもりだ。

するとルドヴィグが、ニコリと綺麗に笑みを返してきた。

「簡単なことです。少し、夫人の手をお借りすればすぐに済みます」

そう言って、嵌めていた手袋を片方だけ外して手を差し出してくる。

どうやら、その手を取れということらしい。

一瞬躊躇った後、そっと手を差し出したノスリだったが、しかし。その手を引き留める者がいた。

「ノスリさん、駄目です！」

「ファーガスさん？」

「ザイード魔導師長、あなたがここに来た理由はわかりました。しかしそういうことであれば、何故、わざわざ副隊長のいない今、夫人に会いに来たのです？　先ほどまであなたは副隊長と一緒にいたはずだ。だったら普通は夫である副隊長と一緒に夫人に会いに来るものですよね？」

驚くノスリに構わず、ファーガスが厳しい声で詰問する。

確かに、彼の言っていることは正しい。ルドヴィグとノスリは初対面であるわけなのだから、通常は夫であるウォルドを通して紹介が為されるものなのだ。

にもかかわらず、こうやってイレギュラーにノスリに会いに来たということは、やはり何か思うところがあってのことなのだと疑われてもしょうがない。

しかしその詰問に、ルドヴィグが何でもないことのように笑って肩を竦めてみせた。

「そんな風に言われるとは心外ですね。それではまるで、私が何か企んでいるみたいじゃないですか」

「……」

「さすがに私も次代の英雄と言われている方の奥方に、何かしようなどと考えるほど命知らずではありませんよ」

そう言って苦笑する。

「まあ確かに、手順を踏まなかった無礼は謝ります。けれどもそれだって、別に他意があってのことじゃない。……信じて、もらえませんかね？」

ノスリに向き直ってそう言うルドヴィグは、苦笑いはしているものの、嘘を言っているようには見えない。向けられた紫の瞳は相変わらず腹の底が読めないが、存外に優しく、真っ直ぐだ。

一拍置いて考えたノスリは、意を決して隣のファーガスを見上げた。

「ファーガスさん、大丈夫ですよ」

「ノスリさん……、ですが……」

「だって。高名なこの国の魔導師長ともあろう御方が、嘘を吐くわけがないじゃありませんか。それに、ここで私に何かするにしても、その意味が余りにもないでしょう？」

ノスリに何かあれば、ウォルドが黙ってはいない。それくらいには愛されているはずだ。

そしてそれをルドヴィグだってわかっているわけで、聖騎士の副隊長であり、次代の英雄とまで言われているウォルドを敵に回そうなどとは、さすがに彼も思わないだろう。何より、そこまでする利点がない。

ニコリと笑みを向ければ、ルドヴィグもにこやかに微笑みを返してくる。

互いに微笑み合って、それからノスリはすっと、片手を差し出した。

「さすがはウォルド殿の奥方だ。なるほどこれは、あのウォルド殿が骨抜きになるのもわかりますね」

そう言うルドヴィグは心底楽しそうだ。細められた紫の瞳が光っているのがわかる。

何がおかしいのか、しばらくくつくつと笑って、それからルドヴィグが恭しく手を伸ばしてきた。

「それでは、お手を拝借」

手袋をしていない方の手で、ノスリが差し出した手を取る。

恭しくその手をおしいただいて、次の瞬間。

ぶわりと、眩暈のするような気持ちの悪さにノスリは襲われた。

「――っ!?」

「ノスリさん!?」

堪らず傾いだ体を、ファーガスが支える。

目の前が霞んでぐるぐると回転する気持ちの悪さに、額には冷や汗が浮かぶ。

えづきを堪えるように口元を押さえると、ノスリの手を放したルドヴィグが何かを考え込むかのように瞳を細めた。

「……ふむ。なるほど」

「貴様っ!!　ノスリさんに何をしたっ!!」

「ファ、ファーガスさん……、わ、私は、大丈夫……ですから……」

ノスリの体を支えながら、ファーガスが怒りも露わに気色ばむ。なんとか落ち着かせようと声を掛けるも、しかしノスリの口から出た声は掠れて弱々しい。

それにしても一体、何が起こったのか。

ルドヴィグに手を握られて、その直後、何か冷たく這うように気持ちの悪いものが手を伝って流れ込んできたのだ。多分だが、魔力を流されたのだろう。

しかし、ウォルドに触れた時に感じるそれとはあまりにも違う。ウォルドの魔力に触れると、いつだって体が温かくなるのだが、今のこれは体が受け付けずに冷たく冷えていくのがわかる。

激しい体の拒絶反応に、一向に眩暈が治まる気配はない。

耐えきれず、視界が暗転すると思ったその時。

倒れそうになる体をファーガスから引き取って、抱きとめる誰かが。

「……おかしいと思って来てみれば……」

頭上から聞こえる低く押し殺したその声に、のろのろと顔を上げる。

そこに、見慣れた青い瞳を確認して、ノスリはホッと体から力が抜けるのがわかった。

「……ウォルド……さ、ま……。なん、で……」

「ノスリ、しゃべらなくていい」

言いながら、ノスリの額を胸に押し当てるようにして体を抱き込んでくる。

途端、嗅ぎ慣れた香りと温もりに包まれて、ノスリは心底安心すると同時に、徐々に先ほどまでの気持ちの悪さが和らいでいくのがわかった。

「……貴様……」

「怖い怖い。そんなに睨まないでくださいよ」

体を通して、ウォルドの怒気を纏った魔力が伝わってくる。殺気を含んで帯電したそれは、ピリピリと痛いくらいだ。

これは、完全に怒っている。

しかし対するルドヴィグは、さして気にした風でもない。震えるほどの殺気を向けられているというにもかかわらず、おどけた様子で肩を竦めている。

冗談めかしたそのもの言いと仕草に、ウォルドの怒気がますます強められたのがわかった。

「いいんですか？　そんな怒りを纏った魔力を垂れ流しては、奥様が辛くなりますよ？」

「……」

揶揄いを含んだルドヴィグの言葉に、一瞬荒れ狂うように膨らんだウォルドの魔力が、急速に凪いでいくのがわかった。代わりに、いつも触れ合う時に感じる温かな波動が体に流れ込んでくる。

すっと体に溶けるように馴染むそれは、何とも心地よい。

同時に、冷たくなった手足の先が温まり、眩暈と吐き気が綺麗に消えていくのがわかる。

するとそんなノスリとウォルドを観察するかのように見詰めていたルドヴィグが、納得したように頷いた。

「ふむ……。やっぱり、そうですね」

「……」

「体質というよりも、ウォルド殿とノスリさんの魔力の親和性が特別高いのですよ」

「……貴様。わざわざそれを確認するために、ノスリに魔力を流したな……？」

ウォルドの纏う雰囲気が、再び重くピリピリしたものに変わっていく。

低く押し込められたその声だけで、身が竦みそうだ。見れば、ファーガスなどは真っ青になって硬直しているではないか。

にもかかわらずルドヴィグが、何とも楽しそうににこやかな笑みを向けてきた。

「ええ、そうですよ。でなければわかりませんからね」

「貴様っ……！」

「そもそも、それを明らかにしない限り国が納得しないことは、貴方だってわかっているでしょう？でもこれで、ノスリさんの魔力親和性の高さは個人の体質ではなく、単にウォルド殿との相性ということが明らかになりましたから、これ以上国が干渉してくることはなくなるはずです。本当、むしろ感謝して欲しいくらいですよ」

そう言って、再び肩を竦める。

どうやらノスリの知らないところで色々何やら話があったみたいだが、つまりは、魔力量の多いウォルドの子供を産んだノスリの体質に国が目をつけていた、ということらしい。

その辺りのことはウォルドから話を聞いていないためよくわからないが、研究所からやけに度々催促が来ていたのはそういうことか。

『まあ、私から上にそう報告しておきますから。これで、奥様を国に取られるんじゃないかと心配する必要はなくなりますよ』

「……」

「では、また後日。奥様も、できればまたお会いしたいですね」

さらりと微笑んで、優雅に貴族の礼を取る。

次の瞬間、空間のゆらぎとともに、ルドヴィグの姿が綺麗に掻き消えた。

その場に、静寂が戻る。

小さな空間の揺らめきが消えるのを見守って、そこでようやくノスリは、それまで詰めていた息を大きく吐き出したのだった。


嵐（あらし）のようなルドヴィグの来訪の後、すぐさまウォルドに確保されたノスリは、聖騎士の詰め所にある執務室に連れられてきていた。

「ウォ、ウォルド様、これは……」

「いいからこのままでいろ。……くそっ!! まだあいつの魔力が残ってやがる!!」

言いながら、ウォルドが膝に乗せたノスリを、ぎゅうぎゅうと抱きしめてくる。

大量の魔力をルドヴィグに流されたことで魔力酔いを起こしたノスリのために、親和性の高いウォルドの魔力を流している最中なのだが――。

「あ、あの……、さすがにここでこれは……」

執務室に置かれている応接用のソファーの上で、ウォルドの膝に乗せられた状態で抱きしめられているのだ。誰もいないとはいえ、さすがにこれはまずいだろう。

「もう、大分良くなりましたし……」

「駄目だ!! あんな奴の魔力をお前の体に残したままだなんて、絶対に駄目だ!!」

ますます強くノスリを抱きしめてくる。

症状さえ治まれば、あとは放っておいてもルドヴィグの魔力は自然に抜けていくのだが、ウォルドとしてはノスリの体に少しでも他人の魔力が残っている状態というのがどうしても許せないらしい。

「クソっ!! あの野郎っ……!! 今度会ったらただでは済まさんっ!!」

先ほどからずっと、この調子なのだ。

確かに、ノスリとしてもいくら調査のためとはいえ、事前に何の説明もなく魔力を流されたことは腹立たしい。しかも、こんな魔力酔いを起こすほど流すとは、さすがにやりすぎだろう。

しかしそうはいっても、今回のルドヴィグの行動は全てノスリ達のためを思ってくれてのことなわけであって、それを思うと怒るに怒れない。

何より、ルドヴィグは闇の精霊に目をつけられたロイドの身代わりになってくれるというのだから、尚更だ。

「……でも、ザイード様なりに、私達のためを思ってくださってのことですし……」

「……」

「ロイドの身代わりになると仰ってくださっているのですから、そんな風には言わないであげてください……。私も特にもう、何でもないですし。それに、気にしてませんから」

思うところがないとは言えないが、とりあえず今はウォルドを宥めることが先だろう。実際もう、体調はいつもと全く変わりはない。

しかしノスリのその言葉に、ウォルドの纏う雰囲気が一気に重苦しいものに変わったのがわかった。

「……お前は、あんな奴を庇うのか……？」

そう聞くウォルドの声は、ノスリを責めるかのように、低い。

「そ、そういうわけでは……」

「……やっぱりお前は、俺よりもあいつみたいなのがいいんだろう？」

「はあ……!?　何を言っているんですか！」

昏く翳った眼差しで見詰められて、堪らずノスリは大声を出していた。

「そんなこと、あるわけがないじゃないですか！　私がウォルド様以外の方を思うとでも……!?　本気でそんなことを言ってらっしゃるのなら、怒りますよ!?」

ルドヴィグの方がいいだなんて、そんなことあるわけがない。人がどんな思いで長年ウォルドを恋い慕ってきたと思っているのだ。

第一、過去にウォルドに抱かれたのだって、半端な思いで望んだわけではない。たとえ愛されなくとも、それでもウォルドの子供が欲しいとまで思い詰めたのだ。

何より、既に結婚してロイドまでいるこの状況で、一体何を言っているのか。

呆れて、語気を強めてウォルドを見据える。

　すると、ノスリが大声を出したことに驚いたような顔になったウォルドが、今度は拗ねた風に顔を横に向けた。

「……だがお前は、今だって俺よりも他の奴に笑いかけることの方が多い」

「……はい？」

「今日だって、お前は俺がいなくても楽しそうだった……！」

　不貞腐れたようにそう言って顔を逸らせるウォルドは、まるで子供だ。拗ねた時のロイドと、全く同じ顔をしている。

　そんなウォルドに呆れつつも、しかしノスリは、不思議とくすぐったいような温かさがじわじわと胸に満ちていくのを感じていた。

　もしかしなくてもこれは。嫉妬、だろうか。

　横を向いたウォルドの瞳を覗き込めば、決まり悪げに視線が逸らされる。だがその青い瞳は、不安を映して揺らめいているのがわかる。

　その様子をしばらく見守って、そこでノスリは小さく息を吐き出した。

「ウォルド様。こっちを、向いてください」

　言いながら、優しくその頬に手を添える。

　手を添えられて渋々といった様子でこちらを向いたウォルドに、ノスリはそっと顔を近づけた。

「……っ！」

　軽く、唇を触れ合わせて顔を離せば、驚いたような顔のウォルドが。

　これでもかと目を大きく見開いて、ノスリを見詰めている。ノスリからキスをしたことに、心底驚いでいる様子だ。

その首筋がじんわり赤くなっているのを確認して、そのままノスリはウォルドの首に腕を回して抱きついた。

「……これでもまだ、信じませんか……？」

自身もドキドキしながら、ウォルドの耳に唇を近づけて囁く。

こんな風にノスリから口付けたことは、殆どないのだ。

しかもここは聖騎士の執務室で。そんな場所で口付けをするなど、自分でも大胆なことをしていると思う。

しかし次の瞬間。何故かノスリの視界は、天井の木目を映していた。

「え……？　――っ！」

そのまま、咬みつくような口付けが降ってくる。

驚いて開いた口の隙間からウォルドの熱い舌を差し入れられて、途端、ノスリは頭の奥が痺れるような快感に襲われた。

「ん……」

触れ合わされた粘膜から、頭がくらくらするような何かが、直接体内に注ぎ込まれる。それは抵抗なくノスリの体に溶けて、血液と共に隅々まで循環していくのがわかる。

何度も受け入れたことのあるこれは、ウォルドの魔力だ。

同時に、溶けて混じるその瞬間、それが熱を発してノスリの体に火をつける。

発熱する体内が、熱を疼きに変えるのはすぐだ。

「……は……ん……」

自らも舌を差し出せば、絡めて吸われて痺れるような快感と共に、ますます体温が上がっていく。

触れるウォルドの体も、熱い。

しかし、スカートの中に差し入れられた硬く乾いた手が内腿を撫で上げる感覚で、ノスリは我に返った。

気付けば、脚の間にはウォルドの体が。

「んんっ！　ウォ、ウォルド様……！　だ、だめです……！」

慌てて顔を離して見上げれば、ウォルドが動きを止める。しかし、その手は内腿に置かれたままだ。

「こ、ここでこんなこと、いけませんっ！」

先にキスをしたのはノスリだが、だからといってここまでするつもりでしたわけではない。

だってここは、ウォルドの職場だ。戒律厳しい聖騎士をまとめ上げる立場にある、隊長副隊長の執務室だ。そんな場所でこれ以上のことは、絶対に駄目だ。

しかし、困ったように見上げるノスリに、ウォルドが寂しそうな顔になった。

「……嫌か？」

「い、嫌とか、そういうことでは……」

ノスリも嫌なわけではない。ただ、場所が問題なだけだ。

けれども、暗く沈んだ濃紺の瞳を前に、ノスリの言葉は尻すぼみになった。

その瞳は、奥に不安を宿して深く濃い青になっている。こんな顔をされたら、これ以上は言えない。

しばらく無言で見詰め合った後で、ノスリは小さく息を吐き出した。

「人が……」

「来ない」

「鍵は……？」

「掛かっている」

「…………場所を変えることは……」

「できない。ここには転移魔法を妨害する術が施されている」

「……」

それに。このタイミングを逃したら、まず二人きりになれるチャンスは当分ないだろう。

何より、このまますれ違ったまま過ごすのは、お互いに辛い。

再び無言で見詰め合って、先に目を逸らしたのはノスリだった。

「……今回、だけですからね……？」

羞恥で頬が熱をもっていくのがわかる。まだ日の高い日中に、しかもこんなところでだなんて、大胆が過ぎる。

けれども、窺うようにちらりと視線を上に向けて、そこでノスリは息を止めた。

目の前には、先ほどと打って変わって柔らかく、温かい青が。嬉しそうに、はにかむように細められたそれが、ノスリを見下ろしている。

「……わかった」

言いながらゆっくり顔が近づけられて、ノスリの唇にしっとりとウォルドの唇が重ねられる。

触れ合った唇から伝わる温かな波動に、ノスリの体から力が抜けた。

「ふっ……」

同時に、内腿に置かれた手がスカートの裾を捲(めく)りながら、ゆっくりと敏感な肌を撫で上げていく。

自然と迎え入れるように脚を開けば、開いたそこにウォルドの体が当てられて、ノスリの口から吐息が漏れた。

そこは布越しにもわかるほど、熱く、硬い。そのまま擦るように揺すられて、先ほどまでの疼きが体の奥で熾火(おきび)のようにくすぶり始めるのがわかる。

今や口付けは深く、静かな部屋に互いの吐息と唾液(だえき)の水音が響く。

けれども、布を隔てた触れ合いがもどかしくて、物足りない。既に散々教え込まれた体が、素肌の熱を欲しているのだ。

でもきっと、それはウォルドも同じで。口付け合いながら、性急な仕草で互いの服をはだけさせていく。

釦(ボタン)が外され、開いたブラウスを中のシュミーズごと引き下げられて、ノスリの肩と胸のふくらみがまろび出る。

すると、露わになった素肌の上を、ウォルドの唇がノスリの体を確かめるように徐々に下へと辿(たど)り始めた。

「……あ……んっ」

首筋から鎖骨を越え、唇がなだらかなふくらみを上っていく。しめって柔らかなそれが肌に押し当てられる度、そこが熱を灯(とも)して疼きが蓄積していくのがわかる。

同時に、この先の期待が。

声を出さないよう口元に手の甲を当て、息を詰めて次に襲いくるだろう快感に身構える。

そんなノスリに小さく笑みを漏らして、次の瞬間、ウォルドが胸の先端をその口に含んだ。

「――っ」

電流が走るような感覚に、ノスリの口から声にならない嬌声が上がる。堪らず反った背中が、意図せず胸を差し出す形になって、ますます快感が強められる。

ウォルドの口の中で、舐めて転がされる度に体が小刻みに跳ねて、もう片方の胸が揺れる。だけどそれも、硬い大きな手で掴まれ、揉みしだかれて、ノスリは必死に声を堪えた。

この部屋は奥まった場所にあるとはいえ、誰かが部屋の前を通らないとも限らない。だから、声を出すわけにはいかないのだ。

辛うじて残った理性で、口元を押さえて快感に耐える。

しかし、体を苛む甘い責め苦が唐突に終わりを告げて、ノスリは訝し気に顔を正面に戻して瞼を開けた。

「あ……」

それとほぼ同時に、素早く下着が抜き去られる。片足だけ抜かれたそれは、ぐっしょりと水分を含んで重い。

下着を足首に引っ掛けたまま、次の瞬間、脚のあわいに驚くほど硬くて熱い塊が押し当てられた。

「んんっ」

碌に触れられていないというにもかかわらず、そこは潤み切ってグズグズだ。蜜を纏わせるようにウォルドのものが行き来する度に、湿った水音が部屋に響く。

杭の先端で秘された敏感な膨らみを擦るように押し潰されて、ノスリの腰が跳ねて揺れた。

けれども、求めているのはそれではない。体が、奥が、ウォルドの熱で直接満たされたいと訴える。

与えられる快感が強烈な疼きに変えられて、追い詰められていくようだ。

しかし出し抜けに、ぐ、と熱い塊が潤みの中心に入り込んだ感覚に、ノスリは目を見開いて息を止めた。

次いで体が、自ら迎え入れるように熱の杭をのみ込んでいく。

待ち侘びた太くて硬い質量が体内を圧迫しながら侵入する感覚に、ノスリの口からくぐもった喘ぎが漏れた。

「くっ……」

根元まで埋め込まれ、穿たれて、膣が収縮しながら体内の太い杭を締め上げるのがわかる。

ぶるぶる小さく震えながらしがみつくと、ウォルドが苦しそうに呻きを漏らした。

「あ……あ……」

押し広げられ、圧迫される感覚に、頭が痺れて蕩けていく。脳髄ごと溶けるような快感に、もはや声を抑えるだけの理性もない。

更には、ぐっと突き上げ、押し上げられて、ノスリは高い嬌声を上げて達してしまった。

「ああぁあっ！」

痙攣する体を抱き込むように押さえ込まれて、ガツガツと腰を打ち付けられる。

達した状態で強制的に更なる快楽を与えられて、その強すぎる刺激に、ノスリは我を忘れて声を上げながら身を捩った。

しかし、ノスリを捕らえた檻はビクともしない。逃れることは許さないとばかりに抱きしめて、杭を打ち付けてくる。それはまるで、自分の存在を刻みつけるかのようだ。

抉られ、穿たれ、掻き回されて、いっそ暴力的な快感の前にノスリは啼いて善がることしかできない。

そこから、いっそう奥を抉るように突き上げて、ノスリの中で一際大きく膨らんだそれが熱い迸りを吐き出したのがわかった。

同時に、ウォルドの魔力が体液と共に体内にドクドクと注ぎ込まれる。

途端、渦を巻くような快感と熱の奔流に襲われて、ノスリの意識がふつりと途絶えた。

ノスリが目を覚ますと、そこには心配そうに覗き込むウォルドの顔があった。

いつもは宝石のように青い瞳が、戸惑いに淡く翳っている。

その様子を見るともなしに眺めていると、ウォルドが申し訳なさそうにノスリの頬に手を添えた。

「すまない……。抑えが利かなかった……」

そう言って、気まずげに視線を逸らす。

しゅんとしたその顔は、怒られた時のロイドと全く同じ顔だ。

それがおかしくて、こんな状況だというにもかかわらず、思わずノスリはくすくすと小さく声を出して笑ってしまった。

「別にいいですよ。私も気持ちが良かったですし」

「だが……」

「それより。もう、いいんですか？」

「え……？」

ノスリの問いかけに、ウォルドが驚いた顔になる。何を言われたのかわからないといった様子だ。

面食らったようなウォルドの顔を見詰めて、ノスリはゆっくり両手を伸ばしてその頬を挟んだ。

「もう、焼きもちはいいんですか？」

クスクス笑いながら聞く。

すると、一瞬複雑な顔で黙りこくった後、ウォルドが困ったような笑みを浮かべた。

「……そうだな、今はもういい」

言いながら、愛おしそうにノスリの髪を撫でてくる。だが、いいと言いつつも、その顔はまだ何か言いたげだ。

ウォルドに撫でられるまま、静かに次の言葉を待つ。

しばらく無言でノスリの髪を撫でてから、ウォルドがようようその口を開いた。

「今更こんなことを言うのはどうかと思うが……。俺は、未だに自分がお前達に相応しいか、自信がない」

「……」

「お前達が俺を家族だと認めて、必要としてくれていることはわかってる。だが、時々……凄く、不安になるんだ……」

そう吐露したウォルドの瞳は、翳って昏い。そのまま、視線を下に向けて黙り込んでしまう。

しかし、辛そうなウォルドを見詰めつつ、不思議とノスリは胸がじんわりと温かくなるのを感じていた。

何故なら。

「ウォルド様。こっちを向いてください」

頬を挟む手で、優しくそこを撫でる。ノスリの声に顔を上げたウォルドは、まるで迷子の子供のようだ。

途方に暮れたその目を覗き込んで、ノスリはふわりと笑顔を向けた。

「大丈夫です」

「……」

「それは私も、同じですから」

「それは……」

「私もやっぱり、時々凄く不安になるんです」

静かに見詰め返されて、今度はノスリが視線を逸らせた。

ウォルドに求められて結婚して、ロイドもいる今、自分には何の憂いもないはずである。何より、ウォルドがノスリを心から愛してくれていることも知っている。

それでも時々、どうしようもなく不安に襲われるのだ。

ウォルドは次代の英雄とまで言われる高名な人物で、ほぼ全てにおいて完璧だ。本来、ノスリなんかが一緒にいていい人物ではない。

それでも今、こうやってノスリが一緒にいられるのは、ひとえにロイドがいるからだ。ロイドという存在がなければ、自分達の人生は再び交わることはなかっただろう。

だから時々、詮(せん)なきこととはいえ考えてしまうのだ。

もしあの時、ロイドを授かることがなかったならば、自分達は一体どうなっていたのだろう、と。

でも実際は、奇跡的な確率でロイドを授かり、その後数奇な縁を辿ってこうして自分達は家族になるに至った。それが全てであり、〝もしも〟を考えるだけ無駄なことだ。何より、そんなこと建設的ではない。

それでも時々、果たして自分は、ロイドがいなくてもウォルドに選ばれていたのだろうか――選ばれる価値があるのだろうかと、考えてしまうのだ。

そんな時、決まってノスリは酷い不安と孤独に襲われる。それは砂を噛むような、ぼろぼろと何かがこぼれ落ちていくような虚(むな)しさだ。

「……多分、私達。似た者同士なんです」

そう言って苦笑すると、ウォルドが何とも複雑な顔になった。

ウォルドの不安が何なのか、全てではないがその生い立ちを知っている今ならば、ノスリにも何となくわかる。

そう時々、ふとした時に、不安で堪らなくなる時があるのだ。

今ノスリは、とても幸せだ。子供の頃から渇望した家族を得て、自分を愛してくれる人間がいる。

それこそ毎日が夢を見ているかのように幸せだ。

しかし、今が幸せであればあるほど、それが自分に相応しいものではないのではないかと不安になる時があるのだ。

　同時にその幸せが、いつか夢から覚めるかのように、掌からすり抜けていくのではないかと怖くて怖くて堪らなくなる。

　多分だが、きっとウォルドもそうなのだろう。

「だからウォルド様のその不安は、わかります。全てではないですけど」

「ノスリ……」

　きっとこの不安は、この先も消えずにずっとあるに違いない。

　何故ならそれは、ノスリがノスリである、もしくはウォルドがウォルドである根幹に根差した問題だからだ。どうにかして解消できるようなものではない。

　でもその不安は、完全に消すことはできなくとも、軽減することはできることを、今ではノスリも知っている。

　そして多分、自分達はその不安を知っているからこそ、だからこそお互いに支え合うことができるのだろう。

「……そういうわけですから、ウォルド様。ずっと一緒にいてくださいね？」

　笑ってそう言えば、束の間泣き出しそうな顔になった後で、ウォルドがきつくノスリを抱きしめてきた。

「ああ。ずっと、一緒だ」

「約束ですよ？」

「もちろんだ」

そのまま二人で抱きしめ合う。

互いに服をはだけた状態で、素肌から伝わる温もりが何とも心地よい。すっぽりと大きな胸に閉じ込められて、心底安堵するのがわかる。

ここはノスリの居場所であり、ノスリだけの場所だ。

ウォルドがノスリのものであるように、ノスリもまたウォルドのもので。

それは今も、この先も、だ。

しばし、互いの思いを確認するように抱きしめ合う。

しかしそこで、ノスリはあることに気が付いた。

「あ……」

「……」

繋がったままのそれが、再び熱をもって硬く存在を主張している。思わずひくりとわななくそこに、ますますもってその質量が増す。

そっと窺い見れば、目が合ったのは同時で。

いいか、と目線で問われて笑顔で頷けば、ウォルドもまた嬉しそうに笑顔になる。

ノスリとウォルド、二人でくすくすと笑い合って、それからそっと二人は口付けた。

その日も終業の鐘と同時に、まとめた書類を机に積み上げて帰り支度を始めたウォルドは、ふと、書類の山の間にある、光沢のある白いものに目を止めた。

指でつまんで目の前に持ってくれば、それは艶やかにまろい光を放つ真珠だ。小さく穴があけられたそれは、服の飾りか。

一瞬考え込んで、しかしすぐにあることに思い当たったウォルドは、知らず笑みを漏らした。

数日前、ルドヴィグに無理矢理魔力を流されて魔力酔いを起こしたノスリに、ウォルドはここで直接ノスリの体に魔力を流し入れた。

基本、魔力は触れただけでは吸収することはできない。微量は取り込まれるが、その大半は通り抜けてしまうのだ。

では、どうしたら効率よく吸収するのか。

それは、粘膜を介した接触だ。つまり、手っ取り早く魔力を体に溶け込ませるには、性交するのが一番なのだ。

あの日、ロイドをグランの屋敷に預けに行っていたウォルドは、腕輪に仕込んだ防犯魔法の警鐘を受けて、慌ててノスリのもとへと駆けつけた。

来てみれば、今にも倒れそうな真っ青な顔でファーガスに支えられたノスリが。

ノスリの体を抱きとめるように抱き寄せれば、全身からルドヴィグの嫌な魔力の気配がする。

その場にルドヴィグがいることを確認して、すぐさま状況を理解したウォルドは、激しい怒りに駆られた。

多分、魔力の相性を見るために、ルドヴィグがノスリの体に魔力を流したのだろう。しかもご丁寧に、ただ流すだけでは飽き足らず、とんでもない量を流したのだ。

それもこれも、吸収量を多くして、確実に反応を確認するのが目的だ。

体表に触れただけでは、魔力の殆どは取り込まれずに流れ出てしまう。そのため、限界値ギリギリの量を流したのだ。

そんなことをすれば、もともと魔力の容量が小さいノスリの体はひとたまりもない。それに、見たところルドヴィグの魔力とノスリの相性は最悪なわけで、余計に負担が掛かったのだろう。

とりあえずその場は、ノスリの体調を元に戻すことが最優先であったため、ルドヴィグの言を大人(おとな)しく聞いて引き下がったが、ウォルドの胸中は嵐のように吹き荒れていた。

多分ルドヴィグの言葉に嘘はなく、あの男は本気でウォルド達のためを思ってやったに違いない。

その前の時のロイドに対する態度からして、余程ロイドのことが気に入ったのだろう。

何より闇の精霊と契約できるという千載一遇(せんざいいちぐう)のチャンスを得て、内心踊りだしたいくらい嬉しかっただろうことは間違いない。一般に闇の精霊の召喚は、その魔導師が一生を懸けても呼び出せるかどうか、のことなのだ。つまりあの男なりの、ちょっとしたお礼のつもりだったのだ。

それはウォルドもわかっている。うるさい国を黙らせるには、ノスリの魔力親和性はウォルドとだけの相性の問題であることを証明するのが一番だ。

だから、ルドヴィグの言ったことは至極正しい。

けれども。それがわかっていて、何故これまで頑(かたく)なにノスリの検査をさせなかったのか。

それは、怖かったからだ。

多分ノスリのそれは特異体質などではなく、十中八九単にウォルドとの相性だろうと思ってはいたが、それでも絶対という確信があったわけではない。検査をして、もし、ノスリが特異体質だったならどうなるか。

そうなったら、確実にノスリは国に奪われる。しかも、宛がわれるだろう相手は、ルドヴィグだ。

そんなこと、絶対に許せるわけがないし、許すつもりもない。考えただけでもどうにかなりそうだ。

そんなルドヴィグがノスリに会って、万が一もし、彼女に惹かれたら。

ルドヴィグは、下級娼婦の子供であるウォルドと違って、伯爵家の次男という出自のしっかりした人間だ。それに彼は、魔術に傾倒した変人ではあるが、真っ当な人間である。こんな戦うことしか脳のない、欠陥品のウォルドとは違う。

加えて、見目もいい部類なわけで、そんなルドヴィグにノスリが惹かれないとも限らない。

何より、人としてどこかが欠けた自分などより、ノスリにはルドヴィグのような男の方が相応しいのではないだろうかという思いがどうしても拭えない。

とはいえ、ノスリと結婚したのはウォルドであり、何があろうとノスリを手放す気はない。

だがもし、ノスリ自身がウォルドではなく、あの男を選ぶようなことになったら。

そうなったら自分は。

きっと何をするかわからないだろう。それこそ、考えたくもない。

だからこそあの時ウォルドは、ノスリの前にあの男がいることがどうしようもなく腹立たしくて、同時に不安でしょうがなかったのだ。

　まあでも、その後のノスリとの遣り取りで、そんな思いも大分収まったのだが。

　だが、収まりはしたが、全てが消えたわけではない。それに多分きっと、この不安は一生ついて回るのだろう。

　何故ならそれは、ウォルド自身の根幹に深く根差した問題が元にあるからだ。

　けれども、今ならばわかる。きっと何度同じ不安をぶり返しても、その都度自分はノスリと二人で解決していくに違いない。

　そして、それを繰り返して絆を深めていくのだろう。

　それが夫婦であり、家族というものなのかもしれない。


　掌の上で淡い光沢を放つそれを見詰めれば、自然と笑みが深くなる。大事に胸ポケットに入れて、掌でそっと押さえれば、不思議と胸が温かい。

　しばらくそうやってポケットを押さえて、それからウォルドは振り返った。

「あ、隊長」

「なんだ？」

　ウォルドに呼ばれて、グランが疲れた顔を上げる。

　こちらはまだ、帰れそうになさそうだ。先日、部下の一人がやらかしたのだ。

「今週末、三人でそちらにお邪魔すると奥様に伝えておいてください」

「おお、それはいいな。ソフィーが喜ぶ」

　妻の名前を口にした途端、グランの顔が柔らかく綻んだ。

そんな顔をすると、普段厳つい顔が随分と優し気に見える。本当、魔王みたいな人間のくせに妻のことが大好きでしょうがないのだ。

「そういえば。あれからロイド君は一人で眠れるようになったのか？」

聞かれて、ウォルドは苦笑してしまった。

「や。一緒に寝てますよ」

「それはまた……」

「いえ。あれから精霊を呼び出すようなことは、今のところないですね」

件の闇の精霊は、ルドヴィグが契約を結んでからは、ロイドのところに現れることはなくなった。同様に、他の精霊達も無意識で呼び出したりしないようルドヴィグに術を掛けてもらったため、それ以降、夜にロイドのもとに精霊が現れることはない。

それでもまだ、ウォルド達は一緒に寝ている。それというのも。

「まあ、また何かあっても不安ですし。当分は一緒に寝るつもりです。それに、こうやって一緒に眠ることができるのも、ロイドが小さい今の内だけですから」

そうなのだ。一応危機は去ったとはいえ、また同じようなことが起きないとも限らない。ルドヴィグの術を疑うわけではないが、それでもやはり夜ロイドを一人にするのは不安だ。何かあってからでは遅いのだ。

それにやはり、こうやって一緒に並んで眠れる期間は限られているわけで、だったらもう少しそれを堪能したい。

そんなこんなで、結局親子三人一緒に並んで眠る生活が続いていた。

「……お前がそれでいいのならいいが……」

曖昧(あいまい)に笑みを向けられて、思わず苦笑してしまう。まあ、言いたいことはわかる。

だがそれも、なんとか一応解決はしたのだ。

にこりと笑みを浮かべたウォルドは、言外の意味を含ませつつグランのその問いに答えた。

「まあ、そういうわけなので、またお願いします。お礼は今回もハニーベアでいいですかね？」

「や、お礼も何も、別にいらんぞ？　俺達はロイド君を預かれて嬉しいわけだし。むしろもっと預けてくれていいくらいだ」

そう言ってグランが嬉しそうに笑う。その顔は、まるっきり孫が可愛くてしょうがない祖父そのものだ。グランもその妻も、ロイドの世話を焼けるのが嬉しくてしょうがないのだ。

そう、例の問題は、別に夜にこだわらなくてもいいわけで。

それにこの調子なら、様子を見てたまにはロイドをグラン宅に泊まらせるのもいいかもしれない。

となれば、何の気がねもなくノスリと二人きりになれるわけだ。

「やー、週末が楽しみだな！　ソフィーがな、ロイド君のために今子供部屋の改築をしてて――」

瞳を輝かせてグランは何とも楽しそうだ。ロイドと一緒に遊ぶ計画やら何やらを、嬉々(きき)として語っている。

そんなグランに、ウォルドも思わず笑顔になる。

今、ウォルドはとても幸せだ。

時にその幸せが怖くなることもあるが、しかしそれも、この幸せが続くうちにいつかは消えてなくなることだろう。

それに。

不安になったとしても、また確かめればいいだけだ。

「じゃあそういうことで、よろしくお願いします」

「ああ、楽しみにしてる」

先ほどまでの疲れた顔はどこへ行ったのか、生き生きと楽しそうなグランに一礼をして、踵を返す。

さっと今夜も、ノスリがウォルドの好物を作って待ってくれていることだろう。ロイドは今日は、何を話してくれるのか。

家の扉を開けて「ただいま」という瞬間を想像して、ウォルドは静かに微笑みを浮かべた。

書き下ろし番外編　―掌の上の幸せ　おまけ―

「お、おい……ファーガス。ウォ、ウォルド様、は……？」

恐る恐るそう聞いてくるのは、同期のフェンだ。その後ろでは、テトとレッカがこちらを窺うように頷いている。

皆、さっきのウォルド様とザイード魔導師長との遣り取りを隠れて見ていたわけだ。

「あぁ!?　お前ら、見てたんなら加勢しろよ！」

「無理！」

「無理に決まってるだろう!!」

「ファーガス、お前すげえな！　よくあの〝黒い悪魔〟相手にあんなこと言えたよな！」

途端、ギャーギャーと騒がしい。隠れて見てただけのくせして、いい気なもんだ。

まあそれほどに、皆〝黒い悪魔〟と呼ばれるザイード魔導師長が怖いのだ。

そんなこいつらに、俺は深くため息を吐いた。

ザイード魔導師長は、魔力の量こそはウォルド様に劣るものの、しかしながらその使い手として王国一を誇る、押しも押されぬ筆頭魔導師だ。尋常ならざる魔術への傾倒振りとその知識量で、自身の膨大な魔力を自由自在に操ることができる。魔導師としてこの国で、彼の右に出る者はいない。

そして、得てして魔術の研究者の殆どが、どこか倫理観がおかしかったり通常の常識や思考が当てはならない人間が多いのだが、もれなく彼もそのタイプの魔導師だ。自身の研究のためであれば、悪魔に魂を売ることすら躊躇わない。

　まあ実際、本当に悪魔に魂を売ったのかどうかは知らないが、数々の奇行、奇天烈なエピソードには事欠かない人物である。

　そのため、自身の命すらもいとわない研究への没頭振りと、黒髪に濃紫の瞳の容姿から、黒い悪魔と呼ばれているのだ。

「……はあ。俺だってウォルド様に頼まれたんじゃなきゃ、あんなおっかないのと関わりになんかなりたくねえよ……」

　そう、俺だって好きこのんであんなバケモンみたいな人間と関わりたいわけがない。

　それでもあんな何を考えてるのかわからないような人外に立ち向かえたのは、とにかくウォルド様の信頼を取り戻したいという一心からだ。

　俺は、ドルトレーン子爵家の三男としてこの世に生を受けた。

　だが貴族の三男なんて所詮、継嗣のスペアのスペアみたいなもんだ。家を継ぐこともなければ、そもそも継ぐほどの領地があるわけでもない。つまり、いくら貴族の血を引いているといえども家を出て自活しなくてはならないわけで、そんな俺が選んだのが騎士という職業だった。

　けれども俺は、何か高い志があって騎士になったわけじゃない。ただ単に体が丈夫だったことと、たまたま領内に元聖騎士の爺がいて、子供の頃から剣術の教えを受けていたから、という理由で騎士になっただけだ。それに、騎士であればまず食いっぱぐれることはないだろうという打算だ。

そんな俺は、幸い人並み以上の魔力に恵まれていたお陰もあって、トントン拍子で騎士学校を卒業、騎士になった後も順調に階級を上げることになった。それに、三男とはいえ一応貴族なわけで、それなりの待遇を受けることができたわけだ。

そんな風に、特に現状に不満があるわけでもなく、のらりくらりとその日暮らしをしていたのだが、ある日、魔物討伐の要請でウォルド様と同行することになってから、俺の人生は一変した。

サラマンダーの討伐ということで、当時既に次期英雄と言われていたウォルド様の支援隊の一員として同行することになったのだが、支援隊の意味がないほどにウォルド様は圧倒的だった。小型とはいえ、馬ほどもあるサラマンダーを、一撃のうちに切り伏せたのだ。

それこそ鮮やかとしか言えない手並みに、俺達はただ目を丸くしたまま突っ立っていることしかできなかった。

噂には聞いていたけれども、まさかこれほどとは。通常小隊で倒す魔物であるサラマンダーを、ただの一人で、しかも一撃で倒すという人外級の強さを目の前に、俺はただただ圧倒されていた。

しかし、ウォルド様自身は実に淡々としたもので、簡単な後処理を済ませた後は何事もなかったかのように一人その場から転移魔法で消え失せたのだ。それも含めて、俺達は呆然とするしかなかった。

そして俺は、実際その強さを目の当たりにして、改めて畏怖の念を覚えると同時に、どうしようもなくウォルド様に惹かれてしまった。

しかも、聞けばもともとウォルド様は、下級市民の捨て子なのだそうだ。幼子ながらに膨大な魔力をその身に宿していたために、親に捨てられると同時に国の研究機関に引き取られ、騎士としての才能を開花させた後は、ひたすら魔物や妖魔を狩り続けて今の地位に辿り着いたのだという。

それを知って、俺はますますウォルド様に惹かれた。

大した努力もなしに騎士となり、ただ貴族の息子として生まれたというだけで高待遇を受けて日々のうのうと暮らしている俺と違って、ウォルド様は自身の力で現状を切り開き、元は捨て子であったのが次代の英雄と呼ばれるまで昇り詰めたのだ。

そんなウォルド様は非常に眩しく、俺にとって絶対的な憧れの存在になったのだった。

そこから俺は、ウォルド様に近づきたいがためだけに、がむしゃらに頑張って聖騎士となった。なんとか聖騎士となってウォルド様の隊に配属された時には、無神論者の俺が神に感謝を捧げたほどだ。

そして、ウォルド様に認めてもらうのは無理でも、少しでも役に立ちたい一心でここまでやってきたのだが――俺は大失態を犯してしまった。


グラン隊長から、休暇中のウォルド様の様子を見てきて欲しいと言われて、俺は喜んでその役目を引き受けた。しかもなんと、ウォルド様に子供がいることがわかったばかりなのだとか。そのため休暇を取って子供とその母親を引き取る準備をしている最中らしい。

それを聞いて俺は、ウォルド様のプライベートに関わらせていただけるほど信頼されているということに感動しつつ、張り切ってその任務に就いた。

件の村に着いてみれば、村の境界に沿って強固な結界が張り巡らされている。それを抜けて進んだところには、更に何重にも複雑に結界が張られた家があって、すぐにそれが目的の家だとわかった。

こんな田舎にその結界は、明らかに不釣り合いだ。第一、こんな術式を使える人間は世界広しと言えそうはいない。間違いなくウォルド様のご家族が暮らしている家に違いない。

しかしながら、ここまで念入りに守りが施されているということは、ここの住人はウォルド様にとって余程大事な存在ということなのだろう。異様なほど強固に張り巡らされたそれは、狂気めいた執着さえ感じさせる。

そのことに、俺は意外な思いになった。

ウォルド様は滅多に笑わない騎士ということで有名だ。俺もそれなりの時間ウォルド様と一緒にいるが、未だ笑ったところは見たことがない。

笑わないこともそうだが、感情自体殆ど見せることがない。何事にも執着するということがなく、行動の基準は常に事務的かつ合理的だ。感情を排したその様は、冷淡ですらある。

しかし、人並外れた力を持つ人間とは得てしてそういうものなのかもしれないと、俺はどこかで納得をしていた。むしろそのくらいでなければ、己の力を制御できないのかもしれないと。

だからこそ、初めて見るウォルド様の執着の証を目にしても、俺はまだそれを軽く考えていたのだ。

というか、子供をだしに面倒を見ろと、子供の母親がウォルド様に迫ったのではないかと疑ってすらいた。

ウォルド様ほどの魔力の持ち主ともなると、まず子供を持つことができない。それをわかっていて運よく子供を授かったことをいいことに、ウォルド様に結婚を迫っているのではないかと疑っていたのだ。

しかし、ウォルド様の子供を産んだという女性――ノスリさんは、朴訥とした如何にも真面目そうな雰囲気の女性だった。どう見ても、子供を盾に結婚を迫るような女性には見えない。

同時に俺は、想像していた女性と余りにも違うことに、内心非常に驚いていた。

ノスリさんの第一印象は、とにかく普通の女性だ。飛び抜けて美しいわけでも、才気溢れる感じでもない。それこそどこにでもいそうな感じの、田舎の女性だ。

確かに真面目で優しそうな、好感の持てる雰囲気の女性ではあるが、ウォルド様のお相手としてはいささか――というか、かなり地味である。

しかし、温かな家の雰囲気と奥から漂う美味しそうな香りに、なるほどこういう家庭的な女性がお好みだったのかと、すぐに考えを改めた。

それに、ウォルド様の子供であるロイド君は、一目見ただけでたっぷり愛情を注がれて大事に育てられた子供であることがわかる。苦労の多い女手一つでここまでこの子を育て上げたということは、ノスリさんは愛情深い素晴らしい女性に違いない。

だが、まだ俺はよく理解していなかった。

ノスリ親子に関しては、子供がいることがわかったために結婚の準備をしているだけで、まさかあのウォルド様があそこまで彼等に執着しているとは思いもしなかったのだ。

激昂するウォルド様を前にしても、俺は何が何だかわからなかった。

確かに、馴れなれしい態度ではあったかもしれないが、それはいつものことだ。俺の態度なんて、ウォルド様は気にしたこともない。そもそも、ウォルド様がこんな風に怒っているところなど見たことがない。

とりあえずその場では、一体何がそんな逆鱗に触れたのかわからずただ呆然とすることしかできなかったが、とにかくあの親子は、あの何事にも冷淡で執着しないウォルド様をここまで感情的にするほど特別な存在だということだけは、ハッキリとわかった。

　そしてその日以降、俺はあからさまにウォルド様に疎まれるようになった。

　配置換えこそなかったものの、俺に対してだけ明らかに機嫌が悪い。もともと碌に話しかけてもらうことはなかったのだが、今では側に寄ることすらできない雰囲気だ。冷たく蔑むように見据えられて、芯まで凍えるような気分になる。

　これまでだったら、俺のとりとめない話を嫌がる風でもなく聞いてくれて、時々それに答えてくれたりもしたのに、とてもではないがそんなことはできそうもない。

　密かに、これまではこんな俺の与太話を嫌がらずに聞いてくれることが、お側にいることを許されているようで内心誇らしく嬉しかったのだ。

　なのに俺の軽率な行動で、これまでの信頼や関係性全てが失われてしまった。

　そのことを深く後悔し、何とかしてウォルド様の信頼を取り戻したいとヤキモキしていたところに、今回、奥様となられたノスリさんの護衛の話が持ちかけられたのだ。


「でもお前は、よく頑張ったよ」

「うんうん。これできっとウォルド様もお前を許してくれるさ」

「……や……、それはないだろう……」


　先ほどの出来事を思い出して、ガックリと肩を落とす。むしろあの状況は、俺がノスリさんを守り切れなかったわけで、ウォルド様はきっとご立腹だろう。

　事前にウォルド様から、あれほど研究所の連中に気を付けるようにと念押しをされていたというにもかかわらず、うかうかとザイード魔導師長の接近を許してしまったのだ。しかも接近を許しただけでなく、実際に危害を加えられるような事態が起きたのだ、絶対に怒っている。

せっかく隊長が、名誉挽回のチャンスにと俺を護衛に推してくれたのだというのに、結局駄目だったわけだ。もう絶対、ウォルド様は俺を許さないだろう。

「でもあれは、お前のせいじゃないだろう？」

「そうだ。お前はむしろよくやったと思うぞ？」

とはいえ、守り切れなかったのは事実なわけで。あのザイード魔導師長がわざわざウォルド様がいない時にノスリさんに会いに来たのだ、何か企んでいることはわかっていたにもかかわらず、俺はノスリさんを止めることができなかったのだから、完全に護衛失格である。

「まあでも、ザイード魔導師長もウォルド様達のことを考えてのことだったみたいだし……」

「そうそう。結果的には良かったみたいじゃないか？」

「……いや。駄目だろう」

魔力の多いウォルド様の子供を産んだとして、国がノスリさんに目をつけているだろうことは薄々俺も察していたし、先ほどのザイード魔導師長の行動もその問題を解決するためのものだったということは俺にもわかっている。

しかし、ウォルド様がそれを望んでいなかったことは明白だ。

何故ならウォルド様が何より嫌なのは、ノスリさんに他の男共が接触することだからだ。あの自宅の結界を見るに、きっと本当は閉じ込めて誰にも会わせたくないくらいなのだろう。今ならば、俺にもそれがわかる。

つまりそれほどまでに、ウォルド様はノスリさんに惚れているわけだ。

「……はあああ……。もう、おしまいだ……」

頭を抱えてその場にへたり込めば、レッカが慰めるように俺の肩を叩く。

その日は、そのままそこにいた奴らと俺は一晩中飲み明かしたのだった。


「ええっ⁉　お、俺がウォルド様の直属に⁉」

「ああ、そうだ。なんだ、嫌なのか？」

「嫌じゃないっ、嫌じゃないです‼」

グラン隊長に聞かれて、慌てて首を横に振る。ウォルド様の直属になれるのだ、嫌なわけがない。

しかし、突然何故。ウォルド様に見限られたのではなかったのか。

訳がわからず戸惑う俺に、グラン隊長がニヤリと笑って隣に視線を向けた。

「ウォルドからの希望だ」

「っ！」

驚いて視線を向ければ、ウォルド様が無言で頷いている。

やばい。泣きそうだ。

「ファーガス。これから頼むぞ」

「はいっ！」

ウォルド様に言われて勢いよく返事をすれば、再び頷いてくれる。

それが嬉しくて、思わず視界が霞む。すると、グラン隊長が心得たように俺の肩を叩いた。

「良かったな、ファーガス」

「はい……！」

後から聞いた話によれば、自分よりも上の階級であるあのザイード魔導師長に盾突いてでもノスリさんを守ろうとしたことを、ウォルド様が評価してくださったのだという。俺になら、今後ご家族のことも任せられるだろうとの判断で、今回の配置換えになったのだとか。

それを聞いて、俺はまた泣いてしまったのだった。

そして。

あれから何度かノスリさんとロイド君の護衛に就く機会があったわけだが――まあ、その度心臓が縮むような思いだ。

もちろん、信頼してくださっていることは間違いないのだろうが、ウォルド様としてはお二人に必要以上近づかれたくないのも事実なわけで。ノスリさんに微笑みかけられる度に、ウォルド様の圧が半端ない。

とはいえ、憧れのウォルド様の腹心の部下というのはやはり嬉しい。きっとこれからも、俺はこのご家族に振り回されるのだろう。

けれども不肖ファーガス、これからも誠心誠意頑張りたいと思います！

文庫版書き下ろし番外編　―ロイドと秘密の願い事―

「いやあ、これは絶品ですね。この中の具の赤い実は何ですか？」

にこにこと笑いながらそう聞くのは、この国の筆頭魔導師、ルドヴィグだ。

しかし、ごくごく普通の民家の食卓にいかにも貴族然とした全身黒尽くめのルドヴィグは、どう見ても不釣り合いだ。

「それは、森苺を砂糖で煮詰めたものになります」

「森苺！　なるほど。甘過ぎない森苺の爽やかな酸味が香ばしいパイの皮にとても良く合いますね。これはノスリさんがお作りになられたのですか？」

「あ……はい」

「それは素晴らしい！　こんなにも美味しい物を毎日食べることができるなんて、ウォルド殿が羨ましいことです」

「はあ、ありがとうございます……」

多分心からの言葉なのだろうが、どうにも気後れがしてしまう。

だがさすがルドヴィグは伯爵家の出というだけあって、パイを食べるその所作は見惚れるほど美しい。いつも食べている素朴なパイが、ルドヴィグにかかるとまるで高級レストランのデザートかのように見えてくるから不思議だ。

とはいえノスリの隣では、ウォルドがまるで親の仇のような顔で睨み続けているのだが。

曖昧な笑みを浮かべて返事をしたノスリは、こんな田舎の我が家を突然訪ねてきた珍客と隣のウォルドとを見遣って、内心深いため息を吐いた。

事は、数週間前に遡る。

ロイドが無意識で闇の精霊を呼び出してしまい、そのせいで危なく精霊の国に連れ去られそうになったのだが、ルドヴィグが代わりに闇の精霊と契約を交わすことで事無きを得たのはつい最近の話だ。ルドヴィグがロイドの呼び出した闇の精霊と契約を交わしたことで、闇の精霊がロイドの前に姿を現すことはなくなった。お陰で今では、以前のようにロイドが夜の闇を怖がることもない。

一連の騒動は全て終わった――のであればよかったが、一つだけ厄介な問題が残されていた。

「――それで。精霊の国にはいつ行きましょう。できれば近い内がいいのですが――」

「くどい！　その話はロイドがもっと成長してからにすると言ったはずだ！」

「ですがそうはいっても、闇の精霊との契約条件として精霊の国にはロイド君が精霊と交流しやすい子供の内に行かねばなりません。ロイド君が成長してしまってからだと、闇の精霊が出した条件を満たすことができないかもしれない。子供の成長は早い上に精霊が好む子供の条件というのは予測が不可能だ、いつロイド君が精霊と交流できなくなるかわからない以上、確実に条件が満たせる今、精霊の国に行くのがベストなのです」

そうなのだ、闇の精霊が契約者をロイドからルドヴィグに変える際に条件として出したのが、ロイドが一度精霊の国を訪れること、なのだ。

もちろん訪れるだけで、ロイドが望めばその後すぐに戻れるという条件である。加えて精霊の国に行く際には、ロイドだけでなく他の人間も付き添うことも了承させてある。

しかし、精霊の国に行って戻った人間の記録は少なく、何よりあちらの理（ことわり）は人の理とは異なるため、絶対に戻ってこられるという確約はない。だから精霊の国に行くのは、せめてもう少しロイドが成長して今以上に魔力を操れるようになってからにするはずだったのだが、ルドヴィグが言うには、ロイドが成長してしまってからでは精霊の出した条件を満たせない可能性があるというのだ。

「それに。今あちらに行った方が、より戻れる確率は上がると思います。時間が開けば開くほど、精霊達はロイド君をなかなか帰そうとしなくなるでしょうからね」

ルドヴィグの言葉に、ウォルドの顔がますます渋面になる。だが反論はせずに押し黙っているところを見るに、ルドヴィグが言っていることが正しいことをウォルドもわかっているのだろう。ノスリだってここまで説明されたら、なるべく早い内に精霊の国に行っておいた方が良いのだろうことくらいさすがにわかる。

しかしそうとわかってはいても、精霊の国などという未知の世界に幼いロイドを行かせること自体が心配でしょうがない。いくらウォルドとルドヴィグが一緒だといっても、あちらでは何があるかわからないのだから、せめてロイドがもう少し大きくなってからにしたいと思うのは当然だろう。

空いた皿が並んだ食卓に、重苦しい沈黙が落ちる。

だがルドヴィグは、相変わらず楽しそうだ。涼し気な笑みを浮かべて優雅にお茶を飲んでいる。しばらくその様子を無言で眺めて、最初に口を開いたのはウォルドだった。

「……わかった。ではなるべく近い内に都合をつける」

その言葉に、ノスリは不安で顔が曇るのがわかった。

こんな時、自分は何の力も持たないことが歯痒くてしょうがない。ならばせめてロイドの代わりになれたらと思うが、それも叶わない。視線を落として握った手に、知らず力が入る。

しかし、握りしめた手に重ねられた温かな手の感触で、ノスリはゆっくりと隣に座るウォルドを見上げた。

「大丈夫だ。ロイドは俺が、絶対に連れて帰る」

「……はい」

力強く言い切るウォルドに、ノスリも重ねられた手を握り返す。確固たる決意を湛えた青い瞳を見詰めるうちに、ノスリは不安が和らぐのがわかった。

心配なのはウォルドだって同じだ。こんな時、一緒にロイドを案じ、守ってくれる存在があるということが、とてつもなく心強く、ありがたい。一人でロイドを育てている時にはなかった感覚だ。

そのまましばらく見詰め合っていると、テーブルの向かいから楽しそうな笑い声が二人の間に割って入ってきた。

「いやあ、本当に仲睦まじいことですね。ですが、私の存在を忘れないでいただきたいものです」

「あっ、いえ、忘れていたわけでは……っ！」

どうやら二人きりの世界に入ってしまっていたらしい。割といつものこととはいえ、さすがにそう親しくもない人間の前では何やら気恥ずかしい。

朗らかではあるが多分に揶揄いを含んだルドヴィグの視線に、慌てて手を離そうとする。

しかし、今度は素早く腰に腕を回したウォルドに体ごと引き寄せられて、ノスリは頬が赤らむのがわかった。

「突然訪ねてきた人間が何を言う。用が済んだのならさっさと帰れ」

そう言って睨み据えるウォルドの声は何とも憎々し気だ。それもそのはずで、今日ルドヴィグは何の連絡もなく突然訪ねてきたのだ。加えてもともとウォルドはルドヴィグのことを嫌っている。

確かにルドヴィグは見た目こそ貴族然として優し気だが、実際の彼は一般的な概念では推しはかることができない人物であるため底の知れない不気味さがある。初めて会った時、騙し討ちのような形でいきなり大量の魔力を流されたことはノスリも忘れてはいない。

「せっかくここまで足を運んだというのにつれないですね。そもそも今日だって、ウォルド殿が返事を寄越さないから直接会いに来たんじゃないですか」

「なら、わざわざ家に来る必要はないだろう。直接俺の返事を聞きたかったなら、聖騎士(うち)の詰所に来れば済んだ話だ」

唸るようなウォルドの声にも、ルドヴィグは一向に怯んだ様子はない。さらりとウォルドに笑みを返してから、ルドヴィグが手に持ったカップを音も立てずにソーサーに戻した。

「それではノスリさんに会えないでしょう？　ロイド君はお二人の子供なのですから、精霊の国に行くにはお母様であるノスリさんにもきちんと了承をいただかねばなりませんからね」

言っていることは正しいが、どうにも裏があるのではと思ってしまうのは仕方がない。今にも殴り掛かりそうな雰囲気のウォルドと共に、ノスリも疑(うたぐ)りの視線を向ける。

するとノスリにまで警戒の眼差しを向けられて、ルドヴィグが小さく笑って肩を竦めた。

「……それにしても、せっかくここまで来たのにロイド君に会えないとは寂しいですね。今日はグラン殿のお宅に行っているとは、残念なことです」

そう言うルドヴィグは心底残念そうだ。ウォルドから話を聞く限り、ルドヴィグはロイドを相当気に入っているらしい。それに、ロイドもこの風変わりな魔導師を気に入っている。もしかしなくても、今日はロイドに会いたくてルドヴィグはわざわざ家までやってきたのかもしれない。

「しかしここはとても居心地が良いですね、つい長居をしてしまいそうだ。お茶のおかわりをいただいても？」

「生憎だがお前にくれてやる茶はもうない！　いいからさっさと帰れ！」

にこにこと笑ってお茶の催促をするルドヴィグに、ウォルドが噛みつくように乱暴な言葉を吐いて立ち上がる。問答無用で玄関まで行って、ウォルドが早く帰れと言わんばかりにドアを開けた。

「やれやれ。どうしてこんなに嫌われたものか」

睨みつけるウォルドに呆れたように肩を竦めてみせるも、ルドヴィグが大人しく立ち上がる。

そのまま優雅に一礼してドアを出て行ったルドヴィグに、ノスリはほっと胸を撫でおろしてからウォルドに向き直った。

「ウォルド様。さすがにやり過ぎでは……？」

気持ちはわかるが、いくらなんでも今のように追い返す真似はよくない。ルドヴィグは一応恩人でもあるのだから、余りにぞんざいな対応は考えものだ。

しかしドアに鍵を掛けたウォルドが、しかめ面のままノスリに向き直った。

「あいつにはあれくらいでいいんだ」

「ですが……」

「あのままだと、ロイドが帰ってくるまで居座りかねなかったからな」

確かにあの雰囲気の中、何食わぬ顔でお茶のおかわりを催促するくらいなのだから、こちらが強硬な態度に出ない限りは帰らなかったに違いない。

だがそれでも、ルドヴィグが突然訪ねて来たのはロイドのためを思ってくれてのことなのだから、やはり無下に扱うべきではないだろう。

とはいえ、あのまま居座られても困るのはノスリも同じである。あのルドヴィグと談笑などできる気はしないし、そもそもルドヴィグと会ったのはこの前の出来事も含めてまだたったの二回だ。家に呼んでお茶をするような関係ではない。

複雑な心境でウォルドを見上げる。

すると、ノスリが責めていると思ったらしいウォルドが、むっとした様子で腰に腕を回して引き寄せてきた。

「どうしてお前は、あんな奴を庇うんだ」

「別に庇うわけでは……」

「…………やっぱり、あいつが気になる――」

「ウォルド様！　そんなことは絶対ないと、この前話したばかりじゃないですか！」

どうもウォルドは、ルドヴィグが絡むと過剰反応する傾向がある。このままでは前と同じように堂々巡りになりそうな雰囲気に、すかさず話を遮って上目遣いに軽く睨みつける。

それでも納得のいかない顔のウォルドに内心やれやれとため息を吐いたノスリは、ウォルドの腕の中で背伸びをして、優しくその頬を両手で挟んだ。

「……それとも、また言わなくちゃ駄目ですか？」

顔を近づけて、囁く。

言わんとすることを察したらしいウォルドが、目に見えて纏う空気を和らげたのがわかった。

「そうだな。言ってくれないとわからないな」

そのまま、腰を屈めてウォルドが額を合わせてくる。

先ほどと打って変わって甘くなった雰囲気に、ノスリは更に顔を近づけて小さく笑みを漏らした。

「……ウォルド様、好きです。初めて会った時からずっと、そしてこれからも。私にはウォルド様だけです……」

そっと口付ければ、ウォルドがノスリを抱き上げる。

ノスリを抱き上げたまま寝室へと向かったウォルドに、ノスリはくすくすと笑いながらウォルドの首に腕を回した。

「今日は一緒に出掛けるんじゃなかったんですか？」

「予定変更だ」

確かに今から出掛けるには少し落ち着かない。ルドヴィグの突然の訪問で、今日は予定がすっかり狂ってしまったのだ。

とはいえ、ロイドを迎えに行くまでにはまだ時間がある。

それに、ウォルドと二人きりの時間は貴重なわけで。

優しくベッドに下ろされ、深く口付けられて、ノスリは応えるように腕をウォルドの背中に回して目を閉じたのだった。

■□■

ルドヴィグが訪ねてきてから数日後、再び我が家でルドヴィグと顔を合わせることになったウォルドは、隠しもせず深く、長いため息を吐いた。

精霊の国に行くのであればできるだけ早い方が良いというルドヴィグの言を受けて、あれからすぐに段取りをつけたのだ。そして今日、ロイドとルドヴィグ、そしてウォルドの三人で今から精霊の国に行くところである。

テーブルを片付けたリビングの床には、ルドヴィグの魔力が込められた赤く光る魔法陣が描かれている。普段の温かで居心地の良い我が家が、おかげで今はまるで見知らぬ場所のようだ。

というのも、ロイドやウォルドの気配が染み込んだ慣れ親しんだ場所にゲート(扉)を作ることで、こちら側との結びつきをより強くして精霊の国(あちら)から戻り易くすることができるからだ。

大事な我が家にこんなもの(魔法陣)を、それもルドヴィグの魔力で描かれるなど本来もってのほかであるが、ロイドのためならば仕方がない。すでに空間を歪ませている魔法陣を見て、再びため息を吐く。

救いは、ロイドが楽しそうなことか。先ほどからずっと興味津々の面持ちで魔法陣を眺めては、ウォルドやルドヴィグに質問をしている。ロイドは精霊の国に行くのが楽しみでしょうがないのだ。

しかも意外なことに、ルドヴィグもロイドの質問に楽しそうに答えている。ロイドのことは気に入ったと以前言っていたが、嫌がりもせず丁寧にロイドの相手をしているところを見るに、これは相当気に入ったと見ていいだろう。あんなに嬉しそうに笑っているところなど、あの変人の普段を知る人間なら目を疑うに違いない。複雑な心境で楽しそうにルドヴィグに話し掛けるロイドを見守る。

するとその表情を誤解したのだろう、不安に顔を曇らせたノスリが、手甲を付けた腕に手を置いて見上げてきたため、ウォルドは慌てて笑みを作ってノスリに向き直った。

「大丈夫だ。今回は誓約に乗っ取った訪問だから、必ず戻ってこれる。それに、俺とルドヴィグ殿が一緒なんだ、危ないことなんて絶対にない」

認めたくはないが、魔術に関してルドヴィグの右に出る者はいない。それに、国の筆頭魔導師と自分が一緒なのだ、まずないとは思うが万が一の場合は精霊の国を破壊して戻ればいいだけだ。

「それに。お前の声が俺達に届かないはずはないからな」

言いながら、手首の腕輪に視線を落とす。シンプルに編まれただけの焦げ茶色の素朴な腕輪（ブレスレット）は、ノスリが今日のために用意してくれたものだ。ルドヴィグの掛けた術によって、精霊の国ではこの腕輪を通してノスリの思念を受け取ることができる。何より、ロイドの母親であるノスリの髪で編まれたそれは、こちらに帰る際の道標（みちしるべ）になるのだ。

腕を持ち上げてそっと腕輪に口付けを落とせば、ノスリがはにかんだ顔になる。途端溢れるほどの愛しさに襲われて、ウォルドはノスリを抱き寄せた――のだが。

「いやあ、仲が良いですねぇ。ロイド君、お父さんとお母さんはいつもこんな感じなのかな？」

「うん！　いつもこんなかんじだよ！」

「なるほどなるほど。これならロイド君に弟妹（きょうだい）ができるのもそう遠くはなさそうですね。ロイド君は弟と妹、どちらが欲しいですか？」

「うんとね、どっちも！　ルーニーんとこは妹だからぼくんちは弟がいいかなとおもうけど、できればりょうほうがいいな！　ほくね、毎日おいのりしてるんだ！」

「そうですか。じゃあきっとそのお願いはすぐに叶いますよ。ロイド君はいいお兄ちゃんになりそうですね」

「うん！」

何とも微笑ましい遣り取りだが、さすがにこの状況では続けられない。ノスリに至っては顔が真っ赤である。ロイドの無邪気な視線を前に名残惜しい思いで腕を緩めれば、ノスリがぎこちなく体を離す。自分達は夫婦なのだから本来気にすることはないのだが、まだまだノスリは恥ずかしいらしい。

それにしても、照れて恥ずかしがるノスリも可愛い。手を伸ばしてもう一度腕の中に閉じ込めてしまいたい衝動を堪える。

しかしウォルドが懊悩している間に、気付かぬうちに傍を離れたノスリが、気まずさを誤魔化すように笑みを浮かべてルドヴィグに歩み寄っていた。

「あの、これを」

ノスリの手には、ウォルドとロイドの手首にある物と同じ物が。

差し出された腕輪とノスリとを見遣って、ルドヴィグが驚いた顔になった。

「私の髪の毛でできた腕輪なんてお嫌かもしれませんが、でもこれが帰ってくる時の道標になるのですよね？　無事に皆が戻ってこられるよう願いを込めました。ロイドをよろしくお願いします」

まさか自分の分まであるとは思っていなかったに違いない、ルドヴィグは戸惑いを隠せずにノスリを見詰めている。そんなルドヴィグを、ノスリは柔らかい笑みを浮かべて見守っているではないか。

その光景を目にした途端、ウォルドはカッと頭に血が上るのがわかった。すかさずノスリの側へと行き、手の上の腕輪を取り上げようとする。

しかしウォルドが手を伸ばすよりも早く腕輪を手に取ったルドヴィグが、何事もなかったかのようにノスリに嬉しそうな笑みを向けた。

「ありがとうございます。嫌だなんて、とんでもない。まさか私の分も作っていただけるとは思っていなかったものですから驚いただけです。凄く、嬉しいです。ノスリさんありがとうございます」

そう言ってウォルドに奪われる前にと、さっさと腕に嵌めてしまう。しかも意味深に、ちらりと視線を向けられて、ウォルドはルドヴィグを怒鳴りつけたい気持ちを抑えるので必死になった。

出発前に揉め事は起こしたくない。それに、ノスリは何も悪くない。今ウォルドが怒鳴ったら、ノスリは酷く心配するだろう。

けれどもウォルドの内心の葛藤には気付かないノスリが、ルドヴィグにお礼を言われてはにかんだ笑みを浮かべた瞬間、ウォルドの我慢が限界を迎えた。

すぐさま肩に腕を回して引き寄せ、驚くノスリにキスを落とす。

人前、しかもルドヴィグの前で突然ウォルドにキスをされて、ノスリが真っ赤になって狼狽えた。

「ウォ、ウォルド様⁉」

「おかあさん、かおがまっ赤だよ！」

「本当ですね、イチゴみたいに赤くて可愛いですね」

慌てるノスリに、ロイドは楽しそうだ。ルドヴィグと一緒に笑いながらノスリを揶揄っている。

ルドヴィグは変わらず気に食わないが、しかしウォルドは、先ほどまでのどうしようもない苛立ちが収まっていくのを感じていた。

ノスリをこんなにも狼狽えさせることができるのは、ロイドを除けば自分だけだ。それに狼狽えはするものの、ノスリがウォルドを拒むことはない。

そんなウォルドは、ようやく今日一連の不満に対する溜飲を下げたのだった。

グランの到着を待ってから、ロイドを抱いてルドヴィグと共に魔法陣の中心に立ったウォルドは、心配そうにグランの隣で二人を見詰めるノスリに、ロイドと一緒に笑顔を向けた。

「ノスリ、行ってくる」

「おかあさん、行ってきます！」

少しはしゃいだロイドの声は、いつもの通り明るくのびやかだ。心配するウォルド達と違って、ロイドは今日、精霊の国に行くのを心待ちにしていたのだ。

心底楽しそうな息子の様子に、ノスリの表情が和らぐ。

「行ってらっしゃい。夕飯までには戻るのよ？」

「帰ったら、じいじが持ってきたケーキを食べような！」

「うん！　じゃあ行ってくるね！」

ノスリとグランに手を振るロイドを合図に、魔法陣が赤く光を放つ。

次の瞬間、ウォルド達は見なれない森の中にいた。

「おとうさん、ここ、なんか変だよ？」

空から光が降り注ぐ明るいそこは、一見すると何の変哲もない森のようである。見上げれば空もあるし、足元には緑の草が生い茂る大地が広がっている。

試しに足元の草を千切ってみれば、青臭い香りを放ってふわりと風に飛んでいく。

だが何かが、どこか違う。どこがどう違うのか言葉にすることはできないが、全感覚が何かがおかしいと訴えているのだ。強いて近いものをあげるとしたら、現実に非常によく似た夢の世界、とでもいえばいいのだろうか。

神妙な顔つきで辺りを見回すロイドをしっかりと胸に抱いて、警戒の態勢を取る。視線だけ横に向けたウォルドは、硬い声で隣のルドヴィグに話し掛けた。

「おい。ここが精霊の国で合っているのか？」

「……そう、ですね。私も初めて来たので断言はできませんが、物質の構築様式が違うところを見るに、少なくとも私達の知る世界ではないということは確かでしょうね」

ルドヴィグのモノクルが光っている。見透かすように細められた眼には、ウォルドには見えないレベルの魔力の痕跡が見えているのだろう。その辺りはさすが筆頭魔導師というべきか。

「まあ、今回は闇の精霊との契約の一環で来ているのですから、ここが精霊の国であればその内実体化された闇の精霊が現れるでしょう」

ルドヴィグが言い終わるよりも早く、夜空を凝縮したような細かい煌めきを内包した黒い発光体が何処からともなく現れる。スーッと音もなくウォルド達の周りを何周か飛び回って、黒いエネルギーの尾を引く球体状のそれが、ちょうどロイドの目の高さに止まった。

「なっ……！　もしかして、闇の精霊か!?」

すかさずいつでもロイドを守れるよう警戒を強めたウォルドだったが、しかし当のロイドは興味津々といった様子だ。無言でジッと目の前のエネルギー体を見詰めている。

緊張してその様子を見守っていると、しばらくしてロイドが笑顔でウォルドを振り返った。

「おとうさん、この子が闇の精霊なんだって。よく来たねって言ってるよ」

ウォルドには何も聞こえなかったが、闇の精霊はどうやら思念で直接ロイドに話し掛けて会話をしているらしい。そうとだけ言って、すぐにまたロイドが闇の精霊に向き直る。ロイドの雰囲気からして、歓迎されているみたいではある。

しかしここでは勝手がわからないため落ち着かない。しかも会話の内容が全くわからないのだから、ウォルドとしてはやきもきしてしまう。

けれどもウォルドと違って、ルドヴィグはやたらと楽しそうだ。ロイドと闇の精霊とを食い入るように見詰めるその目は、爛々と輝いている。会話が聞こえているというわけではなさそうだが、魔導師であるルドヴィグにはウォルドにはわからない何かが見えているのだろう。先ほどからものすごい勢いで手元の手帳に何やら術式らしきものを書き込んでいる。

そうこうする内に他の精霊も現れ始め、いつの間にかウォルド達は、色鮮やかな光を纏った様々な精霊達に囲まれていた。

驚いて目を見開いて、しかし。

何故かその時、手首の腕輪からノスリの声と温かい波動が体に流れ込んできた。

「あれ？　おかあさんの声だ」

まるで体に染み込むかのように、ノスリの声が聞こえる。

ロイドとウォルドの名前を呼ぶ声が聞こえたと思った次の瞬間、再び目の前の景色が一変していた。

□□□

「おかあさん！　ルーニーんちに行ってくる！」

「暗くなる前には帰ってくるのよ？」

「はーい！　じゃあ行ってきます！」

　台所にいるお母さんに声を掛けて勢いよく外に出たぼくは、一目散にコドランの所へと向かった。

今日は、ルーニーとコドランと僕、三人で遊ぶ約束だ。コドラン用の小さな小屋に行けば、眠そうに寝そべっていたコドランが片眼を開けて見上げてくる。「行くよ」と声を掛けると、コドランがのっそりと立ち上がった。

「……ん？　精霊の気配がするの？　でも、ぼくには見えないよ？」

　あの日、精霊の国に行ってぼくは、色んな精霊達とお話をした。みんなよく来てくれたねって喜んでくれていて凄く嬉しかった。闇の精霊も最初思っていたのとは全然違って、話をしてみたら全然怖い精霊なんかじゃなかった。お父さん達にはぼく達の話は聞こえてなかったみたいだけれど、とにかくみんな、ぼくが大好きだと言ってくれた。そして精霊の国に来てくれたお礼に、一つだけお願いを叶えてくれるって言ってくれたんだ。

「お願いごと？　もちろん、言ったよ！　弟か妹ができますようにって！」

　お父さんとお母さんには内緒にしないとダメだって言われたから言ってないけど、コドランならいいよね？　コドランも、うんうんって頷いてるし。コドランもきっと楽しみなんだ。

　嬉しくなってきたぼくは、コドランと一緒にルーニーの家に向かって元気に駆け出した。

共に笑い合えるその日まで
―孤独な騎士は最愛を知る―

碧 貴子

2021年12月5日 初版発行

著者 碧 貴子

発行者 野内雅宏

発行所 株式会社一迅社
〒160-0022 東京都新宿区新宿3-1-13 京王新宿追分ビル5F
電話 03-5312-7432(編集)
電話 03-5312-6150(販売)
発売元：株式会社講談社(講談社・一迅社)

印刷・製本 大日本印刷株式会社

DTP 株式会社三協美術

装丁 AFTERGLOW

ISBN978-4-7580-9416-0

●本書は「ムーンライトノベルズ」(http://mnlt.syosetu.com/)に
掲載されていたものを改稿の上書籍化したものです。

MELISSA
メリッサ文庫